意林

公元787年，唐封疆大吏马总集诸子精华，编著成《意林》一书6卷，流传至今

意林：始于公元787年，距今1200余年

U1019161

意林®轻文库

青春最美，梦想出发

中国式好看轻小说优鲜品牌

意林轻文库
萌萌部落系列006

皇城第一偶像天团 II

HUANGCHENG DI-YI OUXIANG TIANTUAN II

七弦弄月 著

北方妇女儿童出版社

图书在版编目（CIP）数据

皇城第一偶像天团 . 2 / 七弦弄月著 . -- 长春 : 北方妇女儿童出版社 , 2018.4

（意林 · 轻文库 . 萌萌部落系列）

ISBN 978-7-5585-2203-1

Ⅰ . ①皇… Ⅱ . ①七… Ⅲ . ①长篇小说－中国－当代 Ⅳ . ① I247.5

中国版本图书馆 CIP 数据核字 (2018) 第 058227 号

皇城第一偶像天团 II

HUANGCHENG DI-YI OUXIANG TIANTUAN II

出版人	刘　刚
总策划	阿　朱
特约策划	师晓晖
执行策划	张　星
责任编辑	吴　强　王　婷　孟健伊
图书统筹	蓝曦悦
特约编辑	丁　旭
绘　　图	天　吟
书籍装帧	胡静梅
美术编辑	王周益
开　　本	700mm × 1000mm　1/16
字　　数	400千字
印　　张	13
版　　次	2018年4月第1版
印　　次	2018年4月第1次印刷
印　　刷	天津泰宇印务有限公司
出　　版	北方妇女儿童出版社
发　　行	北方妇女儿童出版社
地　　址	长春市人民大街4646号 邮编：130021
电　　话	0431-85678573
定　　价	25.80元

Contents 目录

Contents 目录

第一章 倚万难

一

风声呼啸，夜色正浓，月光透过重叠的云层，照在瘟疫肆虐的宿城。

客栈走廊尽头的房间，狭小的一方天地里，三公主百里云初正沉默地和那群客人们对峙着。她的目光依次掠过那些自私凉薄的脸，听他们各种冷嘲热讽，其中有几位甚至已经开始摩拳擦掌，准备动手赶人了。

她突然有些自责，当初若非自己执意要带沈莘来宿城的蝴蝶坊挑选首饰，两个人便也不会因瘟疫暴发、全城封锁而被困此地，沈莘更不会被发狂的患者咬伤，感染上这致命的疾病。

为求自保，这些客人容不下沈莘一个病人留在客栈，他们先前忌惮于墨祈和九歌的实力，尚不敢造次，但现在墨祈和九歌上山寻药去了，他们便彻底没了顾虑，一心要赶她和沈莘出去。

沈莘目前身体虚弱，如果离开客栈流落街头，很难想象会产生何种后果，所以她绝对不能妥协，只能正面抗争。

百里云初冷笑起来，从枕下摸出了方才墨祈留给自己防身的匕首，猛地将闪着寒光的利刃拔出，毫不迟疑地对准了他们。

“既然你们苦苦相逼，就别怪我不客气了。”

她虽是娇生惯养的公主，身手远不如九歌，少时却也是跟皇家子弟们一起，学过一招半式的，而恰恰是这一招半式的功夫，给了她此时反抗的勇气。

那群人只当这个小姑娘在虚张声势，谁也没理会她的威胁，眼看着有一个身材高大的男人冲在最前面，伸手想要来拉自己，百里云初身形灵敏地闪到他背后，在被对方抓住的瞬间，反手一刀，果断地从他肩头斩落，这一下力道极狠，只见血流如注，那个人顿时惨叫着跪倒在地。

她将匕首抵在他的颈间，抬眸瞪向其余想上前却又犹豫的客人，咬牙切齿道：“再敢上前一步，我就算豁出性命也要跟你们拼个死活，谁来？”

大约是被百里云初那同归于尽的气势震慑住了，那些人反而本能地后退了一步。

百里云初冷冷道：“你们以为我的两位朋友不会回来了吗？他们是去寻找根治瘟疫的办法了而已——在瘟疫没有根治之前，难道能有人提前离开这里吗？等他们回来后，若没有见到我们，必会大开杀戒，血洗客栈，到时候谁也别想活着走出去。”

墨祈和九歌当时在客栈大堂内击杀了发病的地痞李六子，又用木筷将试图驱赶沈莘的客人手背扎穿，血溅当场，这样果决狠辣的行事风格，所有人都已见识过了，他们意识到百里云初所言确是事实，一时面面相觑，不知该怎样收场才好。

最后还是店老板叹息着出来打了圆场："姑娘息怒，你且安心住下，我保证这样的事情不会再发生了。"说着忙向那些客人使眼色，催促他们快些离开。

百里云初一脚踢开面前的男人，将匕首收起："滚！"

她努力将脊背挺得笔直，使自己的眼神看上去更加凶狠一点儿，直到确定房门被重新关上，那些人果真已经离去，这才缓缓转身，垂眸行至床前坐下。

沈莘支撑着身体坐起来，神色怜惜地握住她冰凉的手，发现她颤抖得厉害。

"莘莘，你不要怕。"她的眸底泛起泪光，一开口便语声哽咽，"我……我一定会保护你的，任何人都别想对你不利……"

沈莘用力拥她入怀，温柔安慰着："我相信你，云初，你做得很好。"

所以，他从来没有害怕过。

他万没想到有一天，自己最心疼的小公主，会手执利刃护他周全。那双纤纤素手明明是持笔著书的，何曾沾染过半点儿鲜血？

得此真心，他已知足了。

百里云初乖巧地伏在他的胸口，她阖目良久，忽而低声问道："莘莘，你说小九和墨祈，能顺利把药草找回来吗？"

"很难，但我相信他们。"

在沈莘的心里，无论是九歌还是墨祈，都是值得依靠的挚友，他坚信，只要他们承诺过，就一定不会食言。

他们会回来的，并将给予宿城幸存者们希望。

二

然而百里云初和沈莘并不知晓，前往寻找珍稀药草的九歌与墨祈此刻正身处险境，二人在灵山遭遇了大批黑衣人的袭击，虽合力将对方尽数歼灭，可九歌也被垂死挣扎的刺客拖下山崖，墨祈为了救她，毅然随她一起跃下了深渊。

黎明将至，寒风仍旧凛冽。

灵山半山腰，茫茫云雾间，墨祈手中的佩剑深深没入山壁，令他得以悬于半空，免于坠落悬崖——而他的右手，还紧紧攥在九歌的腕间。

他的手臂先前已经受伤，此刻还要支撑她的重量，伤口破裂更甚，鲜血淌落，有几滴渗入她的衣襟，被风一吹透骨寒凉。

九歌艰难地仰起头，注视着他俊秀而不失坚毅的侧脸，半晌淡然开口："墨祈，你放手吧。"

墨祈低声道："这峭壁生满苔藓，连个落脚处都没有，我若放手，无异于要亲眼见你掉下去，你觉得我能做到？"

"如果再耽误片刻，你我都难免一死。"

"那便听天由命，我也认了。"

关乎性命之事，被他一讲竟如此平淡，九歌晓得他已做好了与自己同生共死的准备，只觉眼眶微微发热，却仍执拗地想把手从他掌心抽离。

墨祈将手指回拢，攥得更紧一些，他语气稳稳的，像是安抚："小九，你听话。"

"我不能由着你这么胡来。"她说，"莘莘和公主还在等着，你必须得把药草带回去，否则会死很多人。"

"所以我就理应放弃你吗？你要我回去如何向他们交代？"

九歌无言以对，她能清晰地感受到，他在抑制不住地颤抖，伤口的血越流越多，他的手指逐渐冰冷，再这样僵持下去，双双跌落崖底是迟早的事。

她忽而心酸不已，没来由地轻声道了一句："多年前在御花园，若是没把你强留在宫里，而是放你离开就好了。"

墨祈似是笑了笑："你不必后悔，因为我从未后悔过。"

此言一出，两个人蓦然听到头顶传来金属相击的声响，从这个角度望去，晨光熹微，看不分明，但也能隐约分辨出，是有许多人借助梅花爪和石锥，同时沿着山壁攀缘而下，像在寻找着什么。

裴九歌和墨祈此次只身来到宿城，未带一兵一卒前来，知道的人不多，想来也不可能有人前来相助，那么十有八九，便是方才那些黑衣杀手的同党了。

九歌的另一只手，仍牢牢握着墨祈所赠的那柄九霄紫电，她打定主意，无论来者是谁，临死前她总要尽全力杀几个人作陪，黄泉路上也不致无趣。

谁知还未等她将设想付诸行动，就听到了极为熟悉的清朗男声，破开重重云雾直达耳畔。

"都给爷认真着点儿！那可是红叶阁未来的女主人，今天找不着她，谁也别想回去！”

她不会听错，是唐枫，他居然来了。

“唐枫！”她气沉丹田高喝一声，“我们在这——”

唐枫的耳力何等敏锐，登时远远望向这边，忙又惊又喜地吩咐阁中成员：“还愣着干什么？快去救人！”

最先发现两个人的是红叶阁元老级成员、唐枫的心腹靳柒，靳柒借助梅花爪飞身而至，将手探向腰间布袋，后把石锥一枚接一枚地嵌入山壁，开辟了一条通往平地的道路。

墨祈沉声道：“劳烦你先护送她上去，多谢。”

“那是自然。”靳柒素来寡言，应了一声，便从容地将绳索递给了九歌，并在确认她踏上石锥之后，才和墨祈一起跟随其后。

须知阁主就在远处瞧着，靳柒深谙这位女官对自家阁主的重要性，必定是半点儿差池都不敢出的。

绝处逢生，九歌万没料到自己竟会有这种好运气，于偏僻荒凉的灵山也能偶遇故人，她见唐枫正朝自己伸出手来，略一迟疑，便将纤纤五指搭在他掌心，借力跃上了陆地。

“你怎么会来？”

“你我才见面，怎么冷漠得连句体贴的问候都省了？”话虽如此，唐枫却眉眼弯弯地笑着，他拉着她的手，将她上下打量一番，“嗯，没受伤就好。”

九歌无奈：“那你也该告诉我，红叶阁的人，怎么会找到这里来？”

他理所当然地回答：“很奇怪吗？江南一带没有红叶阁管不到的地方，有什么风吹草动，都逃不过我的眼睛，灵山也不例外。”

“那你还真是手眼通天。”

“也不尽然，换作平时，我断不会对灵山感兴趣，只是……”他复又意味深长地瞥她一眼，“听闻宿城暴发了瘟疫，我手下的人打探到，你和那位墨督主奉皇帝之命，前来调查。”

也就是说，他是因为不放心她的安全，才特意不辞辛苦赶来的。

九歌叹息一声：“来都来了，为何不提早现身相见？毕竟陛下不在宿城，你也不必担心身份暴露。”

“我不是怕你为难吗？只琢磨着暗中保护也就罢了，谁承想你胆大到要上山寻药？”提及此事，唐枫显然也有些气懑，也不知是觉得她胡闹，还是出于迟来一步的自责，“听了靳柒的回禀，我立刻就动身前往灵山，然后在这发现了大批黑衣人的尸体，险些没被吓死——真没见过你这么不要命的女人，方才若非我听出了你的声音，再耽搁半个时辰，恐怕就要去崖底替你收尸了。”

很难想象，他身为江湖顶尖杀手组织红叶阁的首领，啰唆起来也这样麻烦。九歌揉了揉耳朵，又不能驳他面子，只得好声好气地安慰着，表示都怪自己思虑不周，下次一定多加小心。

她回过头去，恰逢墨祈走近，忙迎上前去察看他的手臂伤势，见那道刀伤深可见骨，血仍不止，不禁心疼得倒吸一口气：“我先给你上药。”

墨祈凝视她半晌，颇有种劫后余生的庆幸感，他温声道：“别急，这点儿小伤不碍事的。”

“血流了这么多，你当是在开玩笑吗？”

“刀尖赌命的东厂首领，流点儿血怎么就值得大惊小怪了？”唐枫来到两个人面前，很不耐烦地递来一条干净的手帕，让她给墨祈包扎，“九歌，成大事者不拘小节，可见你火候还不到，容易缚于儿女情长……靳柒，你小子跟老三眉来眼去的，当爷瞎呢？”

靳柒和老三立刻一个望天，一个看地，装作什么都没发生的样子。

阁主永远是阁主，不能得罪，哪怕他们正在心里偷笑。吃醋就直说，何必还要阴阳怪气地说教一番？

九歌轻飘飘地向唐枫投去一瞥：“你此次救我二人一命，算我欠你一份恩情，日后必还。”

“我的人情债太多，不缺你一份，你只要好好的，别出什么岔子就行。”唐枫叹了口气，目光却掠过旁边的墨祈，语气略显不善，“平心而论，我并不认为这位墨督主能护得好你。”

“事实上，我自己就能保护好自己。”

“真的？试问‘保护’二字在你心中是如何定义的，将自己置于险境中也算吗？”

九歌可没心情跟他玩文字游戏，她心里还惦念着沈莘和百里云初，故而语气很是敷衍：“唐枫你别闹了，我和墨祈还有要紧事，必须尽快将药草找齐，赶回宿城去。”

唐枫分得清轻重缓急，见她神情严肃，讲话口吻便也正经了不少：“老三年少时在灵山当过猎户，对这山上的地形很熟悉，有什么没找到的你问他。”

“狼烟百合与石中莲，另外金蛇草和素瑾叶虽已找到，可若要用在治理瘟疫方面，药量是远远不够的。”

“夫人放心，此事包在我身上！”老三是个浓眉大眼的豪爽汉子，声如洪钟，“我即刻带领阁中成员去寻找所需药草，今晚之前，必将药草送至夫人手上！”

九歌略一颔首：“那便多谢各位兄弟了。”

被老三当众称呼为“夫人”，她委实尴尬，但现在并非计较这些的时候，当务之急是解救宿城于水火，所以她不再多言，转身便欲同墨祈一起离去，岂料刚行一步，衣袖就被唐枫从后扯住了。

“等等。”唐枫迎着她疑惑的眼神，不紧不慢道，“暗算你们的人，可知是谁？”

“尽管没有确凿的证据，我和墨祈却也能猜到了。”

她和锦衣卫成员交过手，那群黑衣杀手的攻击套路，与当初潜入潇王府的刺客如出一辙，可以想见，是何人在背后指使。

唐枫冷笑：“又是太子的爪牙所为？恕我直言，太子一日不除，你就一日不得安宁。”

“我于朝堂为官，随侍銮驾之前，哪里有半分安宁可言？道理我都懂，但想要除掉太子谈何容易？在没有十足把握的时候，我们绝不能轻举妄动。”

“你心底是否还存留着几分侥幸，若非万不得已，不愿令潇王登上皇位？”

九歌沉默不语。

“那是毫无可能的，九歌，如果你当真做不了决定，红叶阁会选择在合适的时机抢先下手。”

“就算红叶阁高手如云、神通广大，要刺杀太子也绝非易事。”始终不发一言的墨祈，此时终于淡声开口，“要成大事，须得双方里应外合，急躁不得。”

唐枫痞气地扬眉：“敢问墨督主有何高见呢？”

“若唐阁主能够将敌意收敛几分，待宿城瘟疫解除，我们或许可以坐下来好好商谈。”

“我对墨督主没什么敌意。”唐枫笑了笑，“不过是久居江湖快人快语，想给墨督主一个忠告——裴九歌我非娶不可，只是时间问题罢了，若你定要横刀夺爱，我也不介意公平竞争。”

“方才不还说要摒弃儿女情长，只论正事吗？”九歌毫不犹豫地打断了话题，“也不怕你的兄弟们听了笑话。”

墨祈用手捂着伤口，脸色因失血过多而泛起病态的苍白，但那双俊俏的桃花眼仍清亮如昔，他一字一字掷地有声：“唐阁主自幼与小九相识，心意赤忱，要公平竞争，我自然无话可讲，只盼在危机到来之前，你我二人能尽释前嫌，共同守护好她。”

毕竟没有什么比九歌的安危更重要，同样身为男人，这点儿默契还是有的，唐枫坦然地点头：“一言为定。”

“那么，后会有期。”

九歌亦朝红叶阁众人拱手作别，而后随墨祈施展轻功飘然离去，衣袂于晨风中猎猎舞起，很快便消失在唐枫的视线内。

三

墨祈的定力有多强，九歌一向心中有数，但不承想，今天却亲眼见着了。

在返程途中，他自始至终冷着脸色策马狂奔，一句话也没有和她多说，她本以为他是在为唐枫之事介怀，这才不愿理睬自己，结果在临近宿城的时候，却蓦然见他勒住缰绳回眸一望。

“小九。”

他只唤了她一声，随即一口鲜血呕出，翻身从马上跌落。

九歌刹那间如遭霹雳，算起这些年，能让她惊慌失措的时刻少之又少，可这一瞬，她几乎是踉跄下马奔至他面前，双膝一软跪下抱住他，连声音也带了几分哭腔。

“怎么回事？墨祈，你别吓我！”

墨祈咳喘半晌，勉强支撑起身体，哑声回答：“那些杀手的刀刃上，淬了毒。”

也就是说，从为救她挨了一刀开始，他就中了毒，却一直支撑到现在。

九歌的手抑制不住地颤抖，她强迫自己冷静下来，将他重新搀扶上马，然后和他共乘一骑，让他靠在自己身上调息。

墨祈阖目良久，虚弱地开口道：“小九，你听我的，到了宿城后不要声张。”

宿城可能有锦衣卫的眼线，或者说，肯定会有，他不能打草惊蛇。

九歌点点头：“我明白。”

“还有宿城巡抚邵文……”

“我知道，你回到客栈后只需安心疗伤，其余琐事都由我来搞定。”

“好。”

她在寒风中紧紧握住他冰凉的手，两个人沉默地感受着彼此的体温与呼吸，仿佛某种无声的承诺。

半个时辰后，宿城城门外。

从身影出现在守卫视线中开始，墨祈就坚持牵马步行，他拖着中毒的身体视察了一遍灾区，而九歌纵使心中担忧，表面上仍是一派从容镇定，直至到达客栈。

店老板坐在门口，见两个人回返惊喜交加，忙起身迎接：“二位回来了？”

相比之下，客栈中其他客人便显得有些心虚畏惧了，纷纷低头垂眸，不敢与两个人对视。

九歌眼力何等敏锐，见状已然猜到了七八分，不禁冷笑道：“怎么，看诸位的反应，想来是趁我们外出之际，设法逼迫我们的朋友离开了？”

“没有没有！”先前那个闹得最凶的、身材高大的男人，被她凌厉的眼神一瞪，吓得背脊生寒，忙抢先否认，“我们对您的朋友尊敬得很，怎么会逼迫他们呢？”

“我也希望没有，不然……”

墨祈神色淡淡道：“他们哪怕少了一根头发，这里所有的人，都要为此付出代价。”

他始终扶着她，到后来几乎把全身重量都撑在了她的手臂上，可见已经快支持不住了，九歌站在气氛降至冰点的客栈大堂，威严扫视一圈，她终是轻哼一声，在众人胆战心惊的注视下，举步上楼。

“老板，立刻收拾出一间空房给我，不管用什么办法。”

在此种情况下，无论叫谁把自己的房间让出来，对方都绝不会提出任何意见，所以不出一炷香的时间，店老板就恭恭敬敬地完成了她的指令。

九歌将墨祈安全送回房间，在确保他已服用过玄露丹之后，留他独自疗伤，自己则退出屋外，抬眸见走廊尽头的那扇门，不知何时竟打开了。

百里云初听到动静，警惕万分地准备出门察看，在看清来者何人之后，激动得险些哭出声来：“小九！”

九歌往前走了两步，任由某位公主委屈地抱住自己，她抚了抚后者的长发，软言问道：“莘莘怎么样了？”

“莘莘此前一直疼得睡不着，我刚把他哄睡了，再这么下去，我很担心他的病情会继续恶化。”百里云初说完，便急着往九歌身后看，“墨祈呢？药草找到了没有？”

“药草稍后会有人送来，你放心。”九歌低声道，“不过我们在灵山遭到了暗算，墨祈受伤了，正在屋中疗伤，你不要去打扰他。”

“墨祈受伤了？”

“嘘，小声点儿，你只当什么事都没发生过，继续照顾莘莘就是了。”她用力一搂百里云初的肩膀，像是要以此方式给予对方勇气般，“我这就去找宿城巡抚，让他把自己的深宅大院腾出来，供我们研究配药。”

百里云初迟疑着点点头：“你万事小心，我等你回来。”

“嗯。”

九歌策马穿过萧瑟荒凉的长街，至邵府飞身下马，一脚踹开了那扇紧闭的朱漆府门。

府上家丁气势汹汹地赶来，正欲质问，看见她亮出的腰牌后便不敢说话了，九歌一路畅通无阻，径直来到邵文所居正房，推门进去发现，巡抚大人竟然还在优哉游哉地吸着烟袋。

“大胆！无知刁民，竟敢擅闯邵府！”邵文愤然撂下烟袋，对她怒目而视，“来人啊！一群混账奴才，本官养你们做什么吃的？连道门也守不住，万一带进了瘟疫，你们有几条小命也不够赔的！”

“邵大人别叫了，叫也无用，是我不让他们进来的。”九歌平静道，“再者说，邵大人未免太高估了自己，你那条命并没有很值钱。”

邵文拍案而起：“放肆！你……”话音戛然而止，他看清了她掌心那枚金光熠熠的腰牌，登时怔住。

九歌手上发力，将他重新按回官椅，她掂着腰牌，似笑非笑道：“皇城特使裴九歌，此番是为了调查并治理宿城瘟疫而来，若邵大人足够聪明，就该配合。”

虽说邵文先前并未得到关于皇城特使的消息，但那枚腰牌货真价实，而裴九歌的名号，他也清楚地知晓。

皇帝面前的红人，朝堂上八面玲珑的第一女官，自己这次栽到她的手里，怕是凶多吉少了。

意识到这一点，他冷汗直冒，连声音都在发抖：“不……不知是裴大人亲临，下官有眼不识泰山，实在该死……”

“该死不该死暂且不提，总之我现在需要邵大人的帮助，还望邵大人莫要推辞。”

“请裴大人放心，下官定当全力而为！”

九歌道：“既然如此，就请邵大人让出府苑，作为诊治灾民、研制瘟疫用药的场地吧。”

“让……让出府苑？”邵文顿时慌了，“请裴大人三思啊！邵府已是宿城的最后一片清净之地，若放那些肮脏的灾民进来，令我们也沾染了瘟疫，岂非得不偿失？”

“朝廷封你做这宿城巡抚，是为了让你克己奉公，守一方百姓安宁，你却在这儿大放厥词，置百姓安危于不顾，只图自己清净？”

“下官不敢！下官……下官只是在为裴大人的安全考虑，毕竟裴大人千金之躯……”

“够了。”在朝为官，九歌早已听惯了这些冠冕堂皇的话，她自腰间取下九霄紫电，将拇指拂过锋刃，微微眯起眼睛，语气冷厉，“这官位能否保住，这条命能否留住，全在邵大人一念之间——邵大人要知道，先斩后奏的权力，我还是有的。”

邵文吓得魂飞魄散，瘫在椅中几欲虚脱，他哆哆嗦嗦地求饶：“下官知错了，一切全凭裴大人吩咐，下官若再有半句混账话，就天打雷劈！”

她淡然颔首：“研墨取笔，然后按照我吩咐的去做，给你两个时辰准备，晌午派人去悦来客栈找我。”

“下官遵命……”

四

邵文那边已陷入了焦头烂额的忙碌中，九歌离开邵府回到客栈，一上楼就直奔墨祈房间。墨祈原本正躺在床上闭目养神，听到动静后冷然朝门口望来，见是她才放下心。

“小九。”仿佛此种时刻，唯有一声呼唤能令人心安。

九歌刚在大堂向店老板要来了温热的茶水，她行至床前将他扶起，低声问道：“毒性可都逼出来了？”

墨祈咳嗽两声，喘息着点头：“逼出了八九成，残余的毒量已不足为惧了。”

“万幸，那刀锋上的毒药并不致命。”

“由此便可确信，那群杀手是乔装的锦衣卫无疑。”墨祈道，“此毒名为‘蚀草’，是李默上任后，令锦衣卫统一配备淬炼绣春刀的毒药，我曾专门了解过，为避免锦衣卫出于私怨对东厂中人下手，当初便请莘莘配了大量解药，叫大家都贴身备着。”

九歌下意识地反问：“既然东厂成员都贴身备着，你为什么没有？”

她在意他的身体状况，以致关注的重点产生了偏差，墨祈显然没料到她会有此一问，迎着她明亮的眼睛颇感无奈，摇摇头答道：“是我疏忽了，我本以为寻常锦衣卫伤不到我，好在玄露丹也有一定的解毒功效，并无大碍。”

“你现在说得倒轻松，忘记在宿城城外把我吓成什么样子了？”她嗔怪地瞥他一眼，将茶杯重重撂在桌上，“中毒也不肯第一时间告诉我，把自己性命当儿戏，如果再有下次，傻子才要管你！”

她嘴上责备得厉害，其实看他病恹恹的模样，一时眼眶泛红，心肠早就软得一塌糊涂了。墨祈明白她的心思，自然也颇觉歉疚，于是合拢手指，缓慢而温柔地将她的手护在掌心。

“对不起。”他轻声道，“我向你保证，绝不会再有下一次了。”

九歌哼了一声：“你保不保证，跟我没什么关系。”

“小九，你还在为之前的事情怨我？”

墨祈指的是什么，九歌心知肚明，却仍不肯松口，只装作漫不经心地应着：“怨你？怨你始终不忘与我保持距离吗？我已经说过了，可以理解，出了这扇门，我们依然是再普通不过的交情，同朝为官替陛下分忧，除此之外，绝不给彼此增添任何困扰。”

墨祈凝视她半晌，不禁苦笑：“或许……是我错了。”

九歌叹息：“你还能有主动认错的一天呢？”

“因为在灵山所经历的意外，让我认清了一些事。”墨祈将手抚过她鬓边的长发，眸底光影深深浅浅，爱怜横溢，“我突然意识到，若有一天你我不得已分开，再难相见，我却连该讲的话都没来得及开口，活着又有何意义呢？”

目睹她坠崖的一瞬间，他肝胆俱裂，那样刻骨铭心的恐惧，他此生不愿再经历第二次。随她纵身跃下的那一刻，他完全来不及思考，只知自己如果迟了一步，将是比死亡更可怕的事情。

从前的他，总以为远离她就是保护她，却因此忽略了她真正想要的是什么，事实上，那反而是在伤害她。大约只有在即将失去的时刻，才会幡然醒悟，后悔曾经没有好好珍惜吧。

九歌垂眸，心中百感交集，她反握住他的手，缓声道：“你想讲什么？我听着呢。”

谁知突如其来的脚步声骤然打断了两个人的谈话，百里云初从门外探进头来，小心翼翼地问：“墨祈好些了吗？”

“你怎么来了？是莘莘情况不太好？”九歌忙把手抽回来，匆匆起身，“我去瞧瞧。”

“莘莘刚醒，听说墨祈受伤很挂念，托我来看看怎么样了。”

墨祈平静地回答：“没有大碍，只是余毒未清，暂时还不能轻易动武。”

百里云初紧张地搓手：“那我们这一群人，岂非都要靠小九来保护了？”

“你还怕我保护不了你吗？”九歌笑了笑，“闲言少叙，算算时间，待会儿吃过午饭后，我就该动身去邵府了。”

“莘莘说，他可以帮你。”

“我也盼着莘莘能帮我，但依他目前的情况，根本经不起劳心费神了。”

“我劝不住他，毕竟救死扶伤是医者天职，他过不去自己那一关。”百里云初迟疑半晌，终是低声道，“小九，要不你自己去和他商量吧。”

别看沈莘平日里温文尔雅，是难得的好脾气，可固执起来谁也拦不住，十有八九是遗传自他那个性情古怪的父亲沈麟。

九歌答应着，随她一同前往沈莘的房间，走进门，九歌发现沈莘不知何时已经起身，正颤抖着伸手，试图去够桌上的那杆毛笔。

百里云初大惊失色，忙飞奔过去扶住他：“你干什么？当心摔下床来啊！”

沈莘借她的手臂支撑起身体，胸口因呼吸不稳而急剧起伏着，他无力抬眸，见九歌也在，眼神亮了亮：“小九，你……你把笔给我，我写个方子给你……”

他的颈部和手部已经出现了片状红斑，面色泛起不正常的青灰色，声音更是沙哑非常，九歌心中不忍，放柔语气劝道：“你说给我听，我能记得住，不必非要写下来。”

他吃力地摇摇头：“不行，要写下来，才方便在试药过程中随时修改比对。”

“那就你口述，我来写。”

九歌从房中箱屉中取了宣纸，执笔一丝不苟地将沈莘所言记下，沈莘说完缓了口气问道：“你准备如何试药？”

“我吩咐邵文去搜集全城发病的动物，装笼带进府中，等试验成功了再用在灾民身上。”

沈莘轻轻叹了口气：“我觉得还是应该跟你一起去。”

百里云初闻言急道：“你现在这个样子，要怎么跟去帮忙？你别添乱就不错了。”

“可我和小九必须商量着进行药方的修改，若我也去邵府，至……至少能给小九节省一些，路上奔波的时间。”沈莘握住她的手，语气中带着几分安抚的成分，“你别担心，我是大夫，最清楚自己的身体，在疫情没有得到控制之前，我是不会轻易倒下的。”

百里云初拿他没办法，只好将求助的目光投向九歌，九歌沉吟片刻，婉言提议道：“不如让邵文差人用轿子将莘莘送到邵府去，这样既方便照顾，也有利于我们商讨药方之事。”

“好，那我也要去！”

九歌点头同意，眼神颇为感慨，想来若能与挚友同心同德共渡难关，哪怕前方布满荆棘，却永不会心生惧意。

五

然而九歌没想到的是，晌午时分，在她和百里云初将沈莘安顿在邵府厢房后没多久，就见墨祈也已站在庭院中，正遥遥望向这边。

她三步并作两步迎上前去，沐浴着他隐隐含笑的目光，几乎连心脏也停跳了半刻，忍不住数落道："你不好好在客栈歇着，来这儿做什么？"

墨祈低声回答："放心不下你，非要在旁守着不可。"

他的脊背仍挺得笔直，像一柄出鞘利剑，永远能给予她不可替代的安全感，但眼下淡淡的乌青和毫无血色的薄唇，依旧出卖了他此刻的身体状况——余毒未消，他不过是在逞强罢了。

九歌心疼不已，却也拦不住他，只好妥协："需要你时，我会直言，其他时候你就在房中休息着。虽说此次瘟疫通过血液传染较为明显，但也不排除空气传染的可能性，况且你受伤体虚，更加危险，一定不能掉以轻心。"

墨祈极有耐心地应着："好。"

正在这时，忽见邵府管家一路小跑而至，到跟前战战兢兢地行了一礼："回禀裴大人，府外有一黑衣男子，说奉您之命前来送药。"

可想而知，是红叶阁的人到了。

九歌迎出门去，发现送药的成员是靳柒和老三，二人身后拉着一辆板车，将板车上的麻布一掀，见里面装的都是灵山上的各类药草，应有尽有，其中自然也包括狼烟百合与石中莲。

老三笑道："夫人，您要的东西都找齐了，阁主说了，您有什么吩咐只管提，全由我和老七搞定。"结果话没说完就被靳柒用手肘狠撞了一下，须知这里是巡抚宅院，公然称九歌为"夫人"，很容易给她带来不必要的麻烦。

九歌并不介意，只笑吟吟地道谢："辛苦两位兄弟，回去请代我向唐阁主道谢。"

"哪里哪里，都是一家人，反正夫人你……哎！老七你放开我！"

靳柒扯着老三的衣领，朝九歌沉稳颔首，足下生风，身影很快就消失在她的视线范围。九歌转身，唤邵府家丁将板车抬进去，复又看到邵文风尘仆仆地赶来，满头大汗地赔着笑："裴大人，您要的那些试药的动物，下官已经把它们关在后院的帐篷里了，您看……"

"后面的事我来处理，你将府内空房都收拾好，等我命令吧。"

"遵命……"

先前沈莘在河边发现的那些死亡的老鼠，只是很小的一部分，宿城城内还有无数因互相撕咬而染病的老鼠，它们四处疯狂逃窜咬伤家禽家畜，到后来甚至感染了在此居住的百姓，情势便越发恶化了。

所以要找发病的动物并不难，从老鼠兔子再到猪崽牛犊，邵文生怕九歌对自己的执行能力不满意，几乎是把所有能找的种类都找全了。

身为医者，沈莘时常贴身携带着一双金蚕丝的手套，这一次恰好交予九歌使用，避免她直接接触发病的动物，也算多了一层保险。

根据沈莘所开药方，需摘素瑾叶尖两钱作引，半株石中莲取根茎磨碎，一株金蛇草去蒂留下花蕊部分，另加穿心莲两钱、丹皮五钱、青黛三钱和狼烟百合两钱，熬煮三个时辰以上，滤出药汁。

忙完这一切，天色已晚，九歌和百里云初正待在帐篷里，试图给笼中的老鼠喂药。

那只老鼠肮脏污秽就不提了，更可怕的是浑身烂疮流脓，泛着血丝的小眼睛半睁着，冷不防吱呀一嗓子，能把人心脏生生震出病来。百里云初努力了很多次，还是不敢靠近，小嘴一撇，快要哭了。

"小九，我不敢。"

烛光昏暗，点着熏香也遮不住那股刺鼻的臭味，相比起娇生惯养的三公主，九歌就要镇定许多，她拿软布裹着手指，一点点将熬好的药汁灌进老鼠嘴里，面上系的冰丝帕子被气息拂动微微颤着，一下比一下急促。

"你退后，不要碰这些脏东西了，去帮我把余下的药取来吧。"

谁知还没等百里云初迈步，墨祈已然端着药罐进了帐篷，他平静地站到九歌面前："我来。"

"你来干什么？别再碰到了伤口。"九歌秀眉微蹙，"墨大厂臣，你能不能听话？莘莘现在已经病了，我经不起你再出半点儿差池，你把伤养好就算是帮我了！"

若换作旁人这样对墨祈发火，恐怕早就死了百回，但九歌不同，她若数落他，墨祈除了妥协退让，没有别的选择。

"让公主回去照顾莘莘吧，我在这里陪你。"他想了想，又特意补充道，"伤口已经包扎好了，大不了我不碰那些染病的动物，你别生气。”

堂堂东厂督主，竟然也有这般乖巧的时候，九歌简直要被他逗笑，哪里还说得出半句重话：“随你喜欢。”

百里云初为了不打扰两个人独处，又因记挂沈莘，匆匆离开：“小九，你记得随时观察药效，找莘莘的时候尽量描述得详细一点儿啊。”

“知道了知道了。”也不知自家公主殿下这啰唆的毛病究竟何时才能好。

九歌转开视线，正迎上墨祈缱绻的注视，有那么一瞬间，她感觉自己好像要溺亡在他那双墨色含情的眼眸里，不禁面色绯红地背过身去。

“看什么呢？”

墨祈轻笑：“只是突然想起，我有一件东西还没还给你。”

“什么东西？”她给病鼠灌了最后一滴药汁，一面摘下手套，一面好奇地问道，“我可不记得自己有什么东西落在了你那里。”

他将手探进怀中，再伸向她时，已有一枚珊瑚红玉的珠子安静地躺在掌心，晶莹剔透，错综纹路间泛着薄薄的光晕，美不胜收。

是他当初在天都长街亲自为她挑的吊坠，此前她因一时赌气退给了他，没想到他竟然还心心念念不曾忘记。

“我一直贴身藏着，想找机会重新送你。”他将红玉珠子放在她的掌心，复而温柔地将她的手指拢起，“小九，如果你不再怪我了，就收下它。”

一点殷红衬着莹白如玉的肌肤，煞是好看，九歌将那坠子靠近烛光细细端详，静默良久，终是莞尔一笑。

“既然墨厂臣诚心馈赠，我便不再推辞了。”

长夜漫漫，有人陪伴终究是上天恩赐，即使是在这地狱般的瘟疫之城，也不觉孤单。

六

是夜，青城客栈。

房间中那一座观音铜炉熏香袅袅，百里华渊坐在桌前，沉默优雅地满斟一杯清茶，而后便听到门外传来李默恭谨的声音。

“殿下。”

“进来。”

李默进门，敛袖躬身行了一礼："回禀殿下，臣派往宿城的手下回来了。"

"嗯，事情办妥了吗？"

李默迟疑片刻，似在斟酌言辞，半晌才沉声答道："埋伏得很成功，也确实得手了，只是……臣的人也损失惨重，仅有一名回返复命。"

百里华渊似笑非笑："本宫不关心你的人损失多少，只对墨祈的死活感兴趣。"

"据臣幸存的手下所言，当时他亲眼看着墨祈和裴大人一起跌落悬崖，以灵山那样的高度，寻常人摔下去必死无疑。"

"一起跌落悬崖？"

"是的。"

百里华渊猛地抬手一拍桌面，直教茶盏也震了三震，他原本慵懒的神情瞬间冷厉，如同寒冬霜雪，狭长眸底溢满杀气："本宫何时说过，要连裴九歌也一并杀了？"

李默登时跪倒在地，纵然声线依然沉稳，冷汗却已浸透了一袭劲装："殿下息怒，臣的确只下达了格杀墨祈的命令，想来是当时裴大人坚持与墨祈并肩作战，这才导致了意外。"

百里华渊冷笑："这就是你为自己的疏忽找出的开脱理由？"

"请殿下恕罪，容臣多言一句，如果御前女官和东厂督主同时丧命于灵山，障碍既除，对殿下来讲，未尝不是一件好事。"

"墨祈是一定要除的，但是裴九歌，得到她或者毁掉她，都应由本宫亲自决定，而不是凭你自作主张，你也配？"百里华渊言毕，抽出旁边佩剑，将之扔在了李默面前，语调漠然，"大错已经铸成，鉴于留你这条命还有用处，你就把左手留下吧。"

寒光凛冽的剑身，折射出李默一双幽沉阴郁的眼睛，他咬紧牙关，终于缓慢将手伸向剑柄。

"臣遵命。"

然而他尚未来得及砍下自己的左手，就听门外传来急促的脚步声，又有锦衣卫前来送信："殿下，指挥使，潜伏在宿城城中的探子飞鸽传书，道墨督主与裴大人均已平安返回。"

李默惊道："怎么可能？"

百里华渊接过那封书信出神良久，唇畔一抹笑意晦暗不明，他随手将信丢入熏炉中点燃，不疾不徐地开口："不愧是绥国史上最年轻的东厂督主，看来墨祈死期未至，这场博弈还不能结束。"

更重要的是，九歌还活着。

九歌给墨祈陪葬，抑或是九歌和墨祈一起活下来，这两种结局，说不出哪种更好些，可在此时百里华渊的心中，却分明产生了一丝难以言喻的庆幸情绪。

正是这样微妙的心情，盖过了他对李默任务失败的怒火，他将长袖一挥，示意李默可以退下了。

“那名幸存的锦衣卫，留着也无甚价值，留个全尸，就当本宫替你清理门户了。”

“殿下英明，臣告退。”

百里华渊负手转过身去，目光沉沉地望着墙上那幅山水画卷，眸中仿佛氤氲了最浓的墨色，凉意瘆人。

他低声自言自语：“这条路难走得很，九歌，希望你能早些醒悟，不要执意与本宫为敌。”

试药是一个漫长而艰难的过程，在此期间，沈莘靠着一颗医者仁心和超乎常人的坚定意志，在病榻上一遍又一遍地修改药方，从用药种类到药量都捋清了头绪，在挚友们的配合下，终于成功医治了第一批染病动物，而这也意味着可以把瘟疫的诊治方向转移到百姓身上了。

不得不承认，奇方出奇效，那味石中莲起到了相当重要的作用，但凡是服用此药的病患，轻者五天之内基本痊愈，重者症状逐渐减轻，生命迹象变强——总而言之，见效颇深。

找到了突破口就不难解决问题，加之太医院成员接到皇帝旨意，日夜兼程从天都方向赶来，轮班医治，众人在宿城停留了一个月之久，直至看着疫情逐步缓解，这场灾情总算是过去了。

而沈莘服了药，在百里云初的悉心照料下，身体也逐渐好起来。

鉴于邵文近日表现良好，九歌最终没有直接罢免他的巡抚一职，尽管在宿城择人安排巡抚监官制衡他，却多少算是留下了他的乌纱帽。他指天画地地向她发誓，今后再不敢玩忽职守、贪赃枉法，必定兢兢业业、造福百姓。

至此，九歌和墨祈终于排除万难，将百里云初和沈莘平安带回，想来与他们两地分隔的百里子潇，已经苦等太久了。

第二章 深如海

一

四位挚友终是不负皇帝所托，及时遏制了宿城瘟疫的态势，带领太医院众成员，意气风发地归来。

在将一切事项禀明皇帝后，九歌和墨祈又将所有功劳一股脑推给沈莘，自然，皇帝对此非常满意，和蔼地询问沈莘想要什么封赏。

沈莘素来没什么抱负和野心，能安安稳稳地做自己的首席太医，守护挚友们平安无虞，他就很知足了，若定要说有什么特别的愿望，那大概就是迎娶百里云初为妻。

但现在，显然不是提及此事的最佳时机。

“恳请陛下，容臣考虑一段时间。”

他在外一向以木讷形象示人，所以皇帝闻言也没多想，只是笑了笑：“入朝为官这么久了，沈爱卿还是一样不善言辞——也罢，朕就容你考虑考虑，什么时候有了想要的东西，朕再赏赐给你。”

“多谢陛下。”

从皇帝所在客房出来之后，仗着九歌墨祈都不是外人，百里云初便迫不及待地挽住了沈莘的手臂，笑嘻嘻道：“行啊莘莘，还知道给自己铺后路呢？你说，是不是准备留着父皇的这一承诺，等回宫后请他给咱俩赐婚？”

沈莘难为情地低下头：“都被你看穿了，我还有什么好说的？”

她俏生生地一扬秀眉，趁他不备，飞快地在他脸上亲了一口：“这是奖励你的……嗯？你耳朵怎么红了？”

“好了公主，不要再捉弄莘莘了，待会儿被旁人瞧见如何是好？”九歌似笑非笑地在她肩头一推，“殿下可还在房里等着呢。”

沉迷自家沈太医美色的百里云初，这才恍然惊觉，还有个百里子潇在等着自己安抚，忙推门风风火火地闯进去，急着唤道：“五哥，我回来了！”

话音未落，已有人迎面扑过来，一把将她按在了怀里：“好妹子，你可吓死为兄了！”

“别担心，我这不是好好的？多亏了小九和墨祈，要是没他们，我和莘莘还不知会遭遇些什么呢。”

百里子潇用力点头，转而箍住沈莘的肩膀，将他从头到脚打量一番：“让本王瞧瞧，莘莘你瘦了不少啊，宿城伙食很差劲吧？”

沈莘微笑：“也还好。”

“哪里还好？”百里云初忍不住反驳，“你根本也没安心吃过几顿饭吧？一个多月，就只喝那些苦汤药了！”

百里子潇奇道：“喝什么汤药？”

为避免他过分大惊小怪，九歌在旁尽量委婉地解释：“莘莘之前在宿城感染了瘟疫，不过目前已经痊愈了，也没有留下什么后遗症。”

“感染瘟疫？”百里子潇心疼得直吸气，一时连眼眶都红了，“可怜的莘莘，在皇城哪里受过这种委屈……那小九和墨祈呢？你俩没事儿吧？”

百里云初指了指墨祈的左臂：“伤口还没完全恢复呢。”

“恢复得差不多了。”墨祈回答得轻描淡写，好使百里子潇放宽心，“区区小伤，不足挂齿。”

“什么不足挂齿？本王方才就看你脸色挺憔悴的，猜也猜得出，这段时日都没来得及调养身体吧？”百里子潇深深叹息，“等回皇城了，本王就把府内最好的雪参拿出来，你带回去炖汤喝！”

“不必了，墨府也有的。”

“你自己的和本王送的，那能一样吗？”

九歌好气又好笑：“这些事等回去再议，反正陛下说了，明日就启程回返皇城。”

“啊？这么快？”百里子潇向来不会掩饰情绪，喜怒哀乐都挂在脸上，听完这话，顿时就显得萎靡不振了，“宿城瘟疫来得突然，本王不得已和你们四个人分开几十天，现在好不容易重聚，连一起赏个桃花都来不及，就又要回去了。”

“来日方长，总能等到一起赏花的时候。”九歌含笑安慰，“更何况只要我们时常相见，赏不赏花很重要吗？”

“嗯，那倒是，能和你们喝杯酒聊聊天，本王就很高兴了。”

然后谁都没有再开口，五个人围坐桌前，相互对视，无须多言，便有如水默契于彼此间缓缓流淌，暖透心脾。

不管未来局势有多波诡云谲，至少这一刻，最信任的人都在身边。

翌日清晨，随行众人均整装待发，九歌疾步穿过回廊，却冷不防被来人拦住去路，抬眸望见那一袭雍容紫衣，不是百里华渊又是谁？

她略一停顿，随即婉言问候，神情平静："参见殿下。"

"不必多礼。"百里华渊的视线在她脸上停留半晌，笑容意味深长，"裴大人昨晚睡得如何？"

"托殿下的福，睡得很好，一夜无梦。"

"毕竟此前裴大人为治理宿城瘟疫，定是殚精竭虑，寝食难安，如今疫情稳定，自然应该好好休息一番。"

她着实恨极了他这副阴阳怪气的样子，可心知肚明，面上却还要装得恭谨优雅："多谢殿下体恤。"

百里华渊倾身凑近她，呼吸温热，在她耳畔低语："不知裴大人在宿城的这段日子，住得可还习惯？本宫听闻那里形同人间地狱，但想来有墨厂臣时时照拂，裴大人倒也不致过分难熬。"

他在试探她，在这样的时刻，稳不住就是一个输字。

九歌神色微哂，她从容应着："殿下何出此言？须知臣与墨厂臣，是奉陛下的旨意前往治理瘟疫，就算墨厂臣行事稳重、经验老到，遇事较为关照臣，那也不过是出于几分同僚情谊，又有什么可说的呢？"

"哦？行事稳重，经验老到，裴大人对墨厂臣，还真是不吝溢美之词啊！"

"臣同样认为殿下卓尔不凡，惊才风逸，是当之无愧的天之骄子。"

"裴大人何时竟学会讨本宫欢心了？"

"臣只是抒发内心所想，绝无半点儿虚言。"

百里华渊专注地端详着她，仿佛要一直望进她的心里去，不晓得为何，他此刻隐隐有些失而复得的愉悦感，在这种情绪的推动下，他没有再为难她，只略一颔首，连笑容也变得温柔了些。

"马车就停在外面，裴大人快去吧，莫让父皇等急了——待回宫之后，本宫再找你长谈也不迟。"

九歌抿紧唇角，未再多做耽搁，当即颔首行礼，沉默着举步朝客栈大门方向行去。

擦肩而过的瞬间，她恍惚闻到了一种融于风中的陌生香气，在长乐宫待得久了，她对百里华渊惯用的碧绒香味熟悉无比，也深知依他的性格，不会轻易更换香料。

那么，为什么？

九歌心念电转，脚步却未停半分，她头也不回地消失在他的视线内。

三

从江南到天都，隔着幻梦一场的距离，从众人踏进皇城的那一刻，一切又都重归平静。

秋水斋的修葺告一段落，换句话讲，过不了多久，九歌就可以搬出长乐宫了。这对她来讲无疑是好消息，但值得一提的是，在离开长乐宫之前，她还有件事必须要做。

傍晚，夕阳正浓，晚霞将庭院映成一片金红。

正值晚膳时分，九歌清楚百里华渊必在正殿之中，她故意路过门外，而后放慢脚步，半晌，果然听见他在里面唤道："裴大人，来都来了，不准备陪本宫喝一杯吗？"

她站在那里没有动，淡淡回答："臣只是觉得，有失礼数。"

"你是长乐宫的贵客，此番又是本宫邀请，哪里有失礼数？"百里华渊缓步行出，也不管她是否愿意，便好整以暇地牵起她的手，"本宫还记得除夕夜宴，裴大人亲口说自己千杯不醉，今晚本宫定要好好见识一下。"

她心中嫌恶，却也任由他牵着，不紧不慢地跟在他身后："一时戏言罢了，臣酒量再好，也万万比不过殿下。"

"裴大人过谦了，本宫晓得裴大人深藏不露，但越是如此，就越是好奇。"百里华渊笑着，"裴大人身上还有多少秘密，本宫都想逐一亲自解开。"

"臣除了忠心于陛下，便只想安稳度过余生，没有什么秘密可言。"她提酒壶满斟两杯，将其中一杯推向他，"殿下未免太抬举臣了。"

杯沿轻击，两个人同时将酒一饮而尽。

百里华渊很有耐心地给她盛了一碗甜粥，又给她夹了各式菜品到碟中，他柔声道："这些都是长乐宫厨子的拿手好菜，八宝野鸭和佛手金卷，相信裴大人一定喜欢。"

"谢殿下。"

两个人于推杯换盏间，只随意聊些不相关的闲话，直到九歌慢条斯理地将筷子伸向那碟奶白的葡萄，忽觉腕间一紧，竟已被他抬手攥住。

她听得他一字一句，沉声低语："秋水斋修缮完毕，过不了两天，裴大人就要从长乐宫搬走了吧？"

"回殿下的话，臣本打算明日就搬走的。"

"怎么，裴大人如此迫不及待地离开本宫吗？"

九歌气定神闲："殿下多心了，臣只怕再耽搁下去，会为殿下招致风言风语。"

"本宫不在意那些风言风语，反正日后还不晓得要听到多少，本宫只在意你的看法。"

这话叫九歌心里很不舒服，却又无从反驳，只能敷衍地应着："臣纵使离开长乐宫，心也还是同殿下在一处的。"

"你的心从未与本宫在一处，本宫甚至连要你一句真心话都算奢求。"百里华渊放下酒杯，霍然起身，在她颇为谨慎的眼神中径直来到她面前，微微俯身凝视着她，"但是裴大人，于本宫而言，你依然是不可替代的。"

九歌垂眸，沉默。

"所以，无论你身在何处，本宫都不会轻易放弃你，你将来或许会懂，只有本宫才会给予你本该拥有的一切。"

他蓦然单手将她从座位上拉起，另一只手揽在她腰间，把她牢牢圈在怀里，任凭她用力挣扎，始终没有放开。

两个人近在咫尺，九歌敏锐地察觉到，他所使用的香料，又重新换回了碧绒香——但狼一样的嗅觉令她辨别出，仍有一丝若隐若现的古怪香气未曾散去。

她银牙暗咬，忽而反手搂住了他，她合目将脸贴向他的肩膀，低声喃喃："臣福薄，受不住殿下的厚爱，却也由衷感谢殿下，始终不论出身，对臣高看一眼。"

百里华渊霎时怔住，任凭他心思深沉如海，却也万没料到她会主动靠近，在此刻完全占据了主动权。

但平心而论，他是很享受这一瞬间的，他宁愿相信她这番话，讲得真心实意。

"在本宫眼里，你比这皇城中的所有女子都要高贵。"

九歌缓缓松开手，直视着他的眼睛嫣然一笑，她什么都没再说，只施施然向他行了一礼便即离去，裙袂翩跹，轻盈消失在殿门之外。

殊不知，在方才相拥的片刻，她纤细的手指已经悄然探进了他腰间的香囊，而那曾精心修理过的指甲，挑起了香囊中细碎的香料粉末。

她得赶快回去，将香料粉末藏于手帕中，免得其随风而散。

离开长乐宫的那日，九歌什么也没带走，她缓步经过雕花回廊，身影渐行渐远，终是没入熹微的晨光中。

她知道，百里华渊就站在庭院里那棵合欢树下，远远地望着自己，但他不现身相见，她也绝不会先行开口。

她的心绪永不会为他牵动半分，唯一的办法，就是远离。

回到久违的秋水斋，她屏退了所有侍女和宫人，独自收拾只为图个清静。岂料这一收拾就收拾了大半天的光景，直至日暮西山，她才前往潇王府。

可想而知，闻讯迎出门来的百里子潇乍一见着她，有多震惊。

“小九，不是说明天才回秋水斋吗？本王还打算去给你庆祝庆祝的！”

九歌笑道：“既能早一天走，我自然绝不多等，你当长乐宫是什么令人流连忘返的好地方吗？”

“那你这突然登门也不地道啊，本王甚至都来不及叫厨子做俩好菜！”

“算了，又不是没吃过，随便炒两个菜就好，我是来看你的，又不是蹭饭的。”

两个人正说话间，忽见百里云初从后苑快步跑来，一袭丁香色衣裙明艳动人，耳上依旧别着那根紫玉狼毫笔，她兴高采烈地招呼：“小九来啦？我最近可惦记你了，就是忙着写话本，没得空去长乐宫看你！”

三公主是个闲不住的性子，按理说出现在这里也是常事，可当九歌一抬眸发现沈莘也跟在后面时，就觉得奇怪了。

“今天是什么好日子，大家都聚齐了？”

百里子潇道：“墨祈也不在，怎么能算聚齐？”

话音未落，门外忽然传来熟悉的清越男声，语气隐约含着笑意。

“所以，我现在来了。”

四个人齐回头，见墨祈正负手立于不远处，玄色常服衬得他一派神清骨秀，是水墨也描摹不出的绝代风华。

百里云初欢呼：“五哥，快去让后厨加菜，今晚咱们喝两杯！”

九歌在庭院石桌旁坐下，顺手拈起一块玫瑰酥：“我特意来一趟，可不仅仅是为了陪你们喝两杯。”

“这么说你另有正事？”沈莘听出了几分弦外之音，“是太子又为难你了？”

“他倒是没有为难我，只不过，我设法从他身上得到了些东西。”

墨祈见她从怀中取出一方素帕，揭开后里面是些褐色与青色的粉末，闻之异香扑鼻，神色恍然：“碧绒香？”

“不对啊。”百里云初飞快接口，“我有印象，碧绒香粉质细腻，呈深青颜色，那这其中夹杂的褐色颗粒是从何而来——小九，这是你从大哥香囊里得到的？”

见九歌颔首承认，百里子潇在旁不禁感慨："能从大哥贴身的香囊里取线索，小九你果真不是一般人。"

"听你这么夸我，我可是半点儿高兴不起来。"

沈莘观察那些香粉半晌，小心翼翼地将手帕合上，温声道："小九你在怀疑什么，能告诉我们吗？"

九歌回答："那日离开江南，我与太子见面时，发现他换了香料，直至昨晚才又换回碧绒香，但我依然嗅出了之前那种香料的味道。"

"大哥这些年从未换过香料，独爱碧绒香，怎么去趟江南就转性了？"百里云初轻哼，"肯定有猫腻。"

"因此我才想让你们帮着参谋参谋，看他到底为什么会换香。"

沈莘见所有人的目光都落在自己身上，为难地摇头："我对制香一事并不在行，很多细节也不了解，你要搞清楚这究竟是何种香料，须得请行家鉴定。"

九歌托腮叹息："我要到哪里去找制香的行家？"

"本王记起来了，小九，"百里子潇难得在大家谈正事的时候，发挥一次关键性作用，"锦瑟原先提到过，她就是制香高手，惊鸿楼高级艺师所用的那些勾魂摄魄的香料，都是经锦瑟之手调出来的。"

她眼神微亮，面露喜色："好得很，明日一早我就去惊鸿楼找锦瑟。"

"本王与你同去！"

"瞧你这心急的样子。"她似笑非笑地瞥他一眼，"那到时候你行事谨慎些，可别误了我的事。"

百里子潇猛地一拍大腿："莫非你连本王都不相信吗？"

"说实话，不怎么相信。"

其余三位纷纷点头称是，叫潇王爷着实很没有面子，他气得把茶盏一扔，大步流星地朝后厨方向走去。

"晚上的醋鱼还有蹄髈都不做了！不喂给你们这群白眼狼吃！"

三

带百里子潇出皇城这种事，九歌早已轻车熟路，这次她直接托墨祈给自己安排了一辆马车，于翌日清晨出宣武门一路疾行，直奔惊鸿楼。

惊鸿楼的玉娘认识百里子潇，无须多言便晓得了二人此次来意，忙亲自引着他们前往华年阁，并差人即刻将好茶好点心送上楼来。

房门轻响，锦瑟正坐在妆台前梳理长发，听到脚步声也没有抬头，只淡声道："玉娘，不是说好在下次金缕盛会之前，都不见客了吗？"

玉娘闻言不禁失笑："我的好姑娘，这次的客人比较特殊，你若不想见，可得亲自说与他听。"

锦瑟疑惑回眸，便瞧见站在门口傻笑的百里子潇，顿时怔住。

"请殿下和锦瑟慢聊，民女先告退了。"

玉娘懂规矩，也极有眼色，当即不再多留，自行退避。九歌将手绕到身后，在百里子潇腰间狠扭了一把，示意他不要再发呆，赶紧说点儿什么。

百里子潇瞬间挺直脊背，强忍住才没痛呼出声，他哀怨地瞪了九歌一眼，转而尴尬地笑着看向锦瑟。

"锦瑟，好久不见，最近过得还顺意吗？"实在是非常生硬的开场白。

锦瑟莞尔："一切都好，殿下你呢？"

"我也一切都好！那个……突然到访，希望没给你造成什么困扰。"

"如果是你们，那就没关系。"锦瑟起身给两个人斟茶，耳畔的明月珰随步履轻盈作响，她从容开口，"既然连九歌也来了，便说明你们是有正事要和我商量——但讲无妨，能帮上忙的我一定尽力。"

百里子潇感动道："真不愧是本王温柔又善解人意的锦瑟……"结果话没说完，就被九歌往嘴里塞了一把梅干，很显然，后者嫌弃他这呆样太丢脸。

锦瑟向他投去脉脉一瞥，抿唇轻笑："其实我也很难想象，居然还有你们五个人都难以解决的麻烦，所以，究竟发生什么事了？"

"嗯……倒也不算很麻烦，只是需要你鉴别一种香料。"

"香料？在哪里？"

九歌从怀中取出那方素帕，置于锦瑟面前，锦瑟揭开帕子一角，用染着蔻丹的指甲挑起一点儿粉末，凑近鼻尖轻嗅，许久，若有所思。

"是碧绒香，这种香料工序复杂，极为名贵，据传只有皇亲贵胄方能使用。"

百里子潇奇道："青色的粉末是碧绒香没错，那褐色的呢？"

"这就是问题的关键所在了，这褐色粉末味道很奇特，我目前能判断出两味制香原料，一味是离合草，一味是橘沉香。"

九歌蹙眉沉吟："橘沉香有静心养气的功效，这我清楚，离合草却从来没听说过。"

"离合草生于西域，本是一种珍稀药草，由于我的制香师父是西域人，所以我才有幸见过一次。而这种独特的味道，我如今还记得。"锦瑟道，"师父告诉我，一般不会有谁刻意用离合草制香，除非制香人要去往瘟疫多发的污秽之地，在香料中加一味离合草，能起到保护心肺，使之不受病气损害的效果。"

九歌刹那间眉眼微沉，她冷声重复着："你的意思是，对方是为了避免自己受病气侵袭，这才使用了这种香料？"

"不错。"她下意识地看向旁边的百里子潇，见百里子潇也同样满脸惊异，他难以置信道："不可能啊，当时大哥和本王一样，都在青城，根本没去宿城。"

"那时瘟疫已经暴发，他自然没有再去宿城的必要，而现在我怀疑这次瘟疫，原本就是他着手策划的。"

"这也太荒唐了吧？况且大哥这样做，对他自己也没什么好处。"

九歌叹气，笑得颇为无奈："你还试图替他开脱呢？你可知莘莘曾在宿城城外的河水中，发现了十余只溃烂发病的老鼠，据我们分析，那是有人故意从河水上流投放的，目的就是要利用瘟疫引起恐慌——倘若我们没能及时控制住这场瘟疫，就意味着瘟疫会在封锁的江南一带肆意蔓延，届时连青城也很难幸免，甚至将威胁到陛下的安全。"

而这味离合草，足够证明，百里华渊接触过瘟疫的根源，并始终在刻意防范。

半杯茶水还握在手里，百里子潇一时无措，他喃喃着："你是说，大哥存了弑君之心？"

"我不能妄自揣测他的真正用意，但可以肯定的是，他正在谋划清除前路的一切障碍——包括我和墨祈，否则他断不会指使李默，派锦衣卫上灵山伏击我们，险些置我们于死地。"

这些意外事件，其实都是早有预谋的行动，都在执棋者的掌控之中。

百里子潇沉默良久，他无法反驳，只能接受残酷的真相。抑或是说，他早就该接受了，可终究是出于那一丝割舍不下的兄弟情义，盼望着百里华渊还没有冷血到无可救药的程度，一切都还有转圜的余地。

然而百里华渊不是他，他永远也难以理解百里华渊的野心。

"大哥他……他已经是太子了，没有谁能和他争抢的，他为何还要……"

"纵然贵为太子，也难逃命中变数，古往今来有多少先例摆在那里，更何况他生性多疑，又见陛下对你颇为挂心，必然认为我们的存在就是威胁。"

除非到了真正登上皇位的那一天，否则百里华渊永不会安心。

锦瑟见百里子潇神色伤感，心有不忍，扶着他的肩膀柔声安慰："生在帝王家，难免身不由己，这又不是你的错。"

百里子潇哀叹："无论本王说什么做什么，大哥都不肯相信，本王从未动过与他争夺皇位之心。"

"即使你不去争，他将来成了皇帝，也不会放过你。"九歌斟酌良久，终于还是选择讲出心里话，哪怕只为了让百里子潇看清现实，"你是太子心中的一根刺，拔与不拔都会时时疼痛——殿下，我只问你一句，倘若日后当真避无可避，你果真愿意牺牲自己，成全这样一位心狠手辣的兄长继承皇位，统领江山吗？"

或许只有在这种时刻，她才能深刻意识到，唐枫曾经所言，是有道理的。

百里子潇定定地注视着她，那一刻他不得不承认，自己犹豫了。

换作从前，这个问题的答案并不难，毕竟他不在乎谁做皇帝，只想共爱人知己，闲云野鹤终此一生。

但是如今，他隐约明白，就算自己退让千步，也得不到想要的自由，百里华渊不会放过他，也不会放过所有他在乎的人。

"本王不知道啊……"

锦瑟惆怅地看向九歌，似是恳求对方不要再为难百里子潇了，九歌也深知这样对百里子潇太过残忍，她叹息一声，将手覆上了百里子潇的手背。

"我当然也希望，永远不会有那么一天。"

四

从惊鸿楼离开后，百里子潇的情绪始终低落，连九歌提议要顺路给他去留香坊买一包豌豆黄，他都拒绝了。

九歌搭着他的肩膀，就像往常一样，带着调侃的语气："殿下，有些事呢，不是你发愁就能愁出一条路的，所以在尚不致被迫做出选择的时候，尽量活得开心点儿吧。"

"本王以前，活得确实开心。"

她看着他，眼底光影微黯："你这样讲，倒让我觉得是自己错了。"

"你哪里错了？这些年你是如何做的，本王不是傻子，都看得见，也记得住。"百里子潇低声道，"无论是你，还是墨祈，以及云初和莘莘，都是本王最重要的人。

本王其实都明白，而且……若真到无路可走的时候，本王愿意拼死一搏，为你们争出一条生路。”

他抬起头，眼神晶亮地瞧着她，蕴含着与平日里截然不同的认真和专注，他一字一句道：“小九，本王所言，尽是心里话。”

“我知道，但我倾尽所能，也绝不会让你走上那条路。”九歌顿了顿，复又展颜笑道，“话已至此，我的乖殿下，你到底还要不要去留香坊？”

沉重的话题被轻描淡写地一语带过，阴霾尽散，她总是有这般四两拨千斤的好本事。

百里子潇一面嘟囔着“别把本王当小孩子哄啊”，一面不情愿地点点头，任由她扯着自己的衣袖，朝街道的另一边走去。

岂料两个人刚到留香坊门口，便听见一阵粗鲁的喝骂声，紧接着视线内出现一位身材娇小的少女，那少女身着粗布衣衫，长发凌乱狼狈，怀里还紧紧抱着盛包子的纸袋，边逃边被两名大汉追着打，直哭得梨花带雨，极为凄惨可怜。

“小九，要不你去管管？”

九歌也有些看不过眼，闻言颔首同意，她径直走上前去，一左一右轻轻巧巧地将大汉扯开：“二位，有话好说，欺负个小姑娘算什么英雄？”

其中一个人冷哼道：“她是贼，刚偷了我的钱袋去买包子，我们哥俩揍她一顿还不是应该的？”

另一个人仍恶狠狠地伸出手，想去拽那少女的袖子，少女吓得忙躲到九歌身后，低着头不敢出声。

九歌问：“她偷了你们多少钱？”

“五两银子！”

“这里有十两，算我替她给二位赔个不是，此事就不要再追究了。”

银子到手，还凭空赚了一倍，两名大汉的脸上总算有了些笑模样，当即不再多言，只警告性地瞪了那少女一眼，转身离开。

九歌转过身去，见少女正拼命往嘴里塞着包子，塞得两颊鼓鼓囊囊，像只饿极了的小松鼠，她不禁失笑：“几天没吃饭了？”

“两……两天……”

“你叫什么名字？”

少女含混不清地回答：“雁霓，鸿雁的雁，霓裳的霓。”

看来还是个读过书的姑娘，也不知因何沦落至此。

百里子潇在旁问道："为什么要偷东西？你家人呢？"

"我父母都病死了，姑姑姑父又把我视为累赘，还想把我卖到青楼去，我趁着月黑风高就跑出来了。"

九歌看着对方脏兮兮的小脸，忽而心生恻隐，她想到了曾经的自己，也是孑然一身无所依仗，没日没夜地流浪，受尽冷眼只为活下去。

她从怀里抽出两张银票递给雁霓，温言嘱咐着："这些钱足够你生活许多年，你可以盘一间茶水铺子清闲度日，或者就找个好人家嫁了吧。"

雁霓没有接银票，只拭净唇边的糕点残渣，一本正经地挺起胸膛，严肃道："我不想嫁人。"

"哦？"

"我不想嫁给那些四体不勤、五谷不分的臭男人，一辈子给他们当牛做马。"雁霓睁着一双乌黑清亮的大眼睛，语气执拗而坚定，"如果小姐不嫌弃的话，我能跟您走吗？我什么都会，洗衣烧饭做女红，只要您能留下我！"

百里子潇险些被她逗笑："可惜了，她身边不缺洗衣做饭的仆人，更不缺女红精湛的绣娘。"

雁霓据理力争："那不一样，我烧的菜肯定比他们好吃！"

九歌饶有兴致地反问："你为什么非得跟我走不可？比起做仆人，这笔钱或许对你更有用。"

"就算有了钱，也难免被人仗势欺辱，活得战战兢兢。看得出来，小姐和公子贵气横溢，都不是普通人，跟着你们，我能学到的东西，价值必定远远超过这笔钱。我还年轻，不想把自己的一生就这样白白荒废了，请小姐相信我，我日后会加倍报答您，我会成为对您有用处的人！"

"是很有趣的言论呢。"九歌和百里子潇对视一眼，彼此竟有些欣赏这个小丫头了，她樱唇轻勾，"虽然我身边从不缺人，但多你一个倒也不算什么大事，你乐意跟来也无妨。"

"真的？"

"自然是真的。"

雁霓又惊又喜，当即一揖到地，脆生生唤道："拜见小姐！从此以后，奴婢就是小姐您的人了！"

九歌秀眉微扬："好，那么现在，我带你回家。"

五

九歌口中的"回家"，毫无悬念，当然是回皇城。

从马车驶进宣武门，雁霓撩起帘子看清眼前恢宏的景象之后，她便再也没有多说一句话，只愣怔地坐在座位上，双手用力绞着衣角，显然还没从巨大的冲击中回过神来。

这里是皇宫，青砖红墙，碧瓦飞甍，雕花长廊，白玉窗棂，全天下最华美庄重的地方，即使她没见过，也在民间话本中读到过。

一切都像一场梦，她先前只道面前两个人身份尊贵，却不承想尊贵至此，三言两语间，就将自己带进了宫内。

百里子潇自行回府，她随九歌到达秋水斋门口，出神打量着那座于绿树掩映间的精致宅院，听所有的侍卫宫女恭敬地称她为"裴大人"，不禁怯生生地问："裴大人？小姐，他们为什么叫您大人？"

九歌素来没有高位者的架子，所以侍女们大多不惧怕她，反而和她比较亲近，有个相熟的侍女闻言，当即快人快语道："裴大人就是裴大人，当今圣上最宠信的御前女官，你竟不知？"

"嗯……"

九歌弯起眉眼一笑："她是新来的，自然不知，去忙你的吧。"

待那侍女离开，雁霓亦步亦趋地跟随九歌来到内室，见九歌地优雅在盛满清水的包金铜盆里净手，用软帕拭干水珠后，又开柜子取了一件湖青色的裙衫递给自己。

"去后院尽头那间厢房，自己打水洗个澡，换上这身衣服。"

她喏喏地应着："奴婢遵命。"

约莫半个时辰后，待雁霓将自己收拾干净，重新回到内室，见九歌正坐在窗前，不紧不慢地往白玉瓶中插花，那纤纤五指衬着鲜艳的花朵，煞是好看。

九歌抬眸，见面前的少女眉眼灵动、秀丽脱俗，不禁笑着赞道："方才被那身脏衣服裹着，竟没发现你是个美人儿。"

雁霓面色绯红，垂下头轻声说："奴婢哪里比得上主子？您才是真正的美人呢。"

"跟在我身边做事，无须如此拘谨，我不是那些自视甚高的达官显贵，没那么多规矩。"九歌招手示意她过来，顺便从旁边的梨木盒子里，挑了串色泽通透的玉镯子，

“这是送你的见面礼。”

雁霓大惊失色：“这么贵重的礼物，奴婢不敢收。”

九歌将镯子塞进她的手里，语气很平淡：“首饰再贵重也是给人戴的，我给你了，你就收着。”

“这……奴婢多谢主子。”

“希望我没有吓着你。”九歌温声道，“其实我也没料到，原本要陪潇王殿下去留香坊买包糕点，结果却阴差阳错救了你。”

“能遇到主子，是奴婢上辈子修来的福气。”雁霓对她深深一拜，言辞恳切，“奴婢今后定当尽心竭力伺候主子，以报答主子的知遇之恩。”

九歌略一摆手：“谈不上什么修来的福气，但我倒的确希望你能像先前承诺的那样，展现出自己的价值——毕竟我这秋水斋地方也不大，没必要长久地养着闲人。”

“奴婢了解，一定不辜负主子的期望。”

九歌点头，复又含笑问她：“平时都喜欢吃些什么？”

“啊？”

“你尽管说来我听听。”

雁霓颇有几分孩子心性，见她这么问，便也果真正正经经地思考起来：“奴婢还记得很久之前，有幸尝过一次八仙楼的红烧兔腿，那滋味到现在都忘不了。”

九歌将插花的玉瓶置于一旁，当即招呼侍女进来，悠然吩咐道：“去找御膳房当班的李御厨，就说今晚秋水斋加一道红烧兔腿。”

“是。”

依她在朝中的地位，素日里宫中各路人员对待她，比对待后宫娘娘们还要上心几分，故而提出这点儿小要求，根本不算什么。

雁霓什么都没说，喜悦之情却是真实显露在脸上的，且在悄悄望向她的那一刻，眼底有光。

第三章 昔年怨

一

雁霓在秋水斋住得久了，对这里的一切事务都逐渐熟悉起来，加之她聪明能干，到后来很多事已经足以一手操办，竟比其他经验丰富的侍女做得更好。

对此，九歌极为满意，于是每逢宫中送来什么新奇的小玩意儿，总不忘给她留一件，闲暇时常会跟她聊天解闷，也允许她和自己同桌用餐，两个人宛如姐妹般相处愉快。

“依我看，皇城中最好的绣娘，也未必比你的手艺精致。”

雁霓的目光落在手中的绣布上，一针一线都绣得极为细致，她闻言笑道：“主子这话可就折煞奴婢了，奴婢哪有您夸得这么好？”

“那你跟我说说，现在这是要绣点儿什么？”

“是给主子您绣的，不过要等绣好了再告诉您。”

九歌笑了笑：“还挺神秘，那先撂着吧，今天不绣了，随我出去走走。”

雁霓奇道：“去哪儿？”

“去潇王府。”

算一算，九歌最近琐事繁忙，已经有很久没去潇王府了，恰逢昨晚百里云初托人捎话，约她今天同去潇王府看望自家五哥，她想了想，索性决定把身边的小丫头也带上。

到达潇王府的时候，天色渐晚，日薄西山，庭院在晚霞的映照下暖色弥漫，而百里子潇正在这样的环境里，独自舞剑。

有那么一瞬间，九歌险些以为自己看错了，须知这些年来，百里子潇认真习武的次数，一只手都能数得过来，如今这是怎么了？

她有些感动，深觉自家殿下已经成长了，终于意识到磨炼自己的重要性了。

然而事实证明她还是太天真，因为在百里子潇收剑转身看到她的同时，就兴高采烈地朝后苑招呼着：“云初，小九到了！你快和莘莘把铁架子搭出来！再叫墨祈督促一下后厨，叫他们快点儿把鸭子的毛拔了，酱汁调好！”

果然，这次大家也都到齐了。

九歌疑惑地反问：“拔鸭子毛？哪来的鸭子？”

“莘莘来之前上街买的呗，包括烤鸭的架子，也是他自己组装的。”百里子潇笑得满面春风，“小九，你还认得这把剑吗？”

“认得，当年陛下在你生辰之日赏给你的青蜂剑。”

“对啊！”他拼命点头，诚恳地和她分享经验，“本王刚才试过了，用青锋剑剔鸭肉剁鸭架非常顺手，待会儿它将成为我们这顿美餐的大功臣！”

很好，这才是她所熟识的潇王殿下，半点儿没变。

九歌叹息：“真难想象，你特意请公主叫我过来，就为了让我陪你吃烤鸭。”

“这难道还不够吗？”百里子潇义正词严，“身为挚友，有好吃的就是要一起分享，本王为了这顿烤鸭可是做足了功课，你就瞧好吧！”

她对烤鸭没兴趣，此刻只想抄起石凳砸在他头上，但她还没来得及将想法付诸实践，就见百里云初和沈莘扛着烤鸭架子一路小跑过来，紧接着墨祈也拎了两只褪毛沾血的鸭子出现在她视线内——不得不承认，不愧是东厂督主，哪怕是做这么毫无美感的事情，依然风姿不减。

百里云初很自然地问道：“小九，你还打算吃点儿什么，我让后厨加菜？”

“整天不务正业，把所有心思都花在吃上了，你们心里当真过意得去吗？”九歌把石凳一扔，痛心疾首地摇头，“算了，加一道清炖小羊排，还有西芹虾粥。”

“好嘞！”

雁霓站在九歌身后，好奇地将每个人都打量一番，这才伏在九歌耳畔悄悄低语：“主子，这几位是……”

“潇王殿下你已见过了，这位是三公主殿下，这位是沈太医，这位是东厂墨督主——都记住了，日后若要让你给他们递个信传个话，还少不了接触。”

“奴……奴婢遵命。”

百里云初上前两步，把雁霓拉到自己面前细细端详，眼中带笑：“这丫头生得倒是挺俊俏，不过我记得小九以前不爱在身边留人的，这回怎么破例了？”

九歌道：“雁霓聪明伶俐，比较合我心意，是株值得调教的好苗子。”

“噢，这样啊。”

墨祈立于旁侧，桃花眸底光影静冷，他看向雁霓，眼神充满了审视的意味，偏巧这时雁霓抬头与他视线交汇，她神色微滞，半晌赧然垂眸，带着些小女儿家特有的娇羞。

“主子，奴婢这就去后厨帮忙，随时听您吩咐。”

“好的，你去吧。”九歌帮百里子潇将烤鸭架子扶正，又将各式调料酱汁装进碗碟里，做完这一切，她察觉到墨祈就跟在自己身后，于是借着催他快些落座的机会，抓住他的手轻声问了一句，“我拜托给你的事情，查了没有？”

墨祈略一颔首：“已经派人去查了，放心，暂且不要打草惊蛇。”

“明白。”

所谓她拜托给他的事，自然是让他设法回到宿城去，调查瘟疫的来龙去脉，寻找和百里华渊有关的一切线索。

鉴于线索未明，两个人约定好，在彻底查清楚之前，就先不告诉另外三位挚友，免得给他们徒增烦恼。

总而言之，这算得上是一顿令人愉悦的晚餐，百里子潇并未白做功课，尽管是第一次烤鸭，却能把鸭子烤得外酥里嫩、肥而不腻，受到了大家的一致赞美。

酒过三巡，九歌突然想起自己的西芹虾粥还没喝，墨祈温柔地拍了拍她的肩膀，示意她耐心等候，自己去后厨给她端来。

岂料他还没到后厨，中途就碰上了前来送粥的雁霓，雁霓乍一看见他也有些愣怔，片刻才后知后觉，忙躬身行礼：“奴婢参见墨督主。”

“不必多礼，把粥给我吧。”

她双手将粥碗呈至他面前，一开口宛如莺声燕语：“督主小心，莫要烫着了。”

十五六岁的少女，正如海棠花般娇艳绽放，在月光下眼波盈盈，分外动人。遗憾的是墨祈全然漠视不理，只接过粥碗转身离去，连背影都透着无比冷峭肃杀的气息。

与此同时，他以两指稳稳夹住自袖中抖落的银针，针尖无声无息地往粥中一探，在确认完全没有问题之后，才将粥拿去递给九歌。

凡是在她身边伺候的人，他都绝不能掉以轻心。

更何况这位名唤雁霓的姑娘，似乎并不如表面看上去那般纯良天真。

三

盛夏时节总是多雨，一场雷雨刚刚过去，庭外树木绿意渐浓，空气中透出湿润的凉意。

九歌将窗子打开，刚好见雁霓托着几匹黛色和杏色的布料进屋，后者笑道：“主子，尚衣局新到的云霞织锦，奴婢给您取来了。”

“知道了，放那儿吧。”

“嗯？主子您连看也不看一眼吗？这么漂亮的织锦，多可惜。”

九歌懒洋洋地回答：“见得多了，也就没什么意思了，你若喜欢，自己挑个颜色去做裙子吧。”

她平日里赏赐雁霓的东西从来不论价值，只凭心情，久而久之雁霓也就习惯了，便不再矫情推辞，只笑盈盈地谢了恩，自行去挑选织锦。

结果颜色还没挑好，雁霓倒在织锦里面发现了些别的物件。

“主子，您快来看这是什么。”

九歌闻言靠近前去，见第二匹和第三匹织锦的缝隙里，夹着一枚拴剑柄的流苏坠，不同于普通流苏，这枚坠子色泽素净、构造精巧，是镂空的金葫芦下面系了珍珠，而那半指长的金葫芦里，还嵌了一块被削成圆润形状的深赭色药膏，一晃动就会轻微作响。

“这是……”她将坠子凑近鼻尖轻嗅，若有所思，“是掺了香葵粉的艾叶膏。”

那天她随口和损友们抱怨了一句，说秋水斋不晓得怎么回事，一到夏季就多生蚊虫，扰人清净，沈莘表示自己会惦记着，到时给她和百里云初准备一小包艾叶膏带在身上，对驱蚊有奇效。

雁霓很是诧异：“只有沈太医才会调这种药膏吧？那为什么不是太医院的人给您送来，反而要神不知鬼不觉地夹在织锦中呢？”

九歌低声道：“你在从尚衣局回秋水斋的路上，可有遇到什么人？”

“好像……”雁霓认真回忆片刻，迟疑着回答，“有倒是有，遇到了东厂的方千户，他称自己例行巡查，说看奴婢面生，盘问了奴婢几句。”

“然后呢？他碰过这些织锦吗？”

雁霓点点头：“碰了，说要检查一下，大约是怕奴婢撒谎吧。”

九歌将那剑坠紧紧攥在掌心，恍然一笑：“他不是怕你撒谎，托词而已，这坠子就是他塞进去的。”

往镂空葫芦里塞药膏，这种手艺沈莘也有，但沈莘完全没必要费心思地给她打磨一枚剑坠，会做这样事情的人，只有墨祈。

而墨祈不能亲自送给她，只能派方千户为信使跑这一趟，还要让后者装模作样地演一出戏——雁霓不懂宫里的规矩，她却是懂的，例行巡逻这种小事，何时要轮到方千户亲自来做了？

雁霓向来伶俐得很，听九歌解释这两句，便明白过来：“主子，其实这剑坠是墨督主送的吧？”

九歌轻描淡写地瞥她一眼：“你倒不傻。”

“墨督主对您可真上心啊。”雁霓由衷道，“能被像墨督主这样权倾朝野的男子守护着，说明主子您也一定是足够强大的人。”

“这话你对我说，我就当没有听过，但我不希望再有其他人听到类似的话了。”

唯有九歌自己晓得，其实她也并没有多么强大，无非是苍茫世间寻找归处的流浪者罢了。只因为有必须保护的人和必须坚持的信念，才不得不披甲前行，纵然举步维艰。

然而这种道理，就不必与雁霓细讲了。

雁霓沉默半晌，试探性地问：“主子，您生气了？”

“没生气。”九歌顺手一摸她的长发，就像姐姐对妹妹那样温和，“待会儿替我去趟墨府，给墨督主送件回礼——若碰巧有人问起，你就说自己是潇王府上的。”

“好的。”

在前往墨府这一路上，都没有谁注意到雁霓，她踏着斜阳碎影行至墨府门前，仰头望着那块朱漆金字的牌匾，良久才抬手敲门。

开门的是府上李管家，李管家见她面生，挺犹豫地问：“姑娘是谁的人？”

“秋水斋侍女雁霓，来替裴大人给墨督主送回礼。”

李管家一听“裴大人”三字，就如同听到了通关密令，登时喜上眉梢，连声应着：“那快请进吧。”

这是雁霓第一次进入墨府宅院，相比起亲眼见到真正的皇宫，踏上这片土地，才是更加令她兴奋的事情。

她跟随管家的脚步，穿过雕梁画栋、亭台水榭，她下意识地攥紧手指，眼底浮动着奇异的光亮。

她站在正房门前，听管家毕恭毕敬地回禀：“督主，裴大人派侍女来送回礼了。”

“让她进来。”

“是。”

雁霓进屋，房门在身后被重新关上，她从怀里取出一枚月白色的荷包，小心翼翼地递给墨祈：“这是主子托奴婢带来的回礼，主子说，感谢督主百忙之中还惦念着她，此情后补，断不敢忘。”

墨祈坐在台案前没有起身，他接过荷包细细摩挲，见上面用略显笨拙的针脚绣着桃花图样，以及一个歪歪扭扭的“祈”字。

他神色平静地抬头，在看向雁霓的一瞬，眸光渐冷：“这么客气的言辞，不是你家主子会说给我听的。”

“这……”

“我要听她的原话，不需要你自作聪明地加以修饰。”

雁霓垂眸，唇线微抿：“主子说，虽然这荷包绣工粗糙，但想来督主您也不敢嫌弃。”

不错，他自然是不敢嫌弃的。

墨祈眉眼间总算显出了几分笑意，他将荷包收入怀中贴身藏着，复而淡声开口：“是你教给她的？”

“奴婢仅仅是指点了几句，最重要的还是主子聪明，一学就会。”

“嗯。”

墨祈没再多说什么，只放下手中书卷闭目养神，半晌睁开眼睛，见雁霓仍旧站在面前，一眨不眨地注视着自己：“东西已送到了，难道还需要我多留你一会儿吗？”

雁霓听出了他语气中的不善意味，惶惑摇头：“督主息怒，奴婢只是在想，督主杯中的茶水已经凉了，继续喝的话会有损脾胃。”

“这样啊。”由于对方现在是九歌宠信的侍女，墨祈多少还是给她留了一丝颜面，没有直接令她难堪，但他敲击案面的手指，已经充分表露出了他的不耐烦，“我没有温茶的习惯。”

“所以督主才需要一位能替您温茶的人。”雁霓终于鼓足勇气，柔声道，“奴婢从小就很擅长做这些杂事，若是督主有意，奴婢可以……”

“够了。”

两个字的命令证明了一切，也算是他下给她的最后通牒，雁霓很识趣地低下头去：“奴婢告退。”

她倒退着离开房间，低落的神情尚未从脸上退去，下一刻便已看到了站在门口的百里云初，顿时怔住。

百里云初显然已到了很久，不远处李管家尴尬的笑容证明了这一点，从三公主的眼神上判断，她此刻好像不怎么高兴。

“雁霓是吧？”百里云初原本是要来找墨祈借一本古籍，作为自己新话本的参考资料，谁知竟碰巧听到了两个人的谈话，她将那根紫玉狼毫笔从耳后取下来，放在手中把玩着，语气并不如往常那般轻快，反而有种别样冷漠的气息，“本宫猜想，裴大人吩咐你来墨府送东西，一定不是为了给你讨好墨厂臣的机会，你说对吗？”

“公主殿下误会了，奴婢只是……”

“像你这样的姑娘，本宫见得多了，所以并不想听理由，只单纯地想要劝你一句。”百里云初正视着雁霓的眼睛，一字一句强调着，“裴大人既然信任你，就别辜负她，别有任何非分之想，否则本宫不会放过你的，懂吗？”

雁霓小心翼翼地转开目光，颤声应着：“奴婢知错，奴婢绝不敢有非分之想，只求公主殿下不要将此事……”

“你放心，本宫不会告知裴大人。”百里云初冷笑，“你收起那些乱七八糟的小心思，好好伺候裴大人，此事就将永远成为秘密——你若敢再犯，只怕这条命都难保了。”

而后她转身进屋，关门隔绝了雁霓的全部视线。

雁霓静默良久，无言望向头顶天空，见月光透过云层，夜幕再度降临。

三

对于朝中大臣来讲，早朝就是例行公事，面对高高在上的君主和各怀心思的同僚，每一次都没什么不一样。

百里子潇以前也是这么认为的，于他而言，早朝是相当无趣的体验，所以大部分时间他都保持着表面微笑、内心犯困的状态。

但如今不尽相同了，他是个藏不住心事的人，自从得知百里华渊的香料中加入了一味离合草之后，上早朝的时候，总忍不住盯着百里华渊的背影出神。他的思绪时常飘得很远，譬如回忆起多年前兄弟亲密无间的时光，抑或是回忆起少年时两个人一起出宫、彼此依靠的岁月，那些画面交织重现，最终却总归于百里华渊在江南游船上，那一抹阴冷含笑的眼神。

——为兄劝你一句，对于不该靠近的人，不该强求的事，就应尽快远离，免得招致杀身之祸。

或许再多努力也是徒劳，该失去的，终究是要失去的。

然而他万没想到，这回百里华渊却似有所感，回眸投来无声一瞥。

四目相对，两个人均是一怔，而后百里华渊便微微笑了，若非那笑意未曾到达眼底，这样细微的表情，倒与当初的少年有些相像。

其余大臣上奏了什么内容，他全然没听到，只被最后那一句“退朝”惊醒，恍恍惚惚地跟随众人出了大殿。

“五弟，”百里华渊步下石阶，在身后笑吟吟地唤他，“近来可好？”

“回大哥的话，一切都好。”

百里华渊行至他面前，将手搭在他肩头，不疾不徐地开口：“可依为兄看来，你似乎有很重的心事。”

“是吗？”

“所以方才在太和殿，五弟始终瞧着为兄，究竟是在想些什么呢？”

百里子潇垂眸避开对方的注视，声音低沉：“大哥误会了，没有想些什么，只是碰巧罢了。”

百里华渊笑意更深：“你素来不会撒谎，为兄难道还不了解你吗？”

“大哥有多了解我？我觉得未必。”

“什么？”

“我觉得，未必。”百里子潇字字重复着，话已说到这里，他面对自己的哥哥，不再似往常那般怯懦妥协，终是多了几分难言的勇气，“大哥若真的了解我，诸多猜忌就不会无故而生，你我都清楚，何必还要做些毫无意义的试探呢？”

他没有再等百里华渊回答自己，也没有去看百里华渊是何神色，只默然地推开后者的手，转身快步离开了。

百里华渊伫立良久，不晓得在想什么，然后便也拂袖而去，未再回头望一眼，连背影都透出刻骨的决绝。

殊不知，刚才两个人谈了多久，九歌和沈莘就在不远处暗中观察了多久。

“小九，为什么不去给殿下解围？”

“咱们殿下得学着自己勇敢起来，你瞧，这不是也解决了吗？”九歌叹息一声，“太子始终是他心中过不去的一道坎，他迈过了这道坎，前路才有希望。”

沈莘温润如玉的眉眼间，恍然显出几分悲哀之色，他低声道：“小九，你大概会认为我很愚蠢，但是……我曾经总盼着殿下永远能如此天真，现在却宁可让他心狠一些，不要太仁慈才好。”

“不会啊。”九歌平静地摇头，“毕竟我也这么想。”

因为现实的残酷难以改变，只有心狠一些，才不会受伤害。

两个人相对沉默，直到沈莘又突然想起了什么，抬眸问道：“你知道墨祈今天为什么没来上早朝吗？”

“为了避嫌，我最近和他的联系比你更少，怎么，他不是执行任务去了？”

沈莘摇头：“那日碰到方千户，得知墨祈近日偶感风热，向陛下请假休息了。”

提及冠冕堂皇的理由，是担心带病上朝会感染皇帝与朝臣，其实九歌明白，近来墨祈着手调查宿城瘟疫一事，他无非是为了避免与百里华渊和李默正面接触，低调行事罢了。

可纵使如此，考虑到墨祈先前在宿城受伤中毒，身体状况一直堪忧，她也颇为放心不下。

四

落日沉入地平线之外，酉时已过。

九歌在庭院中找到了正在打扫的雁霓，她上前接过对方手中的扫帚，迎着雁霓迷惑的眼神笑道："这种粗活交给其他侍女去做吧，我有更要紧的事交予你。"

"主子请讲，奴婢谨遵吩咐。"

"替我去趟墨府，送药。"

雁霓蓦然怔住。

察觉到面前人神情有异，九歌秀眉微蹙："怎么了，你不愿意？"

"奴婢愿意！"雁霓刹那间清醒过来，她下意识地否认，"主子托付给奴婢的事情，奴婢定当尽力办好！"

"嗯，那就辛苦你了。"

雁霓低头答应着，接过药瓶脚步匆匆离去，擦肩而过的一瞬，她缓慢闭了一下眼睛，再度睁开时，眼底已是光影幽暗、意味难辨。

夜色渐深。

墨府正房阶前，李管家通报一声后便离去，雁霓推开那扇门，见墨祈正立于窗前，望着天边一轮新月出神。

她福身行礼："参见督主，主子听闻督主身体抱恙，差奴婢来给您送两瓶补血养气的药。"

"放那儿吧。"

雁霓内心挣扎一番，最终还是婉声回道："请督主理解，奴婢也是奉命行事，主子吩咐过了，要亲眼看着您服药后，才能回到秋水斋去。"

墨祈这才回过头来，目光淡然地掠过她掌心的瓷瓶："是什么药？"

"据主子说，是苦参丸和雪莲水，治疗风热很有效。"

他波澜不惊地应了一声，并未多言，只接过瓷瓶将里面的雪莲水饮尽，复又转身去往桌前，自行翻阅书卷，不再理会她。

雁霓转身，一步一步走向门外，直到听见预料之中的轻响，这才重新将视线投向身后。

墨祈伏倒在桌面，闭着双目，似已不省人事。

她试探性地靠近他，用手推他，在确认他没有任何反抗能力之后，终于放心大胆地从怀中抽出了一柄锋利的匕首。

她并没有在雪莲水中混入致命毒，而是选择了一味发作迅速的强效蒙汗药，目的是要亲手了结他。

“奸贼，你也有今日。”她握住匕首的手指在抖，那是一种兴奋的颤抖，满含着大仇得报的快感，“血债血偿，到了黄泉之下，记得代我向恩师问好。”

谁知就在刀尖触及喉咙的一瞬间，墨祈毫无征兆地睁开眼睛，猛然钳住了她的手腕：“在那之前总该告诉我，你的恩师是谁。”

显而易见，那瓶药他根本没有喝，他早已对她存有戒心，自然不会轻易败给她的小伎俩。

雁霓大惊，反应却极为灵敏，当即凌厉地出招逼他放手，无一不是杀招。

她并非手无缚鸡之力的柔弱孤女，她是习武之人，且此等攻击路数似曾相识。

但她终究不是墨祈的对手，几十招便败下阵来，被墨祈夺了匕首横于颈间。

“要杀要剐，悉听尊便。”

墨祈沉声道：“你还没回答我的问题。”

“我为什么杀你，莫非你心里还不清楚吗？”

“很遗憾，我的仇家众多，朝堂江湖皆有，我也杀过许多人，不可能记得所有名字。”

雁霓银牙暗咬：“即使你记性不好，金刀王杨崇的名字，也总该有印象吧？”

墨祈的眼神，刹那间便似浮现起肆虐风雪，他看着她，冷冷地笑了：“杨崇？你是杨崇的弟子？原来当年那场恶战之后，杨府居然还有人幸存？”

“是上天有眼，让我当年外出数日，没有葬身地狱，这才有机会报仇雪恨！”

他不假思索地反问：“你以为自己能杀得了我？”

“那也不妨一试。”她傲气扬眉，“大不了一死，这条命又有什么可在乎的？”

“不愧是杨崇教出来的弟子，和他一样愚蠢。”

“不准你污蔑我师父！”

墨祈将匕首移开她的颈部要害，置于掌心把玩，很显然她愤怒的情绪并不能影响他一丝一毫：“当年杨崇谋逆，证据确凿，他早就存有不臣之心且不思悔改，你身为他门下弟子，难道会不了解？”

雁霓怨怼地瞪视着他，眼眶含泪，满是恨意：“我为什么要了解？”

“也对，那时的你才十岁左右，杨崇自然不会把你也列入计划之内——但这不是你犯糊涂的理由，你还年轻，没必要拿生命做祭品，成全他的错误。”

“你说什么？”

“他是朝廷命官，却与前朝余孽勾结，意图谋反，这本就是死罪，是注定的后果。”

雁霓怒极起身，被他按回椅中后恶狠狠地质问：“师父的罪过，自有律法宣判，那么杨家一门五十八名弟子，就真的都该死吗？我不信这也是朝廷的命令，明明是你们东厂心狠手辣，草菅人命！”

墨祈道：“你可知我是因为什么才坐上这个位置？”

她没想到他突然有此一问，怔然半晌，冷哼着将脸转向一旁：“当然是踩着无数人的尸体爬上去的。”

“你说得不无道理，但归根结底，和杨崇的死有很大关系。”墨祈将修长的手指拂过匕首锋刃，寒光倒映在他墨色的眼底，那里仿佛沉淀着诸多前尘旧事，可经他叙述起来，却又是如此云淡风轻，“那一年我十九岁，任东厂掌刑千户，令东厂督主魏桀感到了威胁。他为了除掉我，在我奉命前往捉拿杨崇的前夕，私下和杨崇透露了消息。我所接到的命令，原本只是带领极少部分东厂成员，抓杨崇回去接受审问，却不承想杨崇率门下弟子封了府门，要将我们就地格杀——在那种情况下，我们若不反抗，就是死路一条。”

于是才有了后来血染杨府的惨案，但其实那五十八名弟子，本来都不必给杨崇陪葬的，最多也就是被放逐荒凉地域，终身不能再回返天都而已。

这样的事实，显然已经超出了雁霓原有的设想，她用手死死地攥住衣角，强忍着才让自己没有哽咽出声：“我凭什么相信你的解释？我师父才不会将满门弟子都视为棋子，他才不是那种冷血自私的人！”

“我对你撒谎毫无意义，其实你已经认可了真相，只是不愿意承认罢了。”墨祈将她的心事一语道破，“如果你够聪明，就该想到，彼时连我都险些葬身杨府，那分明是一场幕后策划的杀局，最后活着走出去的只剩我和杨崇，我若意欲灭他满门，怎么还会给他反抗的机会？难道我东厂成员的命就不是命了？”

他冷峻的语气，刺痛了雁霓心底最脆弱的那根弦，她蓦然意识到，或许自己这些年来所坚持的事情，到最后也无非是笑话一场。

“那么……”她颤声发问，“魏桀呢？”

“当年就被我亲手杀了。”

罪魁祸首早已不在人世，这桩血债，她根本无处可讨。

“所以现在，你也准备杀了我吗？”

墨祈朝她投去漠然一瞥，眼底不带丝毫悲悯情绪地陈述着：“看得出，你虽想杀我，却对小九没有恶意，所以我饶你一命，就把你拿刀的那只手留下吧。”

他要砍掉她的右手，就意味着收了她的功夫，从此她便形同废人了。

雁霓并不想在他面前示弱，但当他举起那柄匕首，明晃晃的刀锋刺痛她的眼睛时，她还是忍不住闭上了眼睛。

下一刻，墨祈手起刀落，凉风拂过，锋刃堪堪擦着她的手指，没入桌面足有半寸。

预料中的疼痛并未传来，良久，雁霓惶然抬眸，见墨祈正从容地将匕首拔出，将其“当啷”一声扔到她面前。

他看着她，沉声静气地开口：“你当初无辜受害，如今所作所为也算合情合理，我这些年虽杀人不少，却也还没到残忍无情的程度。方才那一刀，就当作给你的教训，你即刻动身离开皇城，从此不要再踏入天都半步了。”

额上冷汗未退，雁霓霍然起身，难以置信地问道：“你当真要放我走？”

“你再耽搁片刻，我可能会改变主意。”

她晓得他没有在开玩笑，当即将匕首收起，头也不回地朝门外走去，身形如风，很快就消失在他的视线之内。

其实雁霓明白，出了墨府大门，直接离开皇城是最好的选择，但她终究还是没能说服自己，又一次回到了秋水斋。

九歌坐在床边，正翻看着百里云初新送来的话本，见她进来笑着问道：“怎么去了这么久？”

“墨督主多问了几句您的近况，奴婢也就多留了会儿。”

“这样啊……”九歌放下话本，颇为疑惑地打量她，“你脸色看起来不太好，有心事？”

雁霓忙摇头否认：“奴婢哪里会有心事？大约是方才走得急了些，气没喘匀。”

九歌略一颔首，神色若有所思：“辛苦了，那你早些休息。”

“奴婢告退。”

在关上殿门的前一刻，雁霓不禁又往九歌的方向望去一眼，心里说不出是什么滋味。

不得不承认，她已习惯了待在九歌身边的日子，毕竟这些年来，她也没什么谈得来的知己朋友。

有些情谊，得到与否，也要靠缘分。

而她之所以坚持回来这一趟，只是为了取一样东西——那件九歌先前所赠的玉镯，她想留着，算作纪念。

月光黯淡，万籁俱寂，雁霓换了一袭黑衣越墙出城，身手矫健，隐于夜色，并未引起任何人的注意。

她一路施展轻功，径直来到城郊以南的一家小茶馆，那里有她事先约好要见的人。

她在一张桌前站定，恭恭敬敬地唤道：“阁主。”

对面的年轻男人悠闲抬头，一双妩媚的狐狸眼光华万千，眉心那颗朱砂痣殷红似血，美得像从画里走出一般不真实，不是唐枫又是谁？

“很准时。”他笑着赞道，“我原本还做好了你失约的准备，毕竟是在皇宫里，眼线众多，担心你出来不方便。”

雁霓迟疑良久，这才低声道：“阁主，我这次出来，可能就回不去了。”

“为什么？”

她局促抿唇，像个做错事的孩子：“我刺杀墨祈失败，墨祈饶过了我，条件是让我从此远离裴大人，再不准踏入天都半步。”

“什么？”唐枫闻言大惊，笑意尽敛，从神情上判断，他大约是快被她气死了，“我吩咐你陪在九歌身边，保护她，顺便探听太子那边的消息，什么时候让你去刺杀墨祈了？简直胡闹！”

雁霓垂眸，满脸愧疚：“对不起阁主，是我一时冲动，被仇恨蒙住了心智。”

“仇恨？你和墨祈之间有仇？”

她轻声道：“我曾跟阁主提及，恩师五年前被朝中奸人所害，满门尽灭——我的恩师，名叫杨崇。”

唐枫恍然：“当年被皇帝以谋逆之罪处死的金刀王杨崇？”须知杨崇一案，多年前早已被昭告天下，他自然也是听说过的。

“正是。”往事被再度提起，雁霓的语调悲戚恻然，“当初我迟来一步，不明真相，只道杨家五十八名弟子均死于东厂利刃之下，从此立誓要报仇，直至今朝终于等到了机会，却没料到……我的执念，自始至终就是错的。”

红叶阁素来只有雁霓一位女成员，唐枫一直把她当妹妹看待，见她情绪低落，便也不舍得过分责骂她，只是叹气：“所以说，其实错不在墨祈？”

“嗯。”雁霓点点头，复又自嘲地笑了，“但那时候我也确实在想……”

“想什么？”

“想如果能杀了墨祈，就不会再有谁跟你争裴大人了。”

唐枫一愣，转而斩钉截铁地回答：“就算我要得到九歌的心，也绝不会采取这种下作的方式，你真是糊涂。”

“愿凭阁主责罚。”

他无奈地看她一眼：“我还要怎么责罚你？你刺杀墨祈却能活着回来，已算在鬼门关走了一遭，这教训足够了。”

雁霓不敢与他对视，她踌躇着，试图尽力弥补自己带来的损失：“阁主，裴大人那里……”

“你肯定是回不去了，我现在只求墨祈能把秘密藏好，别让九歌知道了影响心情。”唐枫将杯中茶水一饮而尽，他摩挲着杯沿，微微眯起双眸沉吟着，“另外，我得换计划行事了，免得改日被九歌查到你其实是红叶阁的人，她必定会对我有意见。”

话音未落，他忽觉身后风声有异，登时警惕回眸，却感到一阵熟悉的清幽香气扑面而来，下一刻，绯色身影已轻飘飘然落在他面前。

“我现在已经对你有意见了。”

雁霓下意识地惊道：“主子？你怎么会……”

“像你这种傻孩子，有什么秘密都写在脸上了，还能瞒过我？”九歌接过唐枫递来的茶，她在他面前坐下，似笑非笑，“只是我万没想到，你的秘密竟然和红叶阁有关。”

唐枫道：“你也别怪她，当初是我安排她装小贼和你偶遇，为的是让她顺理成章地随你进入府。”

“我没怪她啊，一个小姑娘能有多少心思？要怪就怪你，都敢算计到我头上来了。”

“这也是为了你的安全考虑，有红叶阁的成员在你身边，我也能放心不少。”唐枫叹息，“可我万没想到这丫头居然自作主张，把我的计划都打乱了。”

“我看你才是真正的自作主张，当心我一气之下把你这阁主关进天牢去，给你安个叛乱之罪。”

“我就在这儿，随时等你抓去天牢。”他笑着抬手，乘其不备捏了下她的脸，然后在她警惕的注视中痞气扬眉，充满挑衅意味，“可是，你狠得下心吗？”

九歌由衷地回答：“我感觉自己不该浪费今晚的大好时光，偷跑出皇城来听你废话。”

“但对我来讲很有意义，至少我可以说一句，许久未见，甚是思念。”

刀尖舔血的刺客首领，乍一讲起情话来，当真叫人不习惯。九歌决定不与他一般见识，她将杯中茶饮尽，起身欲走，谁知才一转身就被唐枫唤住。

“九歌，等等。”他从怀里取出三支细长铜管，交到她手上正色叮嘱，“这是红叶阁的传信烟花，我近段时间都在天都，若你有需要，随叫随到。”

“好。”

“那么，一切小心。”

九歌笑了笑：“我能再拜托你件事吗？”

唐枫爽快地点头：“你尽管说。”

“你阁中这位小刺客，先前与我相处得很是愉快，所以她就不必跟你回去了，今后仍留在宫里陪我。”

然后她也没等他回应，直接伸手在雁霓腰间一揽，衣袂翩飞，瞬间就遁入了深沉的夜幕。

五

直到踏入秋水斋大门，雁霓仍旧略显茫然，尚未缓过神来。

明明方才已经在心底跟这里告别了，岂料去茶馆跟阁主坦白道歉之后，阴差阳错，又被紧随而至的九歌带了回来。

九歌为什么还要带自己回来，而且还摆出一副什么都没发生过的、笑吟吟的样子？

她小心翼翼地随九歌进入内殿，给后者点了熏香又斟了热茶，正欲借机溜走，结果运气不好，依然被叫住了。

“过来，坐这儿。”

雁霓暗自哀叹一声，只好照办，不过还是与其保持了相当一段距离。她琢磨着，在这样尴尬的情况下，无论如何都应该诚心诚意地承认错误。

“对不起，我骗了你。”

九歌侧过头来看着她：“是唐枫交予你的任务，我既然不怪他，自然也不会怪你。”

“你明知道我指的不是这件事。”

“那是什么事？”九歌弯起眉眼一笑，语气从容，“瞒着我刺杀墨祈的事吗？”

雁霓沉默不语。

九歌示意她坐到身边来，而后拉起她的手放在自己掌心，很有耐心道：“你该明白，我既然还能带你回来，就说明没打算追究你——换作任何人，背负着仇恨等待那么久的机会，都不会轻易放弃的。”

“但墨祈是……”

“的确，墨祈是我喜欢的人，而且当初杨家被灭满门，我认为错也不在他。”九歌道，“当然，你无处得知真相，将他视为仇人也没错。可你如今已然知晓，真正的罪魁祸首是东厂前任督主魏桀，所以，还想继续找墨祈报仇吗？”

雁霓怔然许久，终是缓缓摇头：“我若还想报仇，怎么会跟你回来？那样岂非辜负了你和阁主的信任？”

九歌意味深长地颔首：“你对唐枫的感情，我能理解。”

“这是哪里的话？当初若非阁主收留，我或许早已沦为街边乞丐，我对阁主只有尊敬和感恩之情，怎么会有非分之想？”

“同为女子，我很了解喜欢一个人的感觉，那眼神是不具任何欺骗性的。你看向唐枫的时候，眼底比月光还亮，我又不是傻子。”

雁霓不服气，故意反问：“那是什么眼神？和你看墨祈的眼神一样吗？”

九歌一怔，顿觉好气又好笑：“伶牙俐齿的，这会儿你倒是想起用墨祈来取笑我了？”

“其实我一直很好奇，墨祈比我们阁主哪里好，值得你这么上心？”

“有些事是没有理由的，唐枫哪里都好，然而我和他只是朋友。”九歌给出了一个模棱两可的答案，随即转开话题，“说起来我也很感兴趣，你这丫头分明不怎么会演戏，可在你刺杀墨祈之前，我居然半点儿破绽也没发现。”

“你所看到的我，是真实的我，我以真实亲近的感情对待你，你当然看不出破绽。”雁霓无奈地笑了笑，“但在面对墨祈的时候，我控制不住自己，我总免不了把所有的情绪都写在脸上，哪怕我要装作迎合讨好的样子，心中也充满仇恨，像他那么聪明的人，怎么可能察觉不到我的异样？”

九歌秀眉微扬：“真实亲近的感情？这话听得我很高兴。”

“莫非你以为我那时都是逢场作戏吗？”既已直言身份，两个人现在便不算传统意义上的主仆关系，雁霓无须再刻意放低姿态，一时间连讲话也直率了几分，“我的确是奉阁主之命接近你，可我欣赏你、敬佩你，也是真的。你对我极好，那我自然也想加倍回报你，我始终是把你当姐姐看待的——对了，我有样东西，还没来得及给你呢！”

“什么？”

雁霓神神秘秘地从怀里摸出一条腰带，献宝似的给她看：“月下孔雀的图案，我绣了好久，觉得配你的朝服正合适，就算作那件玉镯子的回礼吧。”

那时她一直不肯说自己在绣什么，今天总算有了答案。

九歌将腰带托在掌心，翻来覆去地端详：“很难想象，你这么心灵手巧的姑娘，居然当了刺客。”

“世事无常嘛，但如果我当年没有加入红叶阁，便不会遇见阁主，如今也不会认识你了。”

“留在我身边，以后少不了危险和麻烦，虽然我现在带你回来了，可决定权还是在你自己手上。”

“能和你一起的话，就算是危险和麻烦，也应该挺有趣的。”雁霓忽而粲然一笑，梨窝浅浅，格外动人，“接下来的日子，就请裴大人多多指教了。”

九歌回拢手指攥紧那条腰带，眸底映着烛光，美不胜收。

“我的荣幸。”

第四章 思美人

一

时间一晃已入夏末，近段时间雨水频繁，天气惯常灰蒙蒙的，潮湿闷热，叫人心底难安。

但正因如此，下早朝后，诸位大臣皆忙于撑伞回府，谁也没有心思注意其他人，这便给了九歌和墨祈极好的机会，让两个人得空谈上两句。

“最近秋水斋人手够不够，身边侍女伺候得可还周到？”这是墨祈上来问的第一句话。

他在委婉探听些什么，九歌清楚得很，她暗中发笑，表面上却还要装得一本正经：“你指的是哪位侍女？我身边一直就只有雁霓在伺候啊。”

墨祈微微蹙眉：“雁霓？”

“对啊，说得跟你没见过似的。”

他没再开口，可眼底逐渐沁出的寒意，已然出卖了他此刻的情绪。

九歌忍不住抬手遮住他的眼睛，抿唇笑道：“行了行了，这眼神怪吓人的，我晓得你在想什么，按理说现在雁霓早该遵守和你的承诺，远离皇城了对吧？她怎么会仍旧留在秋水斋呢？”

墨祈神色一怔：“你……”

“我都知道了。”她不紧不慢道，“事实上，雁霓那晚确实离开了，但又被我带回来了。”

“为什么？”

“因为她是红叶阁的人，是唐枫派到宫中供我差遣的亲信。”

只这一句话，墨祈便明白了，他沉吟许久，复又反问：“那么雁霓所做的一切，都是唐枫默许的？”

“除了刺杀你这件事。”九歌正视着他的眼睛，一字一顿道，“这件事只有你和雁霓知晓，连我最初都被蒙在鼓里。”

他敏锐地听出了她的弦外之音，薄唇微抿，露出些歉意的笑：“小九，你在怪我？”

“这么严重的事情，你轻描淡写就私下解决了，还指望我能宽容对待？”

“是我不对。”他温声道歉，“难得有个合你心意的侍女，我不想扰你兴致，更何况像雁霓那样的程度，根本伤不到我。”

九歌伸出纤纤手指，不轻不重地点在他的胸口："矛盾的家伙，不愿让我知道此事，却又要逼雁霓离开天都，你以为这样就能瞒过我了？"

"是我处理不当，让你费心了，我保证，下次定会先行与你商量。"

她轻咬下唇，似笑非笑地瞧他一眼，说不出的娇媚含情："你这么乖巧，倒叫我不忍心责备了，也罢，反正没有这桩意外，我也不可能见着唐枫，指不定还要被他骗多久呢。"

小雨仍旧淅淅沥沥地落下，墨祈将伞稳稳撑在她的头顶，另一只手温柔地将她的衣领整理好："你确信，雁霓留在身边，不会再生异心？"

"我确信，不言其他，即使是为了唐枫，她也绝不会背叛我。"

"我明白了。"

"好。"

他注视着她，沉吟着又道："另外，还有件事要告知你——派去宿城的东厂探子回禀，巡抚邵文三日前已被刺杀于府邸之中，凶手未明。"

九歌大惊："邵文死了？"

毋庸置疑，邵文一死，就意味着瘟疫一案线索中断，看来是有人提前察觉风声，选择了抢先下手。

所谓做贼心虚，大概就是这个意思。

墨祈道："先前已有蛛丝马迹表明，邵文同预谋制造瘟疫一事有关，他的幕后主使是谁，你我皆心知肚明，但没有证据，我们无法向陛下进言。"

"既已至此，我们也只能少安毋躁，见机行事了。"

"皇城之中到处都是眼线，不晓得有多少人在暗地里窥视着我们，所以你要保护好自己。"

九歌点点头："我答应你。"

然后两个人谁都没有再开口，只在临别的时候，沉默地握了下彼此的手，那温度暖入心脾，仿佛某种无声的承诺。

三

百里云初最新的话本刚刚完成，所以来秋水斋串门的次数便频繁了些，她起初见到忙着沏茶点香的雁霓，神色略显不悦，后来还是九歌看出些许端倪，跟她解释了来龙去脉后，她才恍然大悟，着实感慨了一番。

“我就说嘛，这丫头哪里来的勇气，居然敢对墨祈讲出那种露骨暧昧的话？原来是另有所图。”

“总之现在误会已解，你也不要为我担心了。”九歌将盛着玫瑰酥的盘子推向她，含笑问道，“话说回来，你今天给我带的那串金璎珞，该不会又是后宫哪位娘娘送的吧？”

百里云初理所当然地点头：“对啊，静妃娘娘送的，就为了换我一本亲笔签名的《华庭叙》，顺便预订了我才写到一半的《拆魂香》。我觉得这璎珞和你那件宝蓝色的裙褂很配，就给你捎来了。”

“有你在，感觉后宫娘娘之间争宠的心思都少了，不理现实，只爱书中故事。”

“我看父皇压根也不会给她们争宠的机会，每年选秀都只是应付差事，一年到头也很少特意翻谁的牌子。”百里云初忽而又似想起了什么，叼着块玫瑰酥神秘凑近，伏在九歌耳畔低语，“不过我听静妃娘娘抱怨，说父皇近段时间好像转了性一般，对凝香殿的那位慧昭仪格外上心，已经连续多晚留宿了。”

“凝香殿的慧昭仪？”九歌回忆了一下，感觉对此女并无太多印象，想来对方也是刚进宫不久，“能讨陛下欢心的女子，必有其过人之处。”

百里云初道：“后宫妃嫔众多，有擅长琴棋书画的才女，也有舞姿曼妙的佳人，从未见父皇这样留意过，莫非她是仙女？”

“你问我，我也不晓得啊。”

“其实我认为传言颇有几分可信。”百里云初煞有介事地一抚下巴，神采奕奕道，“她们都说，慧昭仪与故去的昭嘉皇后有几分相似，尤其是笑起来，一样的温婉沉静，是父皇最喜欢的样子。”

九歌瞬间了然，须知昭嘉皇后是太子百里华渊的生母，与皇帝少年结发，感情甚笃，无奈红颜薄命，年纪轻轻就仙逝了，直教皇帝思念至今。这样看来，皇帝突然宠幸慧昭仪，也不是没有理由的。

“陛下思念昭嘉皇后，常觉孤单而无所寄托，或许慧昭仪的出现，也算好事。”

身受荣宠，承沐君恩，这是后宫所有女眷的共同愿望，慧昭仪如今集万千宠爱于一身，不知被多少人艳羡或嫉妒着，然而也不晓得对她来讲，是福是祸。

结果不承想，九歌刚和百里云初讨论过这件事，翌日在承德殿，就又听皇帝亲口提起了。

“九歌，朕知道你一向不多过问后宫之事，但凝香殿的慧昭仪，你记得时常去走动走动，免得那些家世好、资历深的妃嫔欺侮了她。”

此言一出，可见他是真的动心了。

作为贴心的臣子，九歌自然不会多问，只恭谨应着：“陛下放心，慧昭仪那里由臣亲自照应。”

“你办事，朕一向放心。”

他君臣二人间的默契，尽显于此。

是夜，长庭月色凉如水。

九歌独自来到凝香殿外，守在门口的两名侍女见是她，忙不迭地进屋通禀，不多时便看到慧昭仪从里面款款走出，一袭蜜合色云形千水裙衬着曼妙身姿，如空谷幽兰，清婉可人。

“不知裴大人到访，雨烟有失远迎，还望裴大人不要见怪。”

细雨如烟，不愧是江南女子才配得上的好名字。

九歌暗暗在心底赞了一句，复又缓声道：“小主不必客气，臣是奉陛下之命前来，看凝香殿是否还有吃穿用度尚未齐全，好差人着手去办。”

“凝香殿一切都好，承蒙陛下厚爱，并没有什么缺少的。”慧昭仪敛着眉眼的样子我见犹怜，嗓音透出几分柔弱的风情，“多谢裴大人百忙中还抽空来此一趟，也请裴大人转告陛下，此等恩泽，雨烟谨记于心。”

九歌微微笑道：“还有，陛下今夜有政事要处理，特意令我转告慧昭仪，晚上就不来凝香殿了，但是明晚必来。”

慧昭仪闻言，倒也没有露出多么失落的神色，只淡淡一点头：“陛下政务繁忙，须得注意龙体，能被陛下记挂着，已是雨烟莫大的福气，雨烟怎敢奢求陛下夜夜陪伴呢？”

“慧昭仪端静纯良，又懂体恤陛下，实属难得。”

话虽这样讲，九歌心底却隐隐生出几分奇怪的感觉，尽管对方的回答并没有什么不妥。

若定要给个解释的话，大概是对方过于平静了，那双美丽的眼睛里不见丝毫情意，仿佛皇帝因故不能来，才是真正令她放松愉悦的事情。

也许是错觉吧？

于是两个人站在庭院里又随意说了些闲话，直到夜风习习透过衣衫，空气中凉意渐显，九歌见慧昭仪穿着单薄，便抬手替她将领口的金丝扣整理好，语气温和："陛下特意嘱咐臣日常对小主关照些，小主若有需要，尽管差人来与臣说，臣必当尽心尽力去办。"

慧昭仪虽进宫不久，却也是听侍女提起过的，知道御前女官裴九歌是皇帝面前的红人，甚至相当于皇帝的半个女儿，此时却并不矜于身份，举止自然，关切得恰到好处，倒叫她有些受宠若惊："劳烦裴大人了。"

"无妨。"九歌略一颔首，"风急天凉，请小主快些回屋歇息吧。"说着一双美目转向身旁侍女，语气不轻不重却暗含威严，"都好好伺候着。"

两侧侍女喏喏地应下，九歌转身，绫裙随风飘起，翩跹着消失于凝香殿外。

三

月移花影，皎皎如水。

从凝香殿回到秋水斋尚有一段距离，九歌不紧不慢地踱着，不知不觉抬眸间，发现竟然路过了荣秀宫，也就是荣妃娘娘的住所。

彼时月色正浓，淡蓝天光衬着殿顶的琉璃飞瓦，晕染出半庭清辉。

她鬼使神差地停住脚步，眼神掠过之处，见那两扇朱漆宫门有了动静，随即便缓缓向旁侧打开。

按常理而言，荣秀宫这个时辰本不该有人到访，大约是侍女应荣妃之需出门行事。她如是猜测着，正欲离去，却蓦然发觉一抹绀青色突兀地映入了视线，不禁怔然。

常服勾勒出颀长的身形，腰带上所绣飞鹰利爪狰狞，越发衬得那年轻男人气场冷冽。他行了没几步，忽而若有所感，朝这边望来，如墨长发在风中纠结着遮住清俊的面容，一开口连声音也不带半分感情。

"不想竟会在此遇到裴大人，倒是缘分了。"他平淡疏离地点头问候，只是眼神带着几许深意，"秋庭赏月，裴大人当真好雅兴。"

九歌看着他慢慢走近，纤长手指攥紧又松开，神色却仍是一片平静，未起波澜："哪里，比不得李指挥使驻足荣秀宫的闲情逸致。"

不错，面前的男人正是李默。

李默闻言也不恼，只很随意地问上一句："劳烦裴大人，可随身带了帕子一类的物事？今日走得匆忙了些，居然忘记了。”

九歌神色间现出几分不解，却也并不多言，自怀里取了一方素白的帕子递过去。她冷眼旁观李默动作缓慢擦拭着干净修长的手指，心下异样，却终是已经了然——看来他在与荣妃逢场作戏的过程中，难免有肢体间的接触，而他对此抵触非常。

荣妃虞氏久居深宫，数月也难得见皇帝一次，她虽家世显赫，地位尊贵，却也难掩生来便轻浮跳荡的性子，时常贪图一时享乐而不知顾全大局。因此，若说她不甘寂寞，要想点儿法子寻求温存，那着实再正常不过了。

古往今来，这等风流韵事不知有多少，都被埋藏在宫墙深院之中，不曾被载入史册只言片语。

至于李默为什么会和荣妃有所来往，关系又究竟亲近到了什么程度，九歌无从得知，但可以确定的是，李默当真是个足够隐忍的人。

譬如此刻，尽管手指已经被拭得微微泛红，他那张俊脸也仍是不带丝毫嫌恶情绪，甚至连眉头都没蹙半分。

满怀野心的人，大抵如此不惜代价。她一时间倒有些佩服他这股安之若素的心性了，但这也无法令她提起久留的兴趣。

“若指挥使没有别的事情，我便先行告辞了。”

她与他都明白，在此偶遇并无任何意义，即使她亲眼见到他从荣秀宫出来，没有实证的事情，也不能同旁人提起，否则就是造谣后宫、损及皇帝颜面的大事，她在朝为官，自然深谙此理。

所以李默并无顾虑，他只从善如流地颔首，琵琶袖一拂从她身侧行过，擦肩而过的冷风带起她的长发，九歌垂眸，听到他刻意放低声音，明明是意欲试探，却毫不掩饰个中暗含的示威意味：“恕我直言，东厂和锦衣卫究竟哪一方更可靠，还望裴大人三思。”

锦衣卫早已被百里华渊纳入麾下，他这么问，便相当于在传达百里华渊的意思，想要将她也划进势力范围。

“二者自是同样可靠，否则又怎会被陛下如此信任？”她沉默片刻，却回眸莞尔，点点风情随眼波荡漾开去，“我只是区区女官，凡事都不敢妄下定论，陛下所期望的事情就是我认定的事情，想来东厂与锦衣卫双剑合璧、精诚合作，方为美事一桩，指挥使以为如何？”

李默缓缓摇头：“这样异想天开的言辞，断不该从裴大人口中讲出来。”

九歌看着他，蓦然哂笑一声：“那么指挥使想听我讲些什么？”

“讲真心话。”

“抱歉，我可以和任何人讲真心话，却唯独不能跟指挥使讲——灵山山巅的那场刺杀，指挥使或许已经忘了，我可没忘。”

她选择将大家都知晓的秘密挑明，是在警告他，也是在变相警告百里华渊，不要试图把自己当成棋子，她裴九歌才不是那种可以被任意摆布的人。

李默沉声道：“原来裴大人早就知道了。”

“并不难猜，我若连锦衣卫的身手都认不出，这些年在朝中也算白白为官了。”

“请裴大人相信，那只是一场意外。”

她笑意更深：“什么意外？其实指挥使完全不必同我解释，我能够理解，毕竟从你的角度来看，我算是挡路之人，本是非死不可的。”

“我没有决定这件事的权力，太子殿下曾直言，裴大人必须好好活着——而因灵山一事的疏忽，我险些付出了一条手臂的代价，这就是答案。”

他将那条帕子递过来，九歌没有接，只轻描淡写地推了回去。

“普通的手帕而已，指挥使留着吧，如果不喜欢，扔了也无妨。”眼底的冷意一闪即逝，她很快便又轻勾唇角，婉声道，“另外，劳烦指挥使代我向太子殿下表示谢意，谢太子殿下不杀之恩。”

言罢，她没有再等待李默的回答便转身离去，长发在夜风中如云流墨染，盈盈身形落在后者眸底，无声无息地化作一片幽深冷寂。

四

百里宁来到连云宫的时候，未经侍女通禀，径直进入内殿，恰好撞见了百里云初奋笔疾书的一幕。

“三妹，别来无恙。”

百里云初猛地抬头，脸上还残留着方才苦思情节时，不慎画上的两道墨痕，模样可以说是非常狼狈了：“大姐？什么风把你吹来了，怎么不提前知会一声，我也好准备准备。”

“姐妹间那么客气做什么？我来这儿是为了看望你，又不图你好吃好喝地招待我。”百里宁微笑着在她身边敛裙坐下，目光很自然地掠过桌上摊开的书卷，“新作品叫《拆魂香》吗？好名字。”

百里云初忙把书卷合上，略显敷衍地笑着：“无非是小情小爱的故事，登不得大雅之堂，别让大姐看了笑话。”

“三妹才华横溢，做姐姐的只会开心骄傲，哪里会笑话你？”百里宁从怀里取出帕子，装模作样地给她拭着脸上的墨痕，神色和蔼，仿佛当真是个温柔可亲的长姐一般，“就算忙着著书，平日里也要多注意身体，记得吩咐御膳房早晚各炖一次银耳雪梨羹送来，有美容养颜的功效。”

“多谢大姐，我记住了。”

平心而论，百里云初很不习惯被对方这么虚情假意地关心，她不是傻子，先前自己收留的、原百里宁宫中的侍女花沁突然失踪，问及贴身侍女琳琅，琳琅含糊其词，只说是裴大人和墨督主觉得花沁办事不力，将其调到浣衣局去了，她虽没再追问，心里却也明白了几分。

九歌和墨祈一向对她的安全问题很警惕，如果他们两个人选择私下处理花沁，绝非因为花沁办事不得力，而是因为花沁有异心——既是宛宁宫出身的侍女，或许当初被赶出来无处可去的说辞，只是逢场作戏的台词，暗地里还是在为百里宁做事。

百里宁究竟想要趁着自己当初受伤虚弱时做些什么，又为什么非得对自己不利？百里云初不知道，也懒得去查，她只相信九歌先前告诫自己“和长公主保持距离”的话，不会没有道理。

无妨，反正她和这位所谓的姐姐，也从来都是貌合神离，不曾真正交心过。

正沉思间，她听得百里宁柔声问道：“三妹最近除了著书，都不出宫去散散心吗？”

“最近都是阴雨天气，不想出门，只想躲在殿内图个清闲。”

“噢，我以为依三妹这样活泼的性子，是根本闲不住的，毕竟你和五弟、裴大人、墨厂臣他们关系都不错，时常见个面也很正常，并不会耽误太多时间。”

“我和五哥是兄妹，和裴大人是知交好友，自然关系亲近些。”百里云初若有所思地瞥她一眼，“但我和墨厂臣可不太熟，很早以前就跟大姐解释过了，大姐误会了吧？”

百里宁微微笑着：“见面的次数多了，总会慢慢熟悉起来的。”

百里云初干咳一声，尴尬地把茶杯推向她：“大姐此话怎讲？我可听不太懂。”

“三妹既然和裴大人是知交好友，自然也应该了解，裴大人平时都和谁来往比较密切吧？”

“嗯，她和我来往比较密切。”

“我没有跟你开玩笑。”

百里云初睁大眼睛，佯装无辜：“这是实话啊，不然大姐想问什么？难道大姐心中有特定的人选？”

百里宁淡淡地看她一眼：“听闻前朝传言，裴大人和墨厂臣私交甚密，这是真的？”

果然，这才算说到正题。

百里云初暗暗冷笑，心道自己这位长姐也是个藏不住秘密的人，当初以为她和墨祈过分亲近，现在又觉得九歌和墨祈关系不寻常，说来说去，还是嫉妒心在作祟。

堂堂绥国的长公主，竟对东厂督主起了心思，说出去谁信呢？

“裴大人和墨厂臣同朝为官，有几分同僚情谊，倒也在情理之中。”

“仅仅是同僚情谊吗？”

“哎？大姐的问题好生奇怪，须知墨厂臣是宦官，莫非还能和裴大人生出什么别的感情？”

百里宁一时语塞，竟不知从何答起。

“不过大姐居然对墨厂臣如此上心，这倒是我始料未及的。”百里云初笑道，“大姐若有什么话想对墨厂臣讲，就该亲自去墨府找他，从我这里，是得不到什么实质性消息的。”

百里宁神色微变，急于辩解：“我只是对皇城中的风言风语好奇罢了，怎么会对他上心？”

“噢，那样最好，毕竟东厂诸事繁忙，听说墨厂臣又是个冷漠寡情的性子，手段又残忍冷酷，大姐你跟他走得太近，恐怕占不到什么便宜。”

尽管这番话只是再普通不过的告诫，听在百里宁耳中却如同讽刺一般，她瞬间沉下脸色，语气也有几分不善。

“三妹说着不了解墨厂臣，对他的认知可是很深刻啊！”

百里云初只当听不出她的阴阳怪气，坦然应道：“这都是明面上摆着的事实，难道大姐自己看不出吗？”

“他是否冷漠寡情，与我无关，反倒是三妹你，最好和墨厂臣保持一定距离，免得到时令父皇为难。”

“父皇有什么好为难的？”

百里宁笑了笑：“现如今绥国与靖国关系渐趋紧张，说不准何时就要开战，为避免生灵涂炭，和亲便成了当下的权宜之计——宫中谁才是最佳的和亲人选，三妹总该心里有数吧？”

百里云初心中一凛，但并未表现出来，只平静道：“和亲而已，选一位德才兼备的官家之女，将之封为公主嫁予靖国皇室，这有何难？”

“官家之女哪里有公主身份尊贵？父皇深谋远虑，自然不会冒这个险，他若决定和亲，定会选择最稳妥的一条路，即令真正的公主嫁往靖国，以示绥国诚意。”

百里云初登时陷入了沉默。

“据我所知，父皇已经动了此等心思，他所相中的和亲人选，可是三妹你啊？”

百里宁不轻不重地拍了下百里云初的肩膀，见后者兀自出神，晓得自己的话起了作用，于是带着几分得意的微笑，举步离开了连云宫。

百里云初盯着面前的话本愣了许久，而后手指微松，那根紫玉狼毫笔，就这么掉落在了桌上。

五

由于和亲一事，百里云初愁得连续几夜没有睡好，最后还是没忍住，顶着一对黑眼圈跑到秋水斋找九歌诉苦，结果被雁霓告知九歌去见潇王爷了，只好又哭丧着脸改变路线去潇王府堵人。

雁霓目送她的身影远去，沉吟良久，感觉三公主是有挺重要的事想说，这样的场合少了谁都不行，于是当机立断，去了趟太医院给沈莘通风报信。

沈莘闻讯自然紧张非常，担心自己一个人搞不定，又特意去把墨祈也叫上，这么一来，五位损友阴差阳错地就在王府聚齐了。

夕阳西下，王府厨子已经把红烧蹄髈和西湖醋鱼端上了桌，百里云初仍旧哭得梨花带雨，任凭百里子潇怎么劝都不管用。

“乖，你也不要太难过，八字还没一撇的事情，百里宁肯定是故意说来刺激你的。”百里子潇对待两个妹妹的态度可谓天差地别，对百里云初一向只有疼和宠，对百里宁则素来冷淡，现在干脆直呼其名了，“和亲这么大的事儿，难道是她说了算的？为兄看她就是皮痒，在宛宁宫住得太清闲，总惦记着兴风作浪，哪天揍一顿就好了！”

百里云初委屈地抽噎着：“可我有种不妙的预感，她说的应该都是真的，父皇也许已经在考虑送我和亲了。”

“这……这……小九你倒是说句话啊！”

九歌给百里云初盛了碗甜粥，柔声安慰：“你先不要往最坏的方面考虑，陛下未必就舍得将你嫁出去，毕竟你是他最疼爱的女儿。”

百里云初红着眼眶念叨：“你别骗我了，我又不傻，父皇对我的那点儿疼爱之情，哪里比得过一国安定？他若选择让我和亲，恐怕只会觉得这笔交易很划算吧。”

可见三公主平日里虽看上去天真懵懂，其实心中透彻如明镜。

百里子潇和九歌对视一眼，前者深深叹了口气：“本王感觉，咱俩劝她不管用，得莘莘来才能哄好她。”

谁知话音未落，沈莘就风风火火地推开了王府大门。

“云初怎么了？”

九歌回头看了一眼，恰与墨祈视线相对，她略显讶异：“你们俩怎么也来了？”

“是你的贴身侍女雁霓去找我，告诉我云初去了秋水斋，心情很差的样子，我这才赶来的。”沈莘苦笑道，“我怕云初遇到了什么特别棘手的状况，索性就叫了墨祈一起，凡事也好商量。”

墨祈缓声开口：“雁霓那丫头身手虽然一般，处事倒是很灵活。”言外之意，算是对雁霓本次的所作所为比较满意。

九歌在沈莘肩头推了一把，示意他坐到百里云初身边去：“没你想的那么严重，但也的确比较麻烦，长公主跟三公主透露了陛下有意送她去和亲的事情。”

沈莘神色一凛，素来脾气温和的他，此刻也不禁显出了几分怒色：“长公主什么时候变得这么多嘴了？”

“她一直是这样的性子，只是你们对她认识不太深刻罢了。”

“送往宛宁宫的补药，一直都是御药房在负责。”沈莘眉峰紧蹙，“不如改天我在长公主的药里，掺几味慢性致哑的毒草吧。”

九歌轻笑：“想法是不错，不过我不建议你这么做。”

百里云初敏锐地听出了弦外之音，她含着眼泪转过身来，高声质问：“喂！你们几个，莫不是都知道我要去和亲的事？”

众人闻言，忙看天的看天，看地的看地，只当什么都没发生过。

百里云初复又眼神严厉地看向百里子潇：“五哥，你说！”

百里子潇禁不住打了个寒战，他尴尬地端起茶杯：“有吗？谁提到过？为兄也忘了……为兄不关心朝堂上的事，相比之下，他们仨的消息肯定更灵通些，你问他们。”

作为御前女官，九歌无疑是平日里待在皇帝身边最久的人，不可避免地要接过百里子潇抛出的这口黑锅，她面无表情地点了点头："公主，是这样的，先前陛下确实有此想法，但被我劝住了，此后就没有再提。"

"那你们为什么不告诉我？"

关键时刻，还是要靠墨祈控制场面，他抬手将百里云初重新按回座位，语气冷静："并非板上钉钉的事情，如果贸然讲出，除了给你增添困扰之外，还能有什么其他意义？就凭你这急性子，万一去承德殿找陛下大闹一场，岂非让事态更加难以收拾？"

百里云初一时语塞："我……我哪有那么冲动？"

"更何况小九已经把陛下稳住了，你暂时还是安全的，你不要听信百里宁一面之词，自乱阵脚。"墨祈淡淡地继续劝，"就算真有那么一天，我们都在这儿，还能让你吃亏吗？"

"话虽如此，那我也不能因为自己，让你们在父皇面前为难啊。"

百里子潇提议："能不能让莘莘现在去求父皇赐婚？本王记得父皇曾允诺，因莘莘治理瘟疫有功，可以向他提出任何要求的。"

"不行。"墨祈和九歌同时开口，而后两个人对视一眼，由九歌继续讲下去，"最近陛下政事繁忙，心火旺盛，动辄就被激怒，更不要说是对这种敏感问题的反应了。此刻令莘莘去请旨赐婚，无异于是把他往火坑里推，况且若是陛下拒绝了他的要求，以后他再想和公主在一起，可就难了。"

"那怎么办？这事儿总得提前想出个解决办法，才能让云初安心啊。"

"为今之计，只能静观其变了。"

沈莘坐在一旁，注视着百里云初失落的神情，一时只觉心中发疼，不禁温柔地握住了她的手，低声道："你放心，即使真有那么一天，圣命难违，我也不会让你一个人去靖国的。"

百里云初小嘴一撇："难道你还要抛下现有的一切，跟着我去靖国吗？"

"没有你，我如今拥有的一切都毫无意义，抛下又如何？"沈莘认真道，"我会不惜代价给你自由，到时候就算逃亡到天涯海角去，只要你点头，我都不在乎。"

颓废了很久的百里云初，此刻的眼神终于亮了，她猛然起身，激动地紧紧抱住了他："莘莘！就为了你这句话，我什么都不害怕，什么变故都不能把我们分开！"

"嗯！"

这边的两个人自顾自相拥，彼此之间说着情话，另外三个人在旁边啃着蹄髈，表情都有些复杂。

百里子潇压低嗓音嘟囔着：“都多大的人了，还总说些幼稚的话，什么逃亡到天涯海角去，那是闹着玩的吗？”

九歌叹息着点头：“连殿下你都能看出他们幼稚，那确实是挺幼稚了。”

“等等，小九你这是损谁呢？”

“哪有，你一定是听错了。”

墨祈将剔了刺的鱼肉夹进九歌碗里，不疾不徐道：“幼稚便幼稚吧，至少先把公主哄得高兴了，这本领是莘莘独有的，换谁来讲大道理都没用。”

于是百里子潇不再关注自家妹妹和准妹夫的煽情桥段，转而思考起自己关心的另一件事：“其实本王挺好奇的，百里宁到底吃错了什么药，特意跑到连云宫去，就为了欺负云初？”

百里云初紧挨着沈莘重新落座，闻言气哼哼回答：“还不是因为她惦记着墨祈？起初怀疑我和墨祈关系过分亲近，现在又开始看小九不顺眼，我委婉地劝她几句，她就怀恨在心了！”

“本王想起来了，难怪那时候她来潇王府就对小九冷嘲热讽的，当时就该把热茶泼在她脸上！”

九歌倒也不生气，只似笑非笑地瞥向墨祈：“你命犯桃花煞，这一关准备怎么过？”

墨祈垂眸，将一丝阴郁光影藏于眼睫之后：“按理来讲，依长公主的能力，并不致掀起什么风浪，但我却有种不太好的预感，希望是错觉吧。”

“她会有进一步的动作吗？”九歌若有所思，“不得不防，毕竟她平日和太子走得很近，难保不会兄妹连心，共同对付我们。”

百里子潇怒极拍桌：“有什么了不起？须知本王和云初也是兄妹连心！”

“五哥，咱俩兄妹连心有什么用啊？”百里云初很不给面子地拆台，“相比起大哥和大姐的城府，咱俩不给小九和墨祈拖后腿，就谢天谢地了。”

“你这丫头，不要长他人志气灭自己威风！”

九歌任由他们闹，只接过王府侍女刚刚送来的那壶糯米酒，往自己和墨祈的杯中斟满，两个人将杯沿轻击，饮尽后平静地对视。

“不管怎样，最近诸事小心。”

她听出了他言语中毫不掩饰的关切意味，不禁莞尔：“伴君如伴虎，包括那些尔虞我诈的手段，我这些年也早就习惯了。”

“然而背后冷箭，无论何时都不能掉以轻心。”

九歌的目光落在他腰间荷包，那月白色的布料是她亲自选的，上面的桃花也是她亲手绣的，他果然一直带在身边。

她笑了笑，悠然答道："有你站在我背后，万千冷箭也没什么可怕的。"

月色满庭，给五人的身影镀上如水光晕，墨祈静默地看向九歌，眸底似有温柔的星辰，熠熠生辉。

第五章 冷霜迟

一

自打入了秋，天气便越发冷了，不需要前往承德殿的日子，九歌惯常都待在秋水斋里看书练字，或是逗一逗百里云初新送来的那两只金丝雀解闷。

这天雁霓从绣坊取回了两身衣裳，一件是杏色的宽袖褙子，另一件是黛色的袄裙，袄裙是给自己穿的，褙子是她自作主张给九歌缝制的。

“主子，你有空的时候就试试，这件你穿起来肯定好看。”

九歌好笑地瞧她一眼：“我穿给谁看？”

雁霓不假思索地回答：“给墨督主看啊，女为悦己者容，从古至今都是这个道理。”

“那你呢？准备什么时候穿给唐枫看一看？”

“你又笑话我！”

九歌见她低下头俏脸飞红，不禁莞尔：“我没有那么多旖旎的心思，毕竟太过儿女情长，就会绊住前行的脚步。”

她与墨祈均身处朝堂旋涡之中，危机环伺，一步也不容走错，她和他都需要保持足够冷静的头脑，不能被任何感性的因素所影响。

她当初要的答案，他已经给了，除此之外别无他求，宁可许久不见，把日夜汹涌的思念藏得更深一些，只愿他能时刻平安。

然而她并不晓得，此时在承德殿的墨祈，正在经历着什么。

殿内空旷静寂，铜炉中龙涎香气息甘甜，皇帝静坐案前，将手中的最后一本奏章读完，这才抬眸看向立于阶下的墨祈，眼神平淡而不失威严。

“墨爱卿，近日辛苦了。”

“臣所做的一切，尽是分内之事，不敢叫苦。”

为人臣子，忠于朝廷，何谈辛苦？墨祈很清楚，以前皇帝从不会讲这样虚伪的客套话，今天既然讲了，就意味着正题尚未开始，更重要的言辞还在后面。

果然，下一刻他就听得皇帝缓声道：“朕此次召你前来，没什么急于命你执行的任务，只是想和你商量一件事。”

“陛下请讲，臣定当竭力照办。”

“宁儿昨晚去了凝香殿见朕，指名道姓，要你做她的宛宁宫主侍。”

宛宁宫主侍，顾名思义，就是负责长公主宫内日常事务的高等宦官。

对普通宫人而言，这本是求之不得的美差，但对墨祈而言，这无异于一场即将到来的噩梦，所以他下意识地开口拒绝：“回陛下，臣一身杀戮血腥之气，背负命债太多，实在不适合在宛宁宫当差，长此以往，恐怕会有损长公主玉体。”

“可朕已经答应她了，金口玉言，不能反悔。”

墨祈猛然抬头，恰好迎上皇帝那双深沉锐利的眼睛，他复又恭谨垂眸，将那一瞬间所有复杂的情绪，统统隐藏在阴影之下。

他沉默着，听皇帝继续讲下去：“昭嘉皇后早逝，宁儿幼年便没了母亲，这些年朕又对她疏于关怀，一直觉得有所亏欠。她生性宽容温和，从未向朕提出过什么要求，只这一件事，朕希望能够让她如愿以偿。”

乍一听起来，这当真是父慈女孝的好故事，只可惜讲故事的人是当今圣上，其内在深意，便不言而喻了。

“陛下之命，臣理应遵从，只是……”修长手指自袖中攥紧，墨祈的声音隐忍而低沉，“臣若前往宛宁宫当差，势必无法兼顾东厂事务，届时东厂无主，执行任务难免受阻。”

“墨爱卿不必担心，朕会另行派人以监卫之名，暂时接管东厂事务。”皇帝唇边浮现的笑意极浅，目光始终落在墨祈身上，仿佛要洞察他的内心，“墨爱卿二十一岁即执掌东厂，迄今为止功劳卓著，朕都记在心里，因此才想给你安排最好的归处——毕竟留在宁儿身边，免于杀伐见血，可保你一生平安。”

心脏跳动的频率，比任何一次都来得强烈，墨祈深深一揖，话一出口便带了些自嘲的意味：“臣……感恩不尽。”

“你放心，只有你才是东厂名义上的督主，没有谁可以质疑你在朝堂上的地位，你永远都是朕最信任的臣子。”

“多谢陛下。”

这话听上去，着实冠冕堂皇，也着实讽刺非常。

墨祈心底了如明镜，他知道，皇帝终于开始忌惮东厂的势力了，而百里宁的出现仅仅是最合适的幌子，好让皇帝顺理成章地做出这样荒唐的决定，得以名正言顺地分他的权。

他无法违抗君命，别无选择，只能接受。

谁也不晓得，是不是再向前一步，即为万丈深渊。

三

连续数日，早朝的时候，墨祈没有再在太和殿上出现。

这样反常的情况，自然引起了朝臣们的疑惑，有好事者想到了曾经传言中九歌和墨祈之间晦暗难明的关系，于是便趁退朝后凑近前来，试图向九歌打听墨祈的行踪。

九歌懒得猜测他们的具体心思，无论如何她都不会正面回应这种愚蠢的问题，只是微笑敷衍，并不多言。

她要维持自己八面玲珑的完美形象，百里子潇却并不需要，反正全皇城都了解他并非省油的灯，所以他冷眼旁观许久，发火发得理直气壮："靳大人最近闲得很啊，不相干的事也要问上一问，是当本王不存在吗？"

翰林院的靳学士神色一凛，忙退后两步赔笑道："潇王殿下这是哪里的话？下官也只是……"

"只是好奇？"

"呃，这……"

"你若好奇，不妨亲自去问墨厂臣，贸然打扰裴大人是什么意思？还是说你觉得裴大人与墨厂臣的关系，比与本王更加亲密，已经到了无所不谈的地步了？"

当初百里子潇和九歌在皇城中传的那点儿风流韵事，靳学士还清楚地记得，尽管时过境迁淡化了些，此刻一经提起，他立刻警醒起来，担心自己在不经意间，就触到了这位殿下的逆鳞。

"殿下教训得是，下官这便告辞，就不打扰殿下和裴大人叙旧了。"

百里子潇负着双手，一副懒得搭理他的模样，却在他匆匆离去之后，赶紧回身看向九歌："说真的小九，你知道墨祈怎么回事吗？为什么连早朝都不上了？"

"我怎么会知道？"九歌颇为无奈，"我和他现在基本上都不见面了，最近也没听到什么风声，按理说你要得到他的消息，应该比我更容易些吧？"

"不如本王回府后，差人去墨府打探一下？"

"也好。"

百里子潇扯着她的袖子不放手："今天要是不去承德殿的话，就陪本王回去喝两杯吧？"

话音未落，就听见身后传来沈莘幽幽的声音："有喝酒的事，不叫我？"

“莘莘你别总神出鬼没的行吗？”百里子潇登时被吓了一跳，拍着胸口怒视自家兄弟，“你乐意喝就跟来呗，本王还能把你赶出去？”

沈莘认真道：“我确实有很重要的事情要和你俩讲，是关于墨祈的。”

九歌一听见墨祈的名字，瞬间警惕：“墨祈怎么了？他受伤了？”

“他倒是没受伤，只是……”沈莘略作迟疑，而后叹气，“昨晚云初飞鸽传书，让我今天下了早朝叫上你俩去潇王府会合，她告诉我，自己的贴身侍女琳琅，听闻了自宛宁宫传来的消息。”

“什么消息？”

“是……墨祈即将成为宛宁宫主侍的消息。”

九歌和百里子潇的神情，刹那间均变得惊异莫名。

百里子潇几乎是一脚踹开了王府大门，迎上来的周管家见他情绪颇为暴躁，深知不能招惹，只好战战兢兢地躬身行礼。

“殿下，裴大人、墨督主和三公主都在里面等候多时了。”

九歌闻言紧走两步直奔正厅，果然见百里云初和墨祈正相对而坐，百里云初苦恼地往嘴里一块接一块地塞着糕点，而墨祈注视着手中的茶杯出神，不晓得在想些什么。

“墨祈。”

“小九。”墨祈很自然地唤了一声，“过来。”

他的神色极其平静，与平日无异，看不出丝毫端倪，但当九歌握住他伸来的那只手时，发现他手指的温度和自己一样冰冷，诚然，他与她此刻的心情一般沉重。

“你的事，我都听莘莘提起了。”

“要不是琳琅碰巧听到传言，你还打算瞒我们到什么时候？”百里云初的不悦之情都写在脸上，她出声质问，“这难道是可以让你自行解决的小事吗？”

百里子潇气得将一口牙咬得咯咯作响：“本王就奇怪，好端端的，你为什么会连续数天不上早朝？原来父皇居然把你……简直是疯了！”

墨祈沉声道：“是预料之外，却也是情理之中。”

“你别说得这么深奥，本王听不懂！”

“在陛下眼中，东厂是一柄双刃剑，能震慑朝野，亦拥有反噬的力量，他考虑这个问题应该很久了，只是现在才下定决心而已。”

百里子潇怒气更甚：“那锦衣卫呢？本王看李默那小子也不是什么好人，为什么他就可以高枕无忧，继续当自己的指挥使？”

沈莘在旁犹豫着回答：“大概因为李默是太子的拥护者，而太子又是将来要登上皇位的人，所以前者没有危险，陛下这是在用自己的方式，为太子肃清前路。”

换句话说，墨祈对百里子潇的有意维护也不是一天两天了，身为所谓的潇王党派，他的处境异常尴尬，足以令皇帝心生芥蒂。

百里子潇恍然，进而懊恼非常：“莫非是本王连累了墨祈？父皇担心本王有夺皇位的野心，再加上墨祈的帮助会威胁到大哥，所以要卸了墨祈的权力？”

“照目前的形势来看，确实如此。”

“在这件事上，我也脱不开干系。”九歌紧挨着墨祈坐下，两个人相握的手始终没有松开，她感受到他专注的视线，侧过头去微微一笑，“我与墨祈之间从未产生过矛盾，甚至算得上是互相扶持，在陛下眼中，这或许是格外值得忧虑的事情。他当初的本意，是想让我与锦衣卫和东厂相互牵制，一旦他认为我有可能跟墨祈联手，那采取行动就是不可避免的了。”

皇帝要保证百里华渊将来能顺利接替自己的位置，无论是出于才能方面的考虑，还是出于对昭嘉皇后的爱，这都是板上钉钉的事实，不容更改。

而在此过程中，没有坚定地站在百里华渊立场上的臣子，都将成为危险势力。

百里云初听了这番话，眼眶泛红，连嗓音都带了哭腔：“我不懂，你们多少年来都毫无保留地忠于父皇，尤其是墨祈，他率领东厂出生入死是为了什么？父皇竟然能做出这种事，就不怕臣子寒心吗？”

“做臣子的，没有指责君王的权力，即使陛下此刻要将我赐死，也不过是随意安个罪名而已。”墨祈一双桃花眸墨色沉郁，星辰般的光影迅速幽暗下去，他沙哑着开口，“我对陛下从来问心无愧，到此也算仁至义尽，若将来当真有那么一天，我要违拗他的旨意，阻止太子称帝，那也是宿命使然，但愿他能明白。”

沈莘忧心忡忡：“东厂如今被陛下控制了，你这位督主形同虚设，恐怕……”

“东厂成员始终只听我的号令，他们现在只需保存实力，但凡我还活着，总有东山再起的机会。”

“墨祈，”百里子潇突然抬起头来，定定地看着他，“等你重新号令东厂的那一天，是不是就意味着……”

最后一句话戛然而止，但墨祈听懂了，他坦然颔首：“我希望你也能做好准备，毕竟我们都没得选择。”

“你放心，我理解。”百里子潇苦笑一声，“想想我这些年都糊涂着，没清醒过，可你们是我身边最重要的人，我怎么能一而再再而三地把你们往危险的境地中推呢？”

百里云初小心翼翼地问：“五哥，你的意思是……”

“真到了那么一天，本王全凭你们安排，是生是死，绝无二话。”

杯中茶已凉，九歌禁不住朝挚友投去深深一瞥，复又将目光转向窗外渐沉的天色。

无边冷雨，又要来了。

三

是夜，寒风瑟瑟，墨祈缓步来到宛宁宫庭前，仰头望着那流丹飞檐良久，无声无息地隐去了眼底一抹阴沉的光影。

在他踏入殿门的瞬间，已有宫女欣喜行礼，朝内殿娇声唤着：“殿下，墨督主来了。”

很快，百里宁的身影就出现在他视线之内，她掀开软帘款款行出，那身胭脂色的长裙越发衬得她眼光盈盈，秀丽柔美。

“墨厂臣，你来了？”她婉转唤着他的名字，眉眼间的笑意怎么也掩饰不住，不自觉便带了几分撒娇的口吻，“本宫以为你今晚不会来，还想着明日亲自去墨府请你呢。”

墨祈淡淡地回答：“既是陛下的旨意，臣定当严格遵从，又怎会故意怠慢长公主呢？”

她闻言神色微滞，转而略显幽怨地看他一眼：“难道你同意做宛宁宫主侍，只是因为要遵守父皇的旨意吗？”

“承顺圣意，自然是身为臣子的本分。”

他这样讲，便相当于默认。

其实百里宁心里也清楚，他能来这里，绝非心甘情愿，唯一的可能性就是皇帝下了死命令，而他此刻，说不定正在怨恨自己。

可那又如何呢？至少她顺利地将他留在了身边，这已经是足够幸运的事情了。

只要他留在宛宁宫，两个人来日方长，慢慢增进对彼此的了解也不迟。

想到这里，她脸上的笑容便多了些，语气也越发温柔了：“饿不饿？本宫差人送两碟豌豆黄进来，也不知道你爱不爱吃，若是不合口味，明天再命御膳房做新的。”

墨祈微微垂眸，甚至没有与她对视一眼，只是客气地应着："多谢公主美意，只是臣素来没有吃夜宵的习惯，如果公主想吃，臣即刻去取，然后在旁伺候着就好。"

"你不陪着本宫一起吃，那还有什么意思？算了。"百里宁拂袖转过身去，本意是想让他靠近前来说两句好话，谁知等了半晌，见他仍沉默地站在原地，不禁愤懑，"恕本宫直言，墨厂臣怕是还不懂这宛宁宫的规矩，不晓得要怎么做才算称职。"

"全凭公主殿下吩咐，臣洗耳恭听。"

"你当东厂督主时，大概是倨傲惯了，如今成为宛宁宫主侍，恐怕一时半刻也学不会讨本宫欢心，所以要你何用？"

墨祈略一颔首："公主教训得是，是臣无能，愿凭公主责罚。"

他与她讲话，永远是这副不温不火的模样，两个人之间像是隔着千沟万壑般疏远，她愤怒的情绪无法感染他半分，如同一拳击在水流上，留不下任何痕迹。

正因如此，她才更加难以承受。

"罚你做什么？本宫是要你好好留在这儿，摒除一切杂念，安心伺候本宫。"

"臣遵旨。"

她樱唇微勾："你答应得倒是挺爽快，那好，你现在就开始服侍本宫宽衣就寝吧。"

诚然，这并不是宛宁宫主侍的分内之职，因此墨祈从容道："请公主稍等片刻，臣这就去叫侍女进来。"

她原本打算将他一军，岂料他竟故意和她装傻，百里宁满腔怨气无处发泄，将手重重拍在桌面上："够了！不需要她们，本宫自己来！"

"遵命。"

她步入内殿，约莫半炷香的工夫，复又开口唤他，墨祈神色略沉，但最后还是掀了软帘，来到她身边。

百里宁已经换好了一身色泽素淡的亵衣，长发如瀑布般披散下来，未施粉黛的那张脸，看上去颇有几分楚楚动人的温婉气质——若有人初次见她，难免会被这样的外表所迷惑，但其实她的心思，并不似这般纯粹。

墨祈的眼神未曾在她身上停留，他望着屋内摇曳的烛光，许久不言。

"墨祈。"她这次清清楚楚地叫了他的名字。

"臣在。"

她冷笑一声："与本宫相处，当真很是无趣吗？"

"公主多虑了，能得公主垂青，留于宛宁宫任职，是臣修来的福气，臣怎敢觉得无趣？”

“可你的神情告诉本宫，你并不觉得这是福气，反而在厌倦眼前的一切。”

墨祈的回应云淡风轻：“公主要如何看待，臣都无话可讲。”

她银牙暗咬，一时偏也想不出合适的言辞来反驳他，正僵持间，见宛宁宫的侍女送来了安神汤，墨祈接过，很自然地双手奉到她面前。

“公主请。”他的手和他的人一样好看，衬着那白瓷汤碗，如同世间毫无瑕疵的玉石，无论再看多少遍都令人沉醉。

百里宁伸手捧住汤碗，不经意间便也触碰到了他的肌肤，那温度虽然冰凉，却也莫名让她感觉心底一暖，她出神半晌，忽而低低叹了口气。

“你可知本宫为什么每晚都要喝安神汤？”

“臣不知。”

“因为每到深夜，本宫就会辗转反侧难以入眠。”她抬眸看着他，语调格外认真，又好似压抑了许久的情绪，在此刻终于拥有了倾诉的理由，“那种铺天盖地而来的孤独感，你大约是不会理解的。本宫这些年求的不多，只盼能有人长久伴于身侧，否则朝起夕落都毫无意义，活着未免也太冷清了。”

她很确信，他就是自己心心念念要找的人，从第一次见他率领东厂部众走下白玉月台，披风高展风华绝代，那时她就明白，有些故事是注定要发生的，她十余年的孤单岁月，至此也该告一段落。

她是尊贵的长公主，是天之骄女，想要什么得不到？而面前这个男人，明明只是宦官的身份，却有着常人难以企及的傲气，冰冷疏远，永远让她可望而不可即，凭什么？

“墨祈，本宫能给你所有想要的东西，所以忘掉从前的一切，也别再计划着回到东厂，一辈子的平安富贵，难道还比不上那种胆战心惊的危险生活吗？”

墨祈笑了笑，这一笑霎时晃了她的眼睛，她听到他低声回答：“公主，时辰不早，您该就寝了。”

“你这是在逃避本宫的问题吗？”

“臣不敢，只是在为公主的身体着想，若公主没有旁的事情，臣就先告退了。”

她望着他稳步离去的背影，只觉心口血气翻涌，未及思考便脱口而出：“墨祈！你心里装着什么人，当本宫不晓得吗？”

墨祈脚步微顿，他没有回头：“公主何出此言？臣心中装着陛下，装着朝廷，这是显而易见的事实。”

"那么，裴九歌呢？"

"裴大人，自然也算在朝廷之内。"

百里宁的手指紧紧攥着裙角，她霍然起身，快步行至他面前，扳着他的肩膀强迫他正视自己："本宫还不至于糊涂到那样的地步！你对裴九歌的心思，本宫清楚得很！但本宫也要提醒你，别再对裴九歌怀有任何幻想，她最终的归宿将是长乐宫正妃，她是被大哥认定的女人，你以为你能争得过未来的皇帝？"

墨祈对此毫无反应，他冷静地拂开她的手，神色波澜不惊："公主一定是太累了，这才说出些不合常理的胡话，若让陛下听去可怎么是好？"

"你摸着良心想一想，裴九歌究竟哪点比本宫好？她果真值得你如此惦念吗？"

"臣与裴大人仅有同朝为官之谊，对公主则是尊敬爱戴，两者难以相较，还请公主不要再为难臣了。"

墨祈朝她深行一礼，转身袍袖轻拂，未等她再度开口便已消失在殿门之外。

殊不知，在踏上满庭月光的那一刻，他将百里宁的问题默念数遍，薄唇紧抿，无声苦笑。果真值得吗？答案是肯定的，在这世上除了裴九歌，再也没有任何人值得他如此惦念了。

四

今年秋季似乎格外多雨，天水如织，缠缠绵绵，一连便是数天，庭院深冷，纵是承德殿也略显阴寒。

灯烛光影摇曳，映出金丝楠木案前扶额沉思的身形，皇帝手持御笔不停歇地掠过奏章，眉头紧蹙，看上去保养极好的面容间便也现出了几道浅淡皱纹。许久，他略略直起腰来，神色倦怠地拿手轻捏颈部，忽听殿外脚步声细碎，紧接着殿门微开，现出一抹极其悦目的湖蓝色。

九歌缓步进殿，行至近前，将冒着热气的青瓷碗盅恭敬地置于桌面，婉声道："陛下，方才在门口瞧见御膳房差人送来新炖的桂花莲子羹，臣就顺便接手了。"

皇帝应了一声："放那儿吧。"

而后君臣二人谁都没有再开口，九歌站在他身边，如往常那般不紧不慢为他研墨，原本彼此间并无异常，可偏偏就是令人感觉到，气氛哪里不太一样了。

许久，听得皇帝沉声道："你都不问问朕深夜唤你前来，所为何事吗？"

九歌轻声笑了："陛下唤臣前来，自有陛下的道理，臣只需遵守，不问缘由。"

"你总是如此懂事。"

"是陛下教导得好。"

皇帝搁笔，抬头意味深长地看了她一眼："你能出落成如今的样子，朕并没有帮上什么忙，唯一值得提起的，只是当初眼光甚好，把你带回了皇城而已。"

九歌温顺颔首："陛下对臣有再造之恩，此等恩情，臣没齿难忘。"

"九歌，"他清晰唤地着她的名字，"平日周旋于官员之间，已经很累了，朕希望你在朕面前，可以无须费心隐瞒，能踏踏实实说些心里话。"

蝶翼般的睫毛盖住眼眸，遮掩了所有欲言又止的心事，九歌莞尔一笑："臣何时竟敢对陛下有所隐瞒了？臣对陛下所言，尽是内心所想。"

"那么，朕任墨爱卿为宛宁宫主侍的事情，你知道了吗？"

"臣……略有耳闻。"

"你就不想问朕些什么吗？"

她坦然摇头："官员调任本就是平常事，陛下做出这样的决定，当然是经过深思熟虑后的结果，臣何必多问？"

那碗桂花莲子羹已有些凉了，皇帝随手取过浅尝一口，语气淡淡的："朕本以为，你心里对此是有怨气的。"

九歌研墨的动作一滞，忙后退数步跪下："请陛下明鉴，臣绝无此意。"

皇帝抬手示意她起身，见她迟迟未动，索性弯腰扶住了她的手臂："朕还未说什么，你倒先紧张上了，朕并没有责问你的意思，只不过有些好奇你与墨爱卿之间的渊源。"

"臣与墨厂臣同朝为官，平日里偶尔走动也属难免，若定要说有什么特别的关系，便是少年时际遇都颇为不幸，对彼此会有些同病相怜的感觉吧。"

皇帝未置可否地点点头："朕想知道，在你看来，锦衣卫和东厂，谁更适合将来辅助新帝稳固统治？"

她正视着他威严的眼睛，半晌答道："无论是锦衣卫还是东厂，都是横于銮驾之前的利刃，双刃合璧才能发挥出最大的作用，臣着实难以将二者分出高下。"

"你的看法也有道理，但除去锦衣卫和东厂不言，朕始终认为要辅佐新帝，你也是不可缺少的人选。"

她恭谨垂眸："请陛下放心，臣定当鞠躬尽瘁，死而后已。"

"九歌，前不久太子来找过朕，你可知是为了什么事？"

“臣不知。”

皇帝轻咳两声，复又微笑着看向她，眼底含着长辈般一贯的慈爱，但此刻看来，却有别样的深意：“他是要请朕赐婚。”

“原来是这样。”

“他向朕提出的赐婚对象，是你。”

其实在很早以前，九歌就预料到了会有这么一天，毕竟百里华渊无论如何都不会放弃她，但当这句话真的从皇帝口中讲出来，依然很令她难以接受。

心跳猛如擂鼓，她努力平复着自己的呼吸，好使声音听起来足够平静：“陛下，臣是御前女官，直到二十五岁之前，都应该忠于陛下，不能嫁人。”

“朕早说过，会为你开恩破例，所以你无须遵守这条死规定。”

“臣……”“不愿”二字尚未出口，忽见皇帝低下头去，猛烈地呛咳起来，他的胸口急促起伏着，久久没有起身。不得不承认，九歌被惊到了，她暂时忘了百里华渊请求赐婚的大事，忙不迭地斟了杯清茶送到皇帝面前，一下一下细致地为他抚着背：“陛下最近政事繁杂，日夜操劳，须得善待自己，好好休养才是。”

皇帝总算缓过来些，他抬手揉了揉眉间，指上温润的玉扳指，衬得眸底暗色更甚。他侧头微微眯起眼睛端详着她，用力吞咽，似是要把喉咙深处的血腥气压下去，但九歌依然注意到了，他唇畔那一丝痕迹极浅的殷红色。

“可惜这江山社稷，从不给朕任何歇息休养的时间，朕没有完成的事情太多了，最近越发觉得力不从心，全靠雨烟去庆云寺求来的灵药维持精力——想朕年轻时，从来不信这些佛门异术，如今竟也生出了几分依赖之情，实在可笑。”

纤长手指在袖中狠狠攥紧，九歌下意识地转开视线，低声应着：“是臣无能，不能为陛下分忧解难。”

“不，这些年你已经做得够好了，尽管偶尔会走错路，那也是朕的问题。”

他说她走错了路，至于到底走错了什么路，事实上九歌很清楚他的意思，而她只能装作迷惑的模样：“臣愚钝，不懂……”

皇帝叹了口气，在烛光的映照下，他的脸色呈现出一种虚弱苍白感，仿佛瞬间就苍老了许多。他说：“九歌，朕曾对昭嘉皇后许下承诺，只要太子不走歪路，就一定会是绥国未来的皇帝，而朕所信任的臣子，也必将成为太子日后稳固社稷的中流砥柱。”

昭嘉皇后年少仙逝，此事一直是扎在皇帝心中的一根软刺，时时想起时时疼痛，他无法补偿故去之人，只能将此情感寄托在昭嘉皇后的一双儿女身上，即百里宁和百里华渊。他曾在昭嘉皇后弥留之际答应她，要立百里华渊为储君，尽心将其培养成自己的继任者，他要遵守这份诺言，这也是他唯一能为昭嘉皇后做的了。

九歌亦叹息一声，开口嗓音略微发抖：“陛下，是担心臣有异心？”

“朕知你对绥国江山从无异心，但朕更希望你今后能竭尽全力陪在太子身边，就像忠于朕一样忠于他。”

“臣……”

“朕原本也考虑过，让你和墨祈帮着潇王收敛心性，好教他在将来太子登基后，协助太子一同治理国家，毕竟他们兄弟二人，从少年时就很是亲近，理应相互倚仗——现在想来，或许是朕做错了。”

殊不知这世间从来都当局者迷，即使是帝王也难以例外。血脉的维系太脆弱，拼不得独占的诱惑，更逃不出当权者的掌握，所以，胜者永远只有一个。

“陛下思虑周全，怎会做错？潇王殿下如今也的确沉稳了不少，较之从前，更像个真正的王爷了。”

“然而细想起来，朕只要他成为一个真正的王爷，你们却盼着他能成为真正的储君。”

心底霎时掀起万丈狂澜，九歌也不晓得自己那一刻是如何保持了足够冷静的状态，她迎着皇帝审视的目光，一字一字掷地有声：“陛下误会了，臣心目中的储君也只有太子一人，因为臣明白，潇王殿下绝难担此重任。”

皇帝饮尽了那杯茶，声音沙哑：“那就证明给朕看，你和墨祈对潇王的亲近，并非出于朕所认为的那种心思，如此，你们便还是朕最宠信的臣子。”

从某种意义上讲，这已算是对她的威胁了。

说来多可笑，也许皇帝自始至终也没有信任过她，她只是他多年前无意中发现的、十分好用的一枚棋子，他培养她，给她权力，条件是让她按照自己设定的轨迹前行，而在此过程中生出的任何变故，都将被定义为背叛。

“另外，你是长乐宫正妃的最佳人选，这道赐婚圣旨朕迟早会下，只是时间问题——九歌，这也是朕能给你的最好归宿。”

而他并不在意自己所给她的最好归宿，究竟是不是她想要的。

就像此前墨祈所遭遇的困境一般，九歌深知不能拒绝，只因没有任何转圜的余地。

宽大的裙摆在地面漫开，她重新跪在他面前，终是咬牙重重一叩：“臣，谢主隆恩。”

第六章 枕边棋

一

那一夜，潇王府由于九歌的突然到访，着实闹出了不小的动静，以致睡眠质量一向很高的百里子潇都被吵醒，披头散发愤怒地夺门而出。

“出什么事了？又有刺客？”月光下，他揉了揉惺忪的睡眼，终于看清站在树下的那位年轻女子是谁，顿时惊诧莫名，“小九？这深更半夜的，你梦游了？”

九歌懒洋洋地松开手，任由两侧的侍卫踉踉跄跄跌向一旁，她从容评价道：“你最近带着他们一起习武了？身手都有所长进，虽然还是笨了点儿。”

百里子潇重重哼了一声：“岂止是笨啊？简直是瞎！连裴大人也不认识，还吵吵嚷嚷的影响本王睡觉！”

侍卫长忙立正站好，露出一抹心虚尴尬的笑容：“是属下愚蠢，没看清来者何人，不晓得裴大人到访，还以为是哪路刺客……”

“确实也不能怪他们。”九歌据实而论，“毕竟府门紧闭，我是翻墙进来的，至于影响你睡觉的事情，就算他们不吵，我也会去把你拽起来的。”

“呃……行了，都退下去吧！本王和裴大人有正事要讲，这儿不需要你们了！”

待侍卫们纷纷离开后，他这才裹紧外套，示意她跟自己到房间去：“庭院太冷，咱俩换个地方说话。”

九歌点头应允，一路随他回屋，见他依次点燃灯烛，视线逐渐明亮起来，一时倒也将深夜的寒意驱散不少。

“你坐。”

她似笑非笑地看着他：“怎么突然这么客气了？不像你的风格。”

百里子潇趴在桌上，托着腮将她从头到脚打量一回，低声开口：“本王不算聪明，但也不傻,你这个时辰莫名其妙来一趟潇王府,不会只为了闲聊的,你肯定有重要的事。”

“其实只是睡不着，想向你讨杯酒喝。”

“有酒！”百里子潇爽快地应道,“王府厨子新酿的桂花梅子酒,本王还没来得及喝,暂时存在房间了。”说着他从床下搬出一坛，揭了盖子推到她面前，酒香扑鼻。

九歌沉默地满斟两杯，两个人同时一饮而尽，百里子潇隔着酒杯看向她，一双眼睛亮得出奇：“小九，到底怎么了？你实话实说，本王听着呢。”

她自嘲地笑道：“我怕说了之后，你会控制不住自己的情绪。”

“本王的承受能力强得很，你别小看人。”

“那好。”她点点头，“就在前天晚上，陛下忽然召见我，说太子请他赐婚，赐婚对象是我。”

“大哥要娶你？”百里子潇险些把刚喝进去的酒都呛出来，这样的认知顿时令他格外紧张，“太荒唐了吧？按照绥国律例，御前女官二十五岁才能卸任，在此之前怎么可以嫁人？”

“绥国律例掌握在陛下手中，陛下说我无须遵守，而且他已经答应了太子。”

“父……父皇答应了？”

“他说，我是长乐宫正妃的最佳人选，那道赐婚圣旨迟早要下，只是时间问题。”

她如今像是等待行刑的人，不晓得哪一日，悬于头顶的铡刀就要落下，从此陷入万劫不复之地。

百里子潇持杯的那只手，开始抑制不住地颤抖，他茫然反问：“父皇为什么答应得这么仓促，这难道是随随便便就能决定的事情吗？”

“因为陛下要我以此向他证明，自己对未来的储君绝无异心。”

“你原本就没有异心！”

九歌看着他笑了：“不，我是有的。”

“什么？”

“毕竟在陛下眼中，未来的储君必须是太子，可我认为，太子不能称帝。”

百里子潇失措道：“所以父皇察觉到了，他决定分别对你和墨祈采取措施？”

“陛下已经怀疑我和墨祈的关系了，他不容许我和墨祈走得太近，也不容许我们过分维护你，他担心长此以往，会影响到太子顺利继位。”

“本王倒从未想过，原来父皇对本王的猜忌心如此之重。”

九歌叹道：“其实他不是猜忌你，而是猜忌我们，他担心我们认可的对象并非太子，所以要防患于未然。”

父皇和长兄，都是自己最亲近的人，可现在居然生疏至此，怎能不令人寒心？

百里子潇颇为心酸地摇摇头：“想你和墨祈，这些年顶风前行，都是为了朝廷，可到最后什么都没得到，依然……”

这一瞬，他下意识的反应，并非为自己鸣不平，而是由衷地为挚友感到不值。

“我今天所拥有的一切，都是陛下给的，我不介意他如何对待我，但除此之外，我有权选择是否效忠他所认定的继承者。”

“现在说这些，会不会为时过早？”

九歌严肃地回答：“在你看来或许为时过早，但事实上，时间已经很紧迫了。”

百里子潇微怔：“为什么？”

“陛下的身体状况，似乎不太乐观。”她细细回忆那晚在承德殿的情形，想起皇帝撕心裂肺般猛咳的一幕，秀眉深蹙，“陛下产生了咯血症状，不知是过度操劳所致，还是……”还是另有缘由。

当然，另外的缘由在哪里，她不敢想象。

“父皇咯血了？”百里子潇神情微变，他仔细回忆着，“那日早朝，本王记得父皇也曾咳了一阵，感觉精神大不如前了，当时本王还奇怪，父皇身体一向硬朗得很，怎么突然之间会……”

“我不清楚，正因为不清楚，才觉得疑惑。”

百里子潇沉默了，许久，他犹豫着开口：“小九，你有办法查明此事吗？这很重要。”

九歌温声应着：“我会尽力。”

时间不等人，若皇帝身体当真每况愈下，那么距离他们不得不做出抉择的一天，就会越来越近。

“但凡有需要，随时来找本王。”百里子潇认真道，“本王能为你们做的并不多，可只要是力所能及的，本王上刀山下火海，都不在乎。”

九歌欣慰一笑：“好，我记得了。”

他朝她伸出手去，她默契地握住，两个人手指同时用力收拢，这一刻，他与她均在彼此眼中看到了决心风雨同路的执着。

长夜漫漫，所幸，有人相伴。

然而他们并不晓得，值此万籁俱寂的深夜，长乐宫中也并不平静。

李默微微垂首立于百里华渊面前，他保持这个恭敬的站姿已经很久了，只待百里华渊开口。

百里华渊把玩着手中剔透的玉扳指，半晌抬眸，看向他的眼神极其漠然：“你说，上次在荣秀宫外，遇到了裴九歌？”

“回殿下，确实如此。”

“她说了什么？”

李默沉声道：“她知道灵山的刺杀行动是锦衣卫所为，臣代殿下向她解释了误会。”

百里华渊闻言冷笑："没用的，依照裴九歌的性格，就算你解释得再清楚，她该怨恨本宫，也一样会怨恨本宫。"

他倒是并不在乎她怨恨自己，毕竟她从来也没真正亲近过自己，他仅仅感觉好奇，九歌离开长乐宫的那一晚，究竟是怀着怎样的心情同他对饮聊天？而她主动拥抱自己的时候，又在想些什么呢？

这个女人，总是这样令他捉摸不透，可越是捉摸不透，他就越疯狂地想要占有。

"裴大人托臣转告，道感谢殿下不杀之恩。"

"她将来要感谢本宫的，绝不止于此。"百里华渊抬手抚过置于桌边的日月双剑，其中一柄剑上，曾留有她的温度，"她终会成为本宫的正妃，进而成为皇后，拥有天底下所有女子都望尘莫及的富贵荣华——到那时她会明白，留在本宫身边，是最正确的选择，也是唯一的选择。"

"殿下所言极是。"

"李默，你可知，本宫已经快等不及了。"

李默缓缓抬起头，他半边脸都隐在灯烛的阴影里，逆光中，那双眼睛显得更加阴冷锐利："臣明白。"

百里华渊沉下脸笑了笑："你安插的那枚棋子，行动得怎么样了？"

"据目前来看，一切顺利。"

"很好，不过本宫希望，计划能够进展得更快一些。"

他前不久去了承德殿，请皇帝为自己和九歌赐婚，目的就是看一看皇帝的反应。结果皇帝既没有拒绝，也没有立即答应，而是让他少安毋躁，说自己会安排好一切。

少安毋躁，所以是要等多久呢？等到九歌在御前女官的位置上坐满十年，直至二十五岁吗？

百里华渊不想求个答案，他早有决断。

他并不准备等着皇帝年迈退位，再顺理成章接手皇帝所交予的一切，他只想在自己最年轻的时候，用江山和美人去填满野心。

他要得到皇位，也要得到裴九歌，欲望如火焰般燃烧，等待的每一刻都是煎熬。

所以，不必再等了。

李默深深一揖："请殿下放心，臣定会安排妥当。"

寒风吹过窗棂，瑟瑟作响，这注定是一个不眠之夜。

三

数日之后，恰逢难得的艳阳天，九歌下了早朝回来，就坐在秋水斋的庭院里看书，雁霓陪在她身边，给她那件玉色披风的领口上绣着木兰花。

主仆二人各自专注，谁都没先行开口，也不晓得过了多久，直到有只通体雪白的雀鸟扑棱着翅膀，落在了石桌上。

九歌略一抬眸，很自然地说了一句：“这雀儿挺漂亮的，怎么竟飞到皇城来了？”

雁霓闻言便也看了一眼，不看不要紧，这一看顿感诧异：“主子，这可是红叶阁的传信鸟啊！”

“红叶阁的传信鸟？也就是唐枫那边有消息了？”

“很有可能。”雁霓点头，忙去检查那只雀鸟的爪子，果然抽出了一管被卷得极细的字条，展开后凝神细看，“主子，负责在天都打探消息的兄弟们，发现最近有宫中女眷去庆云寺求药。”

九歌立刻警醒起来：“宫中女眷？哪位？”

“信上未曾提到，只说那女子衣着华丽，身边有多人随侍，秀丽柔弱，像是江南人氏。”

“江南人氏……”九歌沉吟片刻，神色恍然，“是慧昭仪。”

雁霓奇道：“慧昭仪？好端端的，她为什么要去庆云寺求药？难道是求子心切？”

“不，慧昭仪去庆云寺，是为了给陛下求药。”

“给皇帝求药？”

九歌忽而想起那夜在承德殿，皇帝无意中提及，自己最近处理政务时常觉得力不从心，多亏了有慧昭仪去庆云寺求来的灵药支撑，令他对从前嗤之以鼻的佛门异术也生出了几分依赖之情——那时她怀着自己的心思，没有细想，现在琢磨起来，此事当真古怪。

从古至今，不管是真正的道教还是真正的佛学，都只宣扬济世救人、仁爱众生的思想，而所谓能令人龟鹤延年的灵药，大多含着欺骗性质，其实际效用甚至还没有被吹嘘的千分之一。

慧昭仪给皇帝求来的，究竟是什么灵药？犹记那晚凝香殿初遇，从慧昭仪的神色上判断，她对皇帝的感情非常平淡，并无半分争宠的意愿，这样看来，她完全没有必要为皇帝如此费心的。

九歌相信自己的直觉，这其中必有蹊跷。

“雁霓。”

“在呢。”

“将传信鸟放回去，告诉红叶阁的兄弟，继续密切关注天都境内的风吹草动，若有需要，我会亲自跟唐阁主联系。”

“是。”

雁霓起身离开，九歌静默良久，重重靠在了椅背上。她叹息着仰头望向天空，阳光透过云层落在眼底，灼痛感渐趋强烈，几乎要流泪。

有道是，山雨欲来，风满皇城。

翌日，九歌独自来到庆云寺，不为其他，只为试图确认慧昭仪所做的那场交易。

庆云寺是个小寺，但据说已在骊山之间留存了数十年，任凭时过境迁接受着风雨洗礼，至如今仍是佛光熠熠，香火鼎盛。

她迎着寒风登山进寺，在佛堂上捐了数量可观的香火钱，点名要见这里的方丈。接待的那个小和尚大约也不是第一次见她这种来意直白的客人，神色并不意外，只是在转身的时候低声嘟囔了一句：“最近怎么总有人要见方丈……”

声音很轻，九歌却听清楚了。

然而她万没想到，在方丈会客的明镜阁中，居然还邂逅了再熟悉不过的人。

彼时她经人引领走进阁中，见里面摆红木元宝桌案，墙上挂着几幅山水名画，窗前焚一炉罗汉香，着实是个清幽雅致的所在。圆空方丈与一名年轻男子相对而坐，见她进来均回眸望来，彼此神情都很平静，看上去惊讶的倒只有她一个。

“你怎么来了？”

可想而知，那年轻男子正是墨祈，他的目光在她脸上停留片刻，浅淡微笑似有别样含义：“许你来，难道就不许我来了？”

“嗯……我只是奇怪，长公主竟肯放你出宛宁宫吗？”

墨祈招呼她到自己身边来，悠然回答：“长公主说自己想吃留香坊的一口酥和茯苓糕，我便亲自出来帮她买了，她倒是很高兴。”

“她若知晓你是为了以公徇私，怕是要气坏了。”

当着外人的面，九歌不便多问细节，闲聊几句则敛裙入座，不一会儿，只见两个小和尚捧茶进来，盏内是上好的铁观音，袅袅香气沁人肺腑。

圆空方丈放下茶盏，双手合十轻言慢语：“不知两位施主今日到来，所为何事？”

两个人迅速对视一眼，墨祈仍如往常一样含笑沉默，只等她开口，于是九歌道：“我也不愿拐弯抹角，敢问方丈，庆云寺内可有能使人长生不老的灵丹妙药？”

“施主这是何意？恕老衲不解。”

“就算并非长生不老之药，能延年益寿的丹药，总是有的吧？”

圆空仍是微笑着，不紧不慢地回答：“须知生死皆有定数，灵药之说万不可偏听偏信。况且施主正值年少，何必要剑走偏锋寻求长生之法呢？”

九歌沉声道：“不是我要寻求，而是闻知有人在庆云寺得到了这样的灵药，因此前来探个究竟。”

圆空缓缓摇头：“无稽之谈，施主还是请回吧，恕老衲爱莫能助。”

九歌蹙着眉尚未回应，却见旁边墨祈从怀中取出一张银票，隔着茶盏推向圆空：“明人不说暗话，方丈，我不知道对方给了你多少银子，但这里有五百两，你的答案若令人满意，事成之后可以翻倍，到时候重修庙宇再塑金身，都随你心意。”

圆空瞥向银票的眼神倏地明亮了一瞬，但就是那抹本不应属于佛门中人的渴慕锐光，让九歌更加确定了自己的想法，她顿了顿，纤纤指尖抚上桌案纹路，语气若有所思：“即便是为了庆云寺的安定繁荣，方丈也应该多加考虑，毕竟谁都不是最可靠的盟友，要看利用什么来维系——退一万步讲，想来方丈也不晓得，之前来寺中求药的人是何种身份，我猜得对吗？”

倘若圆空当真知道那所谓灵药是给皇帝用的，恐怕也要为自己的欺君之罪而胆裂魂飞了。

果然，圆空略显迷惑，也不贸然开口，就只等着她继续下去。

九歌唇角微扬：“其实那也意义不大了，方丈只需告诉我们，寺中灵药的真实功效如何就好。”

圆空那张看起来慈眉善目的脸多了些许不自然的波动，先前淡定自若的伪装被打破，他踌躇着不肯表态，直到冷眼旁观的墨祈，再度下了一剂猛药：“识时务者为俊杰，方丈是聪明人，当深谙此理。我们给予你的利益同样可以收回，甚至于将你从前所得到的一并毁掉，有的风险还是不要轻易去冒为好。”

其中的警告意味，已足够明显。

“阿弥陀佛，这可真是……唉！”许久，圆空终于懊恼地长叹一口气，“实不相瞒，本寺虽常年香火不断，却因广做善事，导致时常入不敷出，最近此种情况更甚。正巧有贵人找上门来，以高价问求能延年益寿的灵药。须知寺中没有这种药，老衲原本已经回绝了，却不想对方给了一服药方，吩咐老衲直接按照药方制药即可。”

九歌略一蹙眉：“是什么药方？”

“其实只是普通去肝火的方子，没什么特别的功效，老衲告知那位施主，此药方并不能延年益寿，可她却取出银票交给老衲，斩钉截铁道‘这就是灵药’——那个时候，老衲便明白了。”

九歌神色越发凝重：“所以你就收下钱财，允许对方以庆云寺灵药的名头，撒了这个谎？”

“唉，老衲也是一时糊涂，觉得此药算是平安药，虽无延年功效，毕竟也对人身体无害，这才……”

“你可还记得求药之人的样貌？”

圆空勉强回忆着，一面摇头叹气：“是个衣着华贵的女施主，带着几名随从，临行前还再三嘱咐老衲不得将此事告诉任何人，否则将有性命之危。”

是慧昭仪，话已至此，再无疑问。

“也就是说，关于配药的事情，再没有其他僧人知晓了？”

“当然，此事不甚光彩，老衲实在不敢说与旁人听。”

墨祈又抽出一张银票叠在先前那张之上，言简意赅：“那位女施主取走的药，给我也来一份。”

圆空神情忧虑地起身，从后面桌底拿了一个素白瓷瓶放在两个人面前，即使故作镇定也掩不住眉梢眼角间的惶惶不安：“阿弥陀佛，无论是你们二位，还是那位女施主，看起来都非富即贵，不是老衲这一小寺能招惹得起的，此事……”

“此事我们自有分寸，方丈不必多虑。”九歌仔细将药瓶收好，抬眸莞尔一笑，“素来听闻寺小妖风大，劝方丈今后谨慎行事，出家人当慈悲为怀，莫要贪图些蝇头小利而惹火烧身。”言毕款款起身，举步行出阁外，墨祈安静地跟在她身后，两个人谁也没作声，径直出寺，不久便看到了候在山腰处的一名东厂成员。

那东厂成员本是匆匆迎过来的，见到她下意识地一个愣怔，随即便忙不迭地躬身道：“参见裴大人。”

“在外面用不着这么礼数周到。”她极隐蔽地摆摆手，放低声音问墨祈，“这样看来，是东厂探子给你通风报信了？”

墨祈似笑非笑："当然，没有东厂查探不到的事情，即使我现在身处宛宁宫，只要有方千户在，我依旧能第一时间掌握消息。"

"我猜，陛下的身体之所以日渐衰弱，和这瓶药脱不开干系。"

"我也这么认为，看起来方丈并不属于太子党派，但只怕慧昭仪会再度派人前来打探消息，届时他若透露出你我来过此地，终究是个祸患。"墨祈沉吟半晌，淡声吩咐那名东厂成员，"立刻派人暗中监视庆云寺，在保证方丈安全的前提下，也要避免他走漏风声。"

那成员显然不是第一次做这种事了，当即干脆应下，转身很快就消失在了两个人视线内。

九歌伸手扯了下他的衣袖："你想得倒挺周全。"

"是你偶尔会犯傻罢了。"

她颇为气恼地一捶他的胸口："都什么时候了，还在拿我寻开心？"

"越是在这种时候，看到你板着脸的样子，才越想让你笑一笑。"墨祈耐心替她整理好玉色披风的领口，幽深如墨的眸子微微眯起，"要不要随我去一趟留香坊？"

九歌故意反问："去留香坊做什么？陪你给长公主买糕点吗？我可没那种闲情逸致。"

"你爱吃那里的红豆凉糕，我知道。"墨祈缓声解释，"更何况，哪怕与你多贷半个时辰也是好的。"

这样的答案，无疑是被藏得最深的心里话，猎猎山风中他平静地等待她的答案，清俊眉眼间退去几分惯常的冷厉之色，便只剩下深藏眸底的如水温存。

九歌原本还打算端着架子不理他，岂料在接触到他目光的瞬间，便不由自主地弯起了唇角，尽显小女儿家的娇态："既然如此，我就勉为其难，陪你去吧。"

他似是安心许多，眸中暖意纯粹，欣慰颔首："好。"

三

其实九歌对红豆凉糕的兴趣，也并没有那么浓厚，她只是无意间和墨祈提起过一次，而他竟然记到了如今。

所以相比起红豆凉糕是否味道醇正的问题，她更在乎临近分别时，自墨祈指尖传来的温度。

他握紧她的手，只一瞬便松开，而后在她看向自己的一刻，抿唇微微笑着：“无论如何，要保护好自己。”

不知从何时开始，这句“保护好自己”，变成了他一次又一次与她强调的言辞，且每一次听来，都比上一次沉重。

前路还长，要坚信着，终能并肩行于阳光下，不必再经受分离。

回到皇城后，已是天色欲暮，九歌遣雁霓前往太医院，低调请来了沈莘——为找个合理的借口掩人耳目，她让雁霓对沈莘说，自己身体状况欠佳，急需诊治。

然后没多久，就见沈莘背着随身药箱，心急火燎地狂奔进了秋水斋大门，速度之快，居然连身怀功夫的雁霓都没能追上他。

“小九，听说你病了？早告诉你平日里要多注意身体，尤其是秋冬交替时更应该……咦？”

话语戛然而止，他纳闷地看向正坐在桌前吃甜杏仁的九歌——平心而论，这副悠闲的尊容，可真不像个病人。

九歌瞥他一眼，很自然地招呼着：“真难得见你这么风风火火的样子，过来喝茶。”

“你……你没病啊？”

“你才有病。”她促狭地笑道，“我若不这样讲，怎么顺理成章地把你从太医院请过来？战术而已。”

沈莘喘息半晌，放下药箱坐在她对面，一口气将茶饮尽：“听你这意思，特地叫我来秋水斋，是有很重要的事情了？”

“是啊，有事要请你帮忙。”

“但讲无妨。”沈莘答得很利落，没半点儿犹豫，“平时也没什么能帮上你和墨祈的，这次总算有机会，我肯定尽全力相助。”

依两个人的交情，确实不必多言，九歌微笑，从怀里取出那瓶方丈给的灵药放在他面前：“其实就是让你鉴定一下，这里有没有添置什么特殊药材。”

沈莘将瓷瓶置于鼻端轻嗅半晌，又把其中一粒细细碾碎托在掌心观察，双眉微蹙，若有所思。

“若单凭药材而定，倒也没什么特殊的，就是寻常去肝火的药罢了，但奇怪的是，里面似乎加了一味紫芙蓉。”

“紫芙蓉？”

沈莘一本正经地应着，转而又道：“鲜有人知，服用了紫芙蓉后是不可饮茶的，尤其是浓茶，否则无异于身中慢性毒药，损伤五脏。”

九歌搭在桌边的手指微微收紧，她沉下脸色：“医书上从未讲过这一条。”

“医书也不是万能的，为医者，所学应远远高于医书才是。”沈莘说完又似想起了什么，着重补充道，“还有……”

“还有？”

“紫芙蓉药性与莲茴相克，父亲曾提起过，这两种药草若用在同一个人身上，时日一长，严重程度可致死。”

九歌问道：“莲茴是什么药草？”

“属于比较罕见的药草，可做药用，也能用于制香，据说经某种工序调制，会产生令人兴奋的味道，让人产生一种错觉，即使身体不堪重负也依旧认为自己精力旺盛。”

原来如此，看来慧昭仪名义上是去庆云寺求药，暗地里却借药发挥，想要不声不响地置皇帝于死地。

她银牙暗咬，直觉心内火气翻涌，平息了好一会儿，终于勉强扯出一抹笑：“我懂了，看来我明日去承德殿时，可得好好打听一下关于香料的事情。”

沈莘担忧地反问：“你察觉到什么不对劲了？难道此事……与陛下有关？”

“最近上早朝时，你可觉出陛下身体有恙？平日里陛下有没有召你前往寝殿诊治？”

“陛下身体状况欠佳，我早已看出了几分，私下也曾为陛下诊过脉，脉象较为虚弱，却诊不出根源何在，只能得出劳累过度的结论，开个静心补气的药方而已。”

“那就没错了。”她将那盛药的瓷瓶往桌上重重一撂，语气冰冷，“你刚才看到的这丹药，是慧昭仪去庆云寺求的，而我也发现最近一段时间，陛下惯常所用的龙涎香，气味变了。”

沈莘神色一凛，他下意识开口：“你怀疑慧昭仪？可慧昭仪为什么要这么做？她如今集万千宠爱于一身，又怀了龙子，陛下已经挑好良辰吉日要封她为嫔，她的前路一片光明，蓄意加害陛下有何意义？”

九歌惊道：“慧昭仪有了身孕？”

“没错，三日前才被诊出，是我亲自去的凝香殿。”

九歌的脑海中，刹那间转过了许多想法，最终却只淡淡地应了一声，沉吟不语。

沈莘等了半晌，禁不住温声问道：“小九，你需要我做什么？”

九歌长叹一口气，她扶着桌面倾身向前，在他耳畔极缓极慢地嘱咐着：“保险起见，找个替陛下把平安脉的机会，提醒他最近少饮浓茶，再配几服可抵消紫芙蓉效力的中药，于晚膳时悄悄加在陛下的羹汤中——切记，一定要做得足够隐蔽，绝不能让慧昭仪身边的人发觉。”

“你放心，我自有分寸。”

“你做事，我向来放心。”

两个人平静对视，深刻的默契不必言说，都已融进彼此的眼神里。

四

自打从庆云寺回来，又见过沈莘之后，九歌始终心神不宁，直觉告诉她，必须尽快得到一个明确的答案，不能再继续耽误时间了。

傍晚，她在并没有受到皇帝召见的情况下，来到承德殿，为使自己的来意显得不那么突兀，她还特地去御膳房，请御厨煮了一碗银耳糯米粥。

她低头靠在殿前楹柱上，蹙眉踌躇了很久，直到殿门突然打开，身后传来钱公公熟悉的尖细调子：“裴大人怎么来了？”

“嗯，钱公公，陛下在里面吗？”

“陛下不在，一个时辰前就去凝香殿了，说要在那里用晚膳，今夜要翻的也是慧昭仪的牌子。”钱公公笑道，“毕竟慧昭仪如今身怀六甲，格外受陛下关照也是应当的。”

“那是自然。”九歌微笑应着，“只不过御膳房的这碗银耳糯米粥，怕是要白熬了。”

“莫非裴大人这个时辰来见陛下，是有什么要紧事吗？”

她从容摇头：“并没有什么要紧事，只是担心陛下身体罢了——我最近翻阅相关医书，得知龙涎香会对有孕之人产生不良影响，还请钱公公记得提醒陛下，莫要再用了。”

钱公公当即回答：“请裴大人放心，陛下已许久不用龙涎香了，陛下近日所用香料，是慧昭仪亲手调制的回龙香，据说是以罕见的药草莲茴作为香引，有安神的功效。”

莲茴……九歌眼神渐冷，唇畔却仍含着疏离的笑意，将情绪藏得不留半分痕迹：“原来如此，没想到慧昭仪还精通调香之术，果真是奇女子。”

钱公公连连点头表示同意：“就连陛下先前也说呢，慧昭仪实在是个心灵手巧的女子，和她在一起，陛下感觉很温暖，不像皇帝，倒像是寻常百姓家的丈夫。”

一国之君说出这种话实属奇闻，除了昭嘉皇后，大概再也没有哪个妃嫔能得到如此褒奖，皇帝对慧昭仪的宠爱，已至峰顶。

慧昭仪何德何能，竟能将精明强干的国君蛊惑至此？

是了，也许她并不需要花费太多心思，只需与昭嘉皇后有几分相像，就足够了。

自古多情人，多受痴心苦。

只可惜皇帝错了，他交付感情的枕边人，竟想置他于死地。

一味紫芙蓉，一味莲茴，其造成的损害从脉相上不易察觉，但长此以往，足以将皇帝身体掏空，慧昭仪的阴毒居心昭然若揭——然而她毕竟只是一介手无缚鸡之力的弱女子，如何能想到这些险恶招数？说到底，还是幕后指使者最难对付。

九歌的心思刹那间已千回百转，她客客气气地与钱公公道了别，转身快步朝来时路行去。

当她踏着晚霞碎影回到秋水斋时，见雁霓正倒提着扫帚，站在庭院那棵新栽的乌柏树下，望着满地泛红的落叶出神，不晓得在想些什么。

大约是听到了脚步声，雁霓猛回头，见到她后弯起眉眼笑道："主子回来了？"

"都告诉你多少次了，没有外人在场时，不需要称我为主子，叫我九歌就好。"九歌接过她手中的扫帚，很随意地扔到一边，"我也告诉过你，这些粗活专门有人去做，你那双手是用来持剑或刺绣的，不是用来打扫庭院的。"

雁霓俏生生一吐舌头："你不在我也很无聊啊，权当给自己解闷了。"

九歌饶有兴致地打量着她："那你告诉我，方才在这树下发什么呆？是有心事？"

"哪有？"

"一般来讲，你若露出这样的腼腆神情，就说明又在想唐枫了。"

雁霓双颊绯红，忍不住抬手轻轻推了她一下："别说了！"

九歌轻笑："看来我猜对了。"

"其实，我也只是看到这乌柏落叶，想起了那年的栖霞山而已。"回忆往事，雁霓显得颇为惆怅，她恍惚间叹息一声，"当初和阁主一起执行任务，他顺便带我去看那里的枫林，还说此景正应了他的名字，所以我一直记着。"

犹记彼时漫山红叶如海，却也抵不过眼前男子眉间一点朱砂，风华绝代。她明白他心中藏着其他人，再也容不下自己，然而能拥有彼此共存的记忆，已经算是上天恩赐了。

九歌将手温柔地搭上她的肩膀："我不能带你去栖霞山，却可以试着重现那时的景象。"

"什么？"

话音未落，忽见九歌另一只手轻盈扬起，指尖有光芒逸散，无声无息地在乌桕树顶幻化出一片如火枫色，满树红叶与天边霞光相互映衬，那情景精美绝伦，仿佛回溯从前。

雁霓抬起头，出神地望着，她喃喃自语：“这是什么？”

“我母亲教的烟火戏法，许久不用了，幸好还未生疏。”

“我有时候会觉得，你这人当真不可思议。”雁霓沐浴在淡淡的光芒里，转头看向九歌，嫣然一笑，“那么，既然你已经化解了我的心事，作为回报，我也该帮你一个忙才是。”

九歌也笑了：“你怎么就能确定，我有求于你？”

“你开心与不开心，我还是能分辨出来的，就算你不是有求于我，总该有些能让我效劳的事吧？”

“说起来，我确实有一件需要你亲自出马的事情。”

“你尽管讲，我洗耳恭听。”

九歌低声道：“你去帮我查清楚后宫慧昭仪的身世背景，越详细越好。”

目前墨祈被困宛宁宫，东厂成员也不便行动，身为红叶阁成员，没有谁比雁霓更适合去调查这件事了。

雁霓了然地点头：“明白，我会尽快给你答案。”

“多谢。”

“你我之间，不必言谢。”

五

是夜，凝香殿外，月色正浓。

慧昭仪坐在窗边，安静地望着天边那一弯新月，长发如瀑布般披散而下，衬得她身形愈加单薄。

皇帝先前陪她用过了晚膳，原本还说要留宿于此，结果一个时辰前有荣秀宫的宫人匆匆来报，道荣妃娘娘头痛欲裂，请他前往探视，他便去了，临走前还特意安慰她好久。

其实不必安慰的，她并不是很在乎。

“小主。”贴身侍女瑾儿进殿，小心翼翼地回禀，“刚传来消息，荣妃娘娘旧疾发作，陛下今夜留宿荣秀宫——陛下说了，明晚一定会来陪伴小主。”

慧昭仪冷笑一声，脸上显出了几分与她柔婉气质格外不符的讥诮之色：“他最好明晚也不要来，永远都不要来，免得见面令我徒增心烦。”

瑾儿低声劝着：“小主千万别说这种话，让旁人听去了可怎生是好？”

“无所谓，反正这样的日子，我早就过厌了。”

“小主……”

“你出去吧，我想一个人静静。”

瑾儿诺诺退下，慧昭仪重新将目光投向洒满月光的庭院，庭院银杏树的枝叶随风轻轻摇晃，在地面落下斑驳的阴影，莫名给夜色添了一丝萧瑟之感。

她怅然叹了口气，也不知到底过了多久，直至听到身后传来极轻的脚步声。

“我不是说过了吗？想一个人静静。”

“哦？”片刻，忽有低沉的男声响起，“也就是说，你连我也不想见了？”

心脏蓦然停跳了半拍，慧昭仪霎时起身，震惊地回头一瞥：“李默？”

来人一袭鸦色常服，身形挺俊，眸如古井无波，正深深地盯着她看，不是李默又是谁？

他淡然道：“我已将一切安排妥当，陛下今夜留宿荣秀宫，不会有谁知道我来了凝香殿，你放心。”

“我从不担心。”慧昭仪眼眶泛红，她立于原地许久，终是试探性靠近前来，伸开双臂用力搂住了他，“我只是没想到，会在这样的时刻见到你，我……我很想念你，天天都盼着能收到你的消息，可是……”

“我知道。”李默反手抱住她，另一只手轻抚着她柔软的长发，语气宠溺，“别哭，我这不是来看你了吗？”

她乖巧地依偎在他胸前，含笑阖上眼睛：“你这次来，是因为太子发话了吗？他终于准许我离开这里了吗？”

李默怔了一怔，随即犹豫着回应：“雨烟，你可能还要……等一等。”

“等一等？”

“嗯，不过也不会等太久了。”

“所以你不是来带我走的？”

“我现在，确实还不能带你走。”

慧昭仪喘息一时急促，方才欣喜的神色瞬间退去，她笑意渐失，向后两步推开了他：

“你在讲什么？你认为以我现在的状况，还能等得了多久？你明知我一刻也不想再等了！”

李默走过来重新牵起她的手，很有耐心地哄劝：“雨烟，你先不要激动，如果伤到身体和……”话语戛然而止，他没有再说下去。

“和什么？”慧昭仪冷然反问，“和我肚子里的孩子，是不是？你怕伤到龙种？”

李默垂眸，无言以对。

她难以置信地摇头：“真不敢想象，我怀上了皇帝的后代，你居然还在为他担心？你已经默认这个事实了，对吗？”

“雨烟，我们都没有选择的，你该理解。”

“你明明可以选择的！当初太子问你的时候，你就应该拒绝！”她一副哀婉欲绝的模样，几欲落泪，“可你还是毅然决然地把我送进了宫里，我那时真是疯了才会答应你！”

李默手上加了几分力，试图稳住她过分激动的情绪：“你听我说，太子承诺过了，事成之后还你自由，到时候我会帮你改换身份，咱们重新开始，好不好？”

此言一出，慧昭仪的眼泪便淌落下来，止也止不住。

“重新开始？”她凄然反问，“你用这种荒唐话来骗我，自己相信吗？我如今已是皇帝后宫嫔妃的一员，无论诞下皇子或公主，都意味着从此再难脱身。届时太子称帝，大功告成，我就会被视为失去利用价值的弃子，甚至会替他背负起毒害皇帝的罪名，这些你都想过吗？还是说你根本不在意？”

李默心疼地注视着她，声音微哑：“雨烟，我……”

“你可知我夜夜承欢，要背负着对你的思念，去讨好我完全不爱的男子，有多么痛苦煎熬？你哪怕对我存有半分怜惜之情，都不会决绝到如此地步吧？”

她与他七岁相识，青梅竹马，距今已有整整十三年，她原本憧憬着他有朝一日功成名就，会风风光光地回来迎娶自己，岂料当两个人重逢的时候，他却只带回了要送她进宫的消息。

她与昭嘉皇后的画像，颇有几分神似，这是经太子百里华渊认可的事实。正是因为这相像的容貌，彻底葬送了她全部的美好希望，她不得不成为太子安放在皇帝枕边的一步棋，柔弱的外表下，隐藏着淬毒的刀。

事实证明她的确成功了，但也不可避免地深陷此局，再无退路。

每在这凝香殿多住一天，她的绝望情绪就更甚一分。

“雨烟，你只需帮我这一次，日后我定会报答你百倍千倍，将你明媒正娶。”

那时她躺在李默的怀里，是真的信了这句话，但现在她蓦然意识到，这不过是一句永不可能实现的、动听的谎言罢了。

从她踏入皇城的那一刻起，便注定了万劫不复，而最令她心寒的，莫过于李默的态度。

“李默，你当真爱过我吗？”

“我的心里，从来都没有过别人。”李默回答得斩钉截铁，“雨烟，你信我，等我们渡过这一关，我绝不会再让你受半分委屈。”

“可这样的承诺，对我来讲已经毫无意义了。”她怔然半晌，忽而自嘲一笑，“再耽搁下去，结局是可以预见的，你一向聪明，不该自欺欺人。”

李默薄唇紧抿，沉默不语。

她抬手拭去脸上的泪痕，麻木地看向他：“你走吧，回去转告太子，就说他托我做的事，我都已经做到了，现在我要他尽快安排我离开皇宫，不管用什么方法都好——如果他拒绝，我就向皇帝禀明一切，让他所有的计划付诸东流。”

李默惊道：“雨烟，你不能这样做！”

“不到万不得已，我也不想这样做，我只想永远和你在一起。”她轻声道，“我留在宫里唯一的动力，就是有一天你能带我远走高飞，若不能如愿以偿，我无路可走，就只能拖所有人一起下地狱。”

李默显然还想再说些什么，却见她已背过身去，抬手示意自己可以离开了。他叹息一声，低声嘱咐道：“你好好休息。”随即转身出殿，脚步声远去，很快就消失在浓重的夜色里。

因为没有回头，所以他并不晓得，那一瞬的慧昭仪是如何脱力倒地，近乎崩溃地泣不成声。

六

数日之后，雁霓风尘仆仆地回到秋水斋，见九歌不在，经询问侍女得知九歌被三公主叫走了，于是直奔连云宫。

而此时的九歌，正陪着百里云初研究新话本。

“你最近倒是灵感多得很。”

“这是身为皇家著书人的必备能力，否则你以为我是靠什么把那些皇亲贵胄迷得茶饭不思的？当然是才华！”

九歌托腮叹气：“好，你说得都对。”

百里云初很随意地揽住她的肩膀，笑眯眯劝道：“小九，别不高兴了，连莘莘都说你这段时间总是苦大仇深的，你得想办法让自己开心些。”

“用‘苦大仇深’这种词来形容我，不觉得很奇怪吗？”九歌无奈，“不如你来说点儿令我高兴的事，我听听。”

“嗯……”百里云初一本正经地思索着，“譬如，我昨天在畅春园瞧见了墨祈陪大姐赏花？”

“很好，你这么一说，我就更加难以高兴了。”

“这至少说明他很安全，没出什么岔子啊！”百里云初放下手中的狼毫笔，神神秘秘地从梳妆台边的木盒里，取出了一支黑檀木的簪子递到她面前，“还有这个，是他那天给我的，我猜他绝对想要通过我来送到你手上。”

九歌端详着掌心的木簪，见其原来是一支剑簪，打磨成与她那柄九霄紫电一样的形状，触感光滑，通体泛着幽幽的光泽，观之可知墨祈有多么用心。

簪尾刻着一个小小的“九”字，她细细抚摸着，转而将簪子插在发间，淡声问道：“当时长公主在场，他是怎么把簪子交给你的？”

百里云初笑了笑：“大姐仍像往常那样，阴阳怪气几句之后就不搭理我了，在她背过身去的同时，墨祈把簪子当作暗器甩进了我的领口。”

“他倒不傻。”

“所以说墨祈真了不起，这么俊的暗器功夫，旁人是学不来的。”

“真难想象，你居然会为了这点儿小事赞美他。”话虽如此，九歌唇畔已然不经意地弯起了极浅的弧度，笑意渐深。

百里云初提笔给话本当下的一章添上最后一句，忽而若有所感，一抬头望向门口，挺好奇道：“咦？雁霓？你找小九有事啊？”

果然，雁霓已经到了。

“参见三公主。”雁霓恭敬行了一礼，这才将视线转向九歌，目光隐含深意，“奴婢确实有话要与主子细讲，不知……”

九歌立即会意，从容起身：“那咱们就先回秋水斋吧，公主你慢慢写，写完了记得把你最初的这本留给莘莘，他要收藏的。”

“这还用你提醒？”百里云初好整以暇地挥挥手，“既然你有正事，我就不留你吃饭了，平时有需要随时来找我，我有求必应。”

“好，我才不会跟你客气。”

出了连云宫，始终规规矩矩跟在身后的雁霓，这才凑上前来，压低声音道：“主子……”

“叫九歌。”

“噢，九歌。”雁霓从善如流地改了口，“你之前告诉我，慧昭仪在秀女名册上登记的身份，是瑶城县令的庶女？”

九歌略一颔首：“没错。”

“我已设法与在瑶城的红叶阁成员取得了联系，经打探得知，瑶城县令娶有一妻一妾，家中独子刚过弱冠之年，乃正房妻子所生，而他的妾室也确实育有一女，只是此女常年病弱，四个月前就香消玉殒了，可这个县令将这事瞒了下来，对外则声称女儿已经进宫——我怀疑，他恐怕是答应了谁的条件，要助那人完成偷梁换柱的计划。”

“消息属实吗？”

雁霓笃定地回答：“你要相信红叶阁的实力，此事千真万确，不会有错。”

晚风卷起九歌的长发，她轻叹一声，只觉此刻透骨寒凉。

所谓偏远地区县令的庶女，不过是个低调的幌子，为了让慧昭仪的存在合情合理而已，事实上，从慧昭仪入选再到与皇帝相见，都只是幕后主使者操纵的一步棋。

对皇帝而言，这枚与昭嘉皇后极为相像的棋子，是致命的。

“主子，咱们现在该怎么办？”

“是啊，我也想知道该怎么办。”九歌仰头望天，神色凝重，“没有足够的证据，我无法在陛下面前揭露慧昭仪的所作所为，更何况罪魁祸首还没有找到。”

“也许……”

“也许，我该找机会去见慧昭仪一面。”

无论如何，这一面都是要见的，为了最后的答案。

而此时，远在长乐宫，李默也以如此沉重的心情，面对着立于窗边的百里华渊。

良久，百里华渊转过身来，一双狭长凤眸平淡地瞥向他，神色依旧冷漠，眼底却似有蛊惑星光浮动。

“你去过凝香殿了？”

“回殿下，去过了。”

“没有引起旁人注意吧？”

“请殿下放心，臣足够谨慎。”

百里华渊似笑非笑：“慧昭仪状况怎样？同你说了什么？”

李默略显迟疑，殊不知这迟疑的瞬间，已经被百里华渊尽收眼底，后者复又缓声道：“看来你们谈得并不愉快。”

“并没有。”出于保护慧昭仪的本能，李默下意识地解释，“雨烟只是年轻不懂事，她第一次执行这样严峻的任务，难免会有些冲动。”

“你应该明白，现如今的情势容不得她冲动，一旦她那环出了问题，你与本宫都有可能被暴露。”

“臣明白。”

百里华渊微微眯起眼睛，目光冷厉，直盯得李默心底生寒：“你的神情告诉本宫，慧昭仪开始浮躁生事，她必定是提出了什么令你为难的要求。”

“臣……”

“让本宫猜猜，她是不愿陪在父皇身边当个替身，想要出宫了？”

李默面色沉郁地低下头去，什么都没回答，已属默认。

百里华渊行至桌前坐下，优雅地给自己斟了一杯清茶，想了想，又给李默也斟了一杯，示意后者过来坐在自己对面。

他笑着问：“慧昭仪威胁你了？”

李默摇头：“请殿下息怒，那并不能算作威胁，她只是太过担惊受怕，希望能早些脱离苦海。”

“她想脱离苦海，那很简单啊。”百里华渊唇角扯出一抹轻蔑的弧度，悠然道，“本宫记得，前几日太医院派人去了凝香殿，诊出慧昭仪有喜了？”

“正是。”

“本宫将她安排在父皇身边，是为了让她无声无息地令父皇沉睡在前尘旧梦里，可没让她给父皇诞下龙子，成为本宫将来的祸患。”

诚然，慧昭仪所怀若是皇子，那便是他的兄弟，难保多少年后不会与他争夺江山，有一个百里子潇就已经够令他费心了，他怎么还能允许其他兄弟存活于世？

李默也意识到了这一点，霎时脸色微变：“殿下，雨烟不会永远都留在宫中的，待殿下顺利称帝之后，叫她带着孩子远走高飞，再也不能回返天都，也就罢了。”

这大概是他能为心爱之人所争取的最后机会，但遗憾的是，这与百里华渊的设想并不吻合。

百里华渊若有所思："你想让本宫放她离开？这也是她提出的条件，对吧？或许她给你的时限更紧迫些，否则你不会是这种反常的状态。"

"殿下，臣……"

"倘若本宫不答应呢？她是不是准备去父皇那里告发本宫？"

李默一时语塞。

"你一定了解那样做的后果是什么，这个女人已经完成了自己的使命，她最后的价值，就是和她肚子里的孩子，一起消失。"

李默瞬间听懂了百里华渊的意思，他大惊失色："殿下！"

"真难得看到你这么失态的时候呢。"百里华渊漠然打量着他，"李默，你瞧瞧现在的自己，哪里还有个锦衣卫指挥使的样子？儿女情长，英雄气短，你应该不会糊涂到为了她而葬送前程吧？"

李默略显恍惚地持起茶杯，拿惯了绣春刀的手，此时竟在抑制不住地颤抖，他哑声问道："殿……殿下，真的不能放她一条生路吗？"

"从你把她送进宫的那一刻起，就该明白，她终将为了这个秘密陪葬，那是她既定的命运。更何况她如今已有了背叛我们的心思，本宫更不能留她了。"

许久没有等到回答，百里华渊勾起唇角，又着重补充了一句："但本宫会开恩，给你亲自了结她的机会。"

心口像是燃着一把火，灼烧得李默疼痛不已，他花了很长时间，才勉强平复情绪，使自己看上去不致那么狼狈。

他知道，自己更改不了百里华渊的决定，若他拒绝，依照百里华渊的手段，也许会将他和慧昭仪一起断送。

从执意跟随百里华渊的那一天开始，他所学到的第一件事，就是绝对服从。

他起身，将杯中茶一饮而尽，再次看向百里华渊时，眼神便已恢复了往常的果决狠厉。

"遵命，多谢殿下。"

百里华渊微笑着："在那之前，我们还要商量一下，如何让慧昭仪的死亡，更有意义。"

毕竟这一出落幕戏，越热闹，越有趣。

第七章 惊天祸

一

夕阳渐沉，墨祈坐在庭院内，用软布慢慢擦拭着手中的佩剑。

晚霞的碎影给剑锋染上微光，折射到他的眼底，熠熠生辉。

身后传来的脚步声，如往常一般谨慎轻微，墨祈平静地回过头去，起身行礼：“公主。”

百里宁在他面前驻足，微笑着扶住他的手臂：“此刻没有旁人，只有本宫与你，不必多礼。”

“多谢公主。”

相处的时间一久，她似乎也习惯了他这样疏离的态度，不再试图改变他，只顺其自然。她将目光投向他手中的佩剑，沉默半晌，笑得有些怀念。

“你还记得吗？以前本宫每次去墨府找你，你总在做着同一件事，就是擦拭这柄剑，本宫曾无数次在想，这柄剑对你来讲，当真如此重要吗？”

“回公主的话，贴身兵器犹如习武者的生命，自然重要无比。”

她柔声反问：“可你现在住在宛宁宫内，已经不需要率领东厂出生入死了，莫非本宫还不能给你安全感吗？”

“留在公主身边当然是足够安全的，然而前路如何谁也无法确定，臣也只是未雨绸缪罢了。”墨祈反手收剑入鞘，轻描淡写转开了话题，“时辰不早了，臣即刻安排晚膳，请公主稍等。”

百里宁下意识地握住了他的手，她注视着他，语气笃定：“留下一起用晚膳吧，顺便陪本宫喝一杯。”

墨祈没有拒绝，只平淡应着：“遵命。”

谁知就在他转身将欲离开的瞬间，忽听宫门之外，传来了侍女慌张的声音：“潇王殿下！潇王殿下请留步！”

两个人同时回过头去，下一刻视线中便出现了百里子潇风风火火的身影，百里子潇径直走入庭院，环着手臂将两个人来回打量一圈，笑容颇有几分挑衅意味：“哟，宁妹和墨厂臣很有闲情逸致啊，在这儿共赏晚霞呢？”

百里宁神色颇为不悦：“五哥，这宛宁宫再怎么说也是小妹的住处，你来便来了，怎么也不差人通报一声，竟直接硬闯？”

“血缘相亲的兄妹，何必搞得如此生分？”百里子潇一向脸皮厚，说起这种话来理直气壮，“莫非你不欢迎为兄？”

百里宁迎视着他咄咄逼人的眼神，一时也不好驳他的面子，只能暂时忍耐：“五哥这是哪里的话？你想要何时来，小妹都欢迎。”

百里子潇冷哼：“无妨，反正为兄这次来宛宁宫，也不是来找你的，为兄是有件事要亲自问问墨厂臣！”

“五哥，他现在已经是宛宁宫的墨主侍了。”

“就算是墨主侍，名义上总还是东厂督主吧？”

纵然机敏如墨祈，也没看出自家王爷葫芦里到底卖的什么药，只好陪着他把这出戏唱下去：“不知殿下要问何事？臣洗耳恭听。”

百里子潇从怀里摸了半天，终于摸出一包用丝绳系好的药粉，咬牙切齿道：“这罕见的雪参粉，本王先前早已吩咐过御药房，要预留一包送到潇王府来，岂料今天御药房的宫人来禀，说有东厂成员奉墨督主之命来取雪参粉，准备给长公主熬药膳粥？”

“雪参粉不是还好好地留在殿下这里吗？”

“这是本王中途拦下的！”百里子潇演技极佳，将愤怒的情绪表现得淋漓尽致，“本王此次前来，就是要亲口问问墨厂臣，怎么都离开东厂了，行事作风仍带着一股匪气？更何况抢的还是本王的东西！”

“臣知错，请殿下责罚。”

百里子潇这一顿折腾，把旁边的百里宁也搞糊涂了，但有句话她听得清清楚楚，那就是墨祈特地委托东厂成员去御药房取雪参粉，是为了给她熬药膳粥。

她从未想过冷漠如他，居然也会有这般细腻的心思。

她勉强掩饰住自己过分愉悦的笑容，故作严肃地开口：“五哥，这件事确实是墨主侍做错了，但既然墨主侍是宛宁宫的人，责任就该由小妹来负——还请五哥看在小妹的面子上，饶过他这一次吧。”

百里子潇没好气地瞥她一眼：“此事令为兄颜面尽失，关乎尊严的问题，难道就这么算了？”

“这……那依五哥的意思，应该怎么处置？”

“也罢，为兄素来宅心仁厚，不会过分苛责墨主侍，略施惩戒而已。”百里子潇随手扯过墨祈的衣领，冷笑着将其扯到了自己旁边，“正好为兄也想体会一下被前任东厂督主所忠心护卫的感觉，最近潇王府不甚太平，不如就让墨主侍在王府门外守上整整一夜吧！”

墨祈心中颇觉好笑，表面上仍是淡淡的，平静地安慰百里宁：“公主莫要慌张，待殿下怒火平息，明早一定会放臣回来的。”

百里宁还想说点什么，结果被百里子潇恶狠狠的眼神吓退了，她犹豫着，见他推搡着墨祈出门，深觉这一切都来得匪夷所思。

“真希望大哥快些登基称帝。”她银牙暗咬，不忿低语，“到时候，定要好好惩治一下这个疯子。”

二

然而她并不晓得，在完全脱离宛宁宫地域范围之后，借着夜色掩护，百里子潇一改之前凶神恶煞的脸色，转而笑嘻嘻地搂住了墨祈的肩膀。

“怎么样，本王这招还挺高明的吧？”

“不怎么高明。”墨祈据实评价，“好在借口编得不错，正迎合了长公主的小心思，没有令她产生更多怀疑，否则怕是没有这么简单了。”

“哎……”

“但下次还是不要设置诸如我要给她熬药膳粥之类的台词了，我难以接受。”

百里子潇义正词严：“本王也是没想出其他好主意，这还不都是为了你？”

墨祈冷静接口：“你不觉得咱俩目前不见面才是最好的选择吗？”

“没良心的白眼狼，你以为本王想见你啊？”百里子潇气恼地往他胸口捶了一拳，“你不见本王就算了，难道连小九也不想见？”

冷不防听到九歌的名字，墨祈的神色出现了一瞬恍惚：“小九也在潇王府？我与她前些日子见过了。”

“见过了，恐怕她也没跟你提起什么实质性的事情吧？”

“她应该跟我提起什么？”

百里子潇懊恼地叹息一声：“那时她可是跟本王喝了整整一夜的闷酒，因为大哥向父皇要求赐婚，而父皇对此毫无意见。”

墨祈神情骤冷：“陛下要将小九赐婚给太子？”

“是啊，不然你以为呢？”

他二话不说，直接将手往百里子潇腰间一提，也不管后者如何高声抗议，施展轻功如飓风般朝潇王府方向席卷而去。

不到半个时辰的工夫，两个人就翻越高墙落在了王府庭院内，把正往房间送菜的侍女吓了一跳。

九歌背对着门口，听到动静也没回头，很自然地和对面的百里云初和沈莘讲：“估计是那道佛跳墙端上来了，刚才我还特意指点了一下王府厨子，你们尝尝，看他悟性有多高。”

百里云初满脸诧异：“呃……你后面好像不是佛跳墙，是五哥……还有墨祈。”

沈莘由衷地感慨：“殿下真的了不起啊，竟然真把墨祈带回来了？”

“那当然，本王略施小计，仅仅用了一包姜糖粉，就骗过了百里宁。”百里子潇骄傲之色溢于言表，“对了莘莘，本王记得你把真正的雪参粉带过来了，在哪儿？”

“在鲫鱼粥里。”

“给本王盛一碗！”

相比起其余三人的过度亢奋，九歌此刻心中五味杂陈，说不清是什么情绪，她盯着墨祈看了好久，最终莫名其妙冒出一句：“咱俩貌似也没有分开太久，前段日子刚刚逛过留香坊对吧？”

“嗯。”

“所以你这是什么眼神？像要咬我一口似的。”

百里子潇一面搅动着碗里的粥，一面不忘接茬：“他绝对不敢咬你，但在刚回来的路上，他差点儿咬了本王。”

九歌失笑：“为什么？谁惹着我们墨大厂臣了？”

“咱们是刚刚见过不久。”墨祈搬了椅子坐在她面前，视而不见她给自己夹的鲜嫩羊腿肉，目光只停留在她的脸上，“不过当时你什么也没有对我讲。”

“嗯……你希望我对你讲什么？”

“太子请求赐婚的事，你瞒了我。”

九歌瞬间醒悟，随即转头怒视百里子潇，某位小王爷自知理亏，嘟囔了一句“本王也是为了你好啊”，赶紧低下头去猛喝粥。

她无奈道：“你待在宛宁宫已经够不开心了，我不想再给你添烦恼，况且陛下还没下旨呢。”

墨祈静默良久，终是紧紧握住了她的手，语气含了几分隐忍的歉意：“对不起，没能保护好你。”

“你明知道，这不是你我能左右的问题，何必把责任都往自己身上揽？”

“可你受委屈了。”

九歌莞尔一笑：“你托公主送来的那支剑簪，我很喜欢。”

说着她微微侧头，让他看向自己发间，片刻只觉头顶一暖，是他在温柔地抚摸自己的长发。

墨祈缓声道：“喜欢就好。”

“你们俩，能不能别腻歪了？”百里云初把八宝金卷的盘子往前一推，连声催促，“先吃饭，否则待会儿就凉了——另外，难得咱们五个又能聚齐，是不是得喝一杯庆祝庆祝？”

“当然。”

杯沿相击，五个人同时将酒饮尽，沈莘突然又似想起了什么，抬眸唤道：“小九。”

“嗯？”

“陛下近段时间所用的香料，你查清楚了吗？”

九歌夹菜的动作一滞，她迎着百里兄妹疑惑的视线，显得颇为尴尬：“我原本还打算好好吃完这顿饭再和你们商量，谁知道莘莘你这么没耐心。”

百里云初迟疑半晌，索性接着这一话题谈下去：“那小九你顺便也解释一下，当时雁霓匆匆把你从连云宫叫走，究竟是为了什么正事？”

其实九歌随雁霓离开的时候，她倒没察觉到什么不对劲，直到半炷香后才反应过来，有什么事不能当着自己面说？自己又不是外人，有什么可隐瞒的？

九歌当即往她嘴里塞了一块枣泥糕：“公主你就别添乱了。”

“不行！你得借今晚的机会，认认真真给我解释清楚了！”

事已至此，正值局势严峻之际，大家都坐在同一条船上，顶风冒雨前行，谁也不能独善其身，确实应该群策群力。

“你别急啊，我既然同意大家今夜聚在潇王府，就意味着已经做好了跟你们商量的准备。”九歌斟酌着言辞，试图让自己的发言听起来稍微平淡些，不致那么骇人听闻，“是这样的，那天我和墨祈去庆云寺调查到……”

“什么？合着你和墨祈还一起去过庆云寺？”百里子潇的神情瞬间变得极为不可思议，“本王还以为只有自己替你藏着秘密！结果你分别跟墨祈、莘莘和云初都有秘密！你这连环骗局玩得挺熟练啊？”

九歌忍不住横他一眼：“别打断我，我这不是正在给你梳理这些秘密吗？”

“那你快讲！”

“你应该认得后宫的慧昭仪吧？”

百里子潇仔仔细细地回忆着：“有印象，听说最近她正得宠，因为她和昭嘉皇后长得很相像。”

沈莘道：“她前不久怀孕了。”

“噢，那父皇绝对会更宠她，封妃指日可待了——不过这和小九要说的事有什么关系吗？”

九歌冷笑：“关系太密切了，毕竟我要讲的就是关于她的事。当初秀女名册上记载，慧昭仪是瑶城县令苏肃的庶女苏青莲，但经雁霓暗中查证，真正的苏青莲其实已经死了，慧昭仪顶替了苏青莲的身份，目的就是接近陛下。”

百里云初奇道：“你的意思是说，她进宫别有图谋？”

“岂止是别有图谋啊！”沈莘叹息，“她以给陛下求药的名义去了庆云寺，谁知小九和墨祈从方丈那里取药之后才发现，那种药表面上是平安药，其实里面有一味与浓茶混合后会形成慢性毒的紫芙蓉。”

即使百里云初对医术一窍不通，可“慢性毒”三个字还是听得懂的，她大惊失色。

“她想要谋害父皇？你隔三岔五就给父皇诊脉，居然都没发现吗？”

“从脉相上只能诊出陛下日渐虚弱，却找不出根源，直到小九唤我到秋水斋去，我才醒悟过来，慧昭仪这是钻了医书的空子。”

“那刚才你问小九香料的事，也是……”

九歌面无表情地点头：“没错，慧昭仪亲自调香给陛下使用，在香料中加了一味看上去有使人精神焕发之效的莲茴，此药草亦与紫芙蓉相克，如今毒入五脏，陛下却还无知无觉。”

她的语气听上去不带丝毫感情色彩，但亲近的挚友们都很清楚，每当她这样讲话的时候，就意味着她的怒火已经充盈于心了。

其实不仅是她，百里子潇和百里云初闻言，更是切齿痛恨。

“她为什么要这样做？”百里子潇牙关紧咬，“父皇真心实意地对她，她还有什么不满足的？”

“我不相信凭慧昭仪一己之力能策划出这种事，或许她并没有谋害陛下的动机，她只是某些人手中的棋子而已。”

“谁是幕后主使，你查到了？”

“我要是查到了，今晚还来找你们商量做什么？”九歌摩挲着酒杯杯沿的花纹，久久沉思，“但我突然想起了当初的宿城瘟疫一案，那时候太子身上无端改变的香料味道，也很……”

沈莘立即心领神会：“你怀疑太子跟此事有关系？”

墨祈在旁沉声开口：“除了太子，我们想不出另外的可能性，毕竟要找到与昭嘉皇后相似的女子，并编造合理的借口将其送进宫，再安排如此毫无破绽的谋害计划，都并非寻常人能做到的。”

“你们说得都有道理，但我就是想不明白，大哥何必这样冒险？”百里云初委屈地撇着小嘴，看起来快要哭了，“如今父皇非常信任大哥，早已认定了他就是未来的皇帝，明明谁都无法与他竞争，他为什么还要屡次对父皇下手？”

百里子潇怔然良久，语调低沉地回答：“也许是因为本王的存在，始终令大哥感到威胁吧。”

“那也都怪他自己猜忌多疑！你原本完全没有争夺帝位的打算！”

“未必，说不准本王什么时候就有了呢？”百里子潇自嘲地笑了，“反正大哥也等着这一天，任凭本王如何澄清都不肯相信，既然如此，那本王不如把罪名坐实了，也不冤枉。”

“五哥你别吓我，这是你的心里话？”

“是，本王的确这样认为。”

曾经的兄弟情谊早已蒙尘，心底苦水漫延，百里华渊的绝情，终于将他一步一步推往相反的方向。

他想，自己大概是糊涂太久，也到了该清醒的时候了。

“此事延后再议，当下我需要确切的证据来支撑这一定论。”九歌伸手拍了拍百里子潇的肩膀，眼底满是深沉的关切，“相信我，等我见过慧昭仪之后再做打算。”

“你……你想去见慧昭仪？”

她冷静地颔首：“这是目前唯一的办法了，我必须当面问她，也许能获知有用的线索。”

纵然不这样做，也难免要面对最坏的结果，自己也实在没什么好顾虑的了。

墨祈在桌下与她十指相扣，两个人心事重重地对视一眼，他什么都没再提，她却分明感受到了他蕴于沉默之下的温柔与担忧。

百里云初推开了沈莘递来的那碗竹荪汤，她含着眼泪，低声自语：“就算父皇这些年都醉心于江山社稷，除了昭嘉皇后，没有谁能让他真正付出感情，可是……他终究是我们的父皇啊……”

现在她却要被迫接受，皇帝不久于人世的事实，更可笑的是，皇帝完全不知自己大限将至。

暴风雨逼近，未来的命运，还不晓得要掌握在谁的手里。

经九歌示意，沈莘近段时间一直暗中在给皇帝的羹汤中，添加能抵消紫芙蓉效力的药粉，并特意开具了几服新的药方为皇帝调理身体。但据他所言，皇帝的身体此前已被蚕食得千疮百孔，自己的做法也无非是勉强延长皇帝的寿命，要使其彻底康复，是绝无可能了。

对于这一点，九歌也明白得很，毕竟她在承德殿见到皇帝咯血的次数越来越多，最严重的一次，皇帝已然支撑不住，直接被送回寝殿休息，她望着他越发佝偻的背影，知道距离自己最担心的那一天，越来越近了。

她回到秋水斋，见雁霓快步迎上来，忙不迭地给自己披上了那件藕色狐裘。雁霓细心地为她整理好领口，一面低声嘱咐着：“你也要注意自己的身体啊，眼看这都入冬了，万一冻病了我要怎么和阁主解释？”

“我没你想象中那么娇弱，倒是你，觉得冷就去我房里把暖炉取走，晚上睡觉时备着。”

雁霓俏生生瞥她一眼：“好的，我记住了。对了，一个时辰前红叶阁的传信鸟来过，送来了阁主的亲笔信。”

九歌下意识地警惕起来：“唐枫的亲笔信？他怎么了？”

“没怎么，你别紧张。”雁霓将那张字条塞到她手里，笑着背过身去，“我习惯性就拆开看了，看了才知，其实不该看的。”

九歌不解其意，疑惑地将字条展开，这才发现上面用龙飞凤舞的字迹，只写了短短一句话：

忽见陌上冬色至，遥望丹霄盼君安。

她不禁失笑：“他倒是挺有闲情，看来最近过得很自在啊。”

雁霓很替唐枫鸣不平：“这叫什么话？须知我们阁主忙或不忙，心里都是念着你的。”

“你可别这样讲，会让我觉得欠了他很大的人情。”九歌顺手在雁霓脸上捏了一把，见后者吃痛的样子，抿唇微笑，“好了，麻烦你去帮我研墨，礼尚往来，我总要回封信，告诉他我一切都好才是。”

“那你要认真写啊，阁主肯定等得很辛苦。”

“好好好，就你最啰唆。”

可九歌没有料到，给唐枫的回信尚未写完，凝香殿遣来的宫人，已经到了秋水斋。

贴身侍女瑾儿奉慧昭仪之命，给她捎来一句话：“今晚戌时，请裴大人前来一叙。”

九歌执笔的手微微收紧，她面无表情地停顿片刻，平静开口：“晓得了，回去转告慧昭仪，就说我会准时赴约。”

待瑾儿离开后，雁霓这才担忧地凑近：“你真要去凝香殿见她？万一她另有图谋……”

“就算她另有图谋，我也得去亲眼见证一下。”九歌淡声道，“横竖这一面都是要见的，既然她主动约了我，我当然不能拒绝。”

“那你自己多加小心。”

“放心，我会的。”

“那给阁主的回信，你还要不要写完？”

九歌迟疑半晌，终是摇摇头，用那一方琉璃纸镇，把信纸盖住了：“等我回来再说吧。”

其实连她自己也讲不清楚，为什么要迟些再写回信，或许是冥冥中某种不妙的预感，扰乱了她此刻的心绪。

是不是有什么事情，就要发生了？

三

夜幕深沉，星月黯淡，听得风声一阵紧似一阵，慧昭仪伸手掩上了窗户。

听说皇帝要与太子议事，今晚大约是不会来凝香殿了，她抚着自己隆起的小腹，深感松了口气。

她愈发不愿见到他，不愿戴着面具莺声燕语，只为讨他欢心——更何况他爱的也不是自己，仅仅是贪恋自己这张与昭嘉皇后过分相似的脸罢了，她不得已日日夜夜扮演着故去之人的一颦一笑，长久陪伴他在荒唐的幻梦中无法醒来。

她厌倦了，一刻也忍受不下去了，可李默迟迟没有给予她期待中的答案。

但她仍旧觉得，李默是不会骗自己的，尽管他忠于太子，最终也一定会对自己妥协，毕竟他舍不得自己。

十余年彼此惦念的感情，哪里能说舍弃就舍弃呢？

正凝神想着，忽听身后传来瑾儿的声音："小主，李指挥使到了。"

"李默？"她蓦然转过身去，脸色因激动欣喜而微微泛红，"你来了？"

李默挥手示意瑾儿退下，当殿内只剩下两个人的时候，他缓缓走近，在距离她数步之远的地方停了下来，出神地注视着她。

"嗯，我来了。"

她本能地想要倾身向前抱住他，结果双手刚刚举起又迟疑放下，她后退几步，唇角微抿，看向他的眼神带着几分担忧："你不会无缘无故冒着风险来看望我，你是不是有什么话要对我讲？"

"的确，我有很重要的事情要告知你。"

慧昭仪苦笑一声："对我而言，除了获得自由，着实没什么更重要的事了。"

"正是如此。"

"什么？"

李默一字一句沉声道："太子答应了，三天之内会安排好一切，派人护送你出宫。"

慧昭仪难以置信地睁大眼睛，她当即反问："此话当真？"

"当真。"

"那你呢？"

"待风波平息，我会去找你。"

她又问："你会娶我吗？"

"等太子顺利继位之后，我会遵守诺言，将你迎娶进门。"

突如其来的狂喜，冲淡了慧昭仪此刻所有的疑虑，敏感如她，甚至忽略了自李默眼底一闪即逝的阴郁光影，也没有发现他开口的一瞬间，刻意回避的视线。

她以为，自己的抗争起了作用，终于等到了能与他修成正果的曙光，这样的想法令她手足无措，开心得像个孩子。

"李默，"她小心翼翼地牵起他的手，话一出口竟有些语无伦次，"你知道我等这一刻等了多久吗？我总是很怕，怕……怕你会放弃我，怕自己会永远被困在这深墙大院，像后宫那些嫔妃一样……怀着不切实际的幻想死去……"

手指自袖中狠狠攥紧，李默努力使自己的神情看上去足够自然，他沉默片刻，温柔地抚了抚她的长发，轻声安慰：“别怕，你不会和她们一样的……雨烟，我有些口渴了，去给我斟杯茶好吗？”

她天真地点头：“好的，我这就去。”

李默的目光始终注视着她的背影，不曾移开半分，先前百里华渊的警告复又萦绕耳畔，他强迫自己冷静下来，可心跳一刻比一刻急促猛烈，令他几欲窒息。

他是堂堂锦衣卫指挥使，杀过的人不计其数，见过的血汇聚成河，却没有哪一次比现在更慌张绝望。

这是对他最残酷的审判，熬过去了，才能继续活着。

时间快要来不及了，他知道，自己必须做出选择。

慧昭仪仍沉浸在即将逃离皇宫的喜悦之情中，她将杯中斟满清茶，转身柔声问道：“茶有些凉了，不知你……嗯？”

杯盏自指间滑落，掉在地面摔得粉碎，她似乎还未意识到发生了什么，可如潮水般汹涌的疼痛感却一瞬唤醒了她，她低下头，见胸口深深插着一柄锋利的匕首，而匕首的另一端，就握在李默的手上。

原来如此，都是假的，他用谎言哄得她放松警惕，就只为了这致命的一刀。

梦该醒了。

她双膝一软，无力栽倒在李默的怀里，殷红鲜血沾染了他的衣襟，如同绽放开凄艳绝美的海棠花。

而李默的眼泪，也终在与她对视的那一刻，无声淌落。

痛彻心扉，却已不知从何挽回。

“雨烟，对不起。”

“你要杀我啊？”慧昭仪恍惚地看着他，声音虚弱无比，“为什么？”

李默颤声道：“太子要将这个秘密永远隐藏，并且……他也不能允许你怀上陛下的孩子。”

“其实，我也不想怀上皇帝的孩子。”她凄然一笑，“孩子不是你的，那么……他的存在，就毫无意义……”

得知自己怀有身孕的那一天，望着皇帝如获至宝的笑容，她却只是在怨恨自己，甚至想要暗中打掉这个孩子。

不过如今，似乎也不必再苦恼了，她最爱的男人，亲手替她了结了这桩心事。

“李默，其实你可以……可以跟我说实话的……”她喃喃絮语，“如果我知道，你真心想让我去死，那么……我会欣然接受的……”

她自幼没有亲人，一直被他保护着，她信任他、依赖他，将他的真情视作自己活下去的全部希望。

倘若有朝一日，连他也要放开自己的手，届时无人再值得牵挂留恋，她生或死，也就没有多少差别了。

李默将她用力搂紧，仿佛一松手她就要随风而去，他的泪水滑落她的颈间，温度滚烫。

他哽咽着，一遍又一遍地唤着她的名字：“雨烟，雨烟……”

“你……你哭了？”慧昭仪吃力地想要抬手抚摸他的脸，她眼中的光影涣散，唇畔笑意却仍未退去，“很好，就凭你这一滴泪，我……我信你是真的爱过我……”

“我从未爱过别人，只有你。”

“但我现在，妨碍到你了。”她几不可闻地叹息，“若能以我一死，换你半生坦途，也算值了……”

最后的话语逸散在空气里，她安静地闭上眼睛，像是在他臂弯里睡去，不再醒来。

当初痴恋着他，愿为他倾尽所有的姑娘，至此永远地离开了。

李默低头吻上她的脸，感受着她的体温逐渐变得冰冷，他明白，从亲手杀死爱人的这一刻起，自己便再也没有回头路了。

戌时，九歌如约而至。

在踏进凝香殿大门的一瞬间，她总觉得哪里不太对劲，狼一样敏锐的本能令她驻足环视，而后忽觉风声有异，抬头望去，见有一道黑影从寝殿方向掠过，很快便消失在茫茫夜色中。

“谁？”

她不安起来，连忙快步朝殿中走去，谁知掀开软帘，却只看到了慧昭仪倒伏在地的尸体。

“慧昭仪？”她大惊失色，待俯身去探鼻息，发现对方早已死去，胸前的匕首深没至柄，连血都没有多流一滴，可见杀人者手段果决。

是谁在她之前来过，还将慧昭仪灭了口？毋庸置疑，此举是为了将秘密永久隐藏，并顺理成章地栽赃嫁祸给她。

她心里有了答案，然而已来不及离开，因为就在此刻，皇帝到了。

皇帝先前和百里华渊在承德殿议事，后听侍女瑾儿殿外求见，说慧昭仪突发心悸，请他前往探视，他这才匆匆赶来。

他原本是怀着温柔又担忧的心情，想要前来安抚那位令人疼惜的可人儿，在这一路上他恍然回想起了许多往事，想得最多的就是昭嘉皇后，皇后温婉的眉眼逐渐与如今的慧昭仪重合，他感觉自己仿佛又回到了年少时光，尘封的感情被重新唤起，他开始再一次盼望着做一名称职的夫君。

可谁料到，竟再没有机会了。

浅淡的笑意凝固在眼底，他身体僵硬地站在不远处，看见九歌半跪在慧昭仪的尸体面前，也正神色复杂沉痛地望向自己。

"陛下。"

他好似苍老了十几岁，如鲠在喉，什么也没能说出口，只脚步踉跄地走向慧昭仪，小心翼翼地抱起了她。

他难得有这么悲伤无措的时候，可偏偏还不能痛哭一场，只有更加用力地把慧昭仪抱在怀里，就像当年昭嘉皇后病故时一样。

人生无常，纵然他贵为一国之君，也无法改变失去的命运。

九歌抬眸朝百里华渊投去一瞥，正巧百里华渊也在同一时刻看向她，四目相对，他唇角轻勾，浮现出一抹意味深长的笑容。

瑾儿前来承德殿，是他提前设计好的，早在意料之中，他原本可以不随皇帝一同前来，却终究想亲眼看看，她要如何应对这场意外。

他淡声发问："裴大人为何会深夜出现在凝香殿内？"

"因为慧昭仪相约。"

"据本宫所知，裴大人素来不爱与后宫嫔妃走动，为何会与慧昭仪联系如此密切，竟发展到要深夜相见？"

她沉默着拒绝回答，毕竟此时，多说无益。

忽听皇帝沉声问道："九歌，你可知谋杀后宫嫔妃是何罪？"

"陛下！臣没有……"

"你可以说不是自己杀了慧昭仪，但让朕如何信你？"

他从来不曾用那种冷漠的眼神看过她，可见恨之入骨，戾气满盈。

侍于君侧数年，九歌很了解皇帝的性格，她明白，自己百口莫辩，解释毫无用处，只能承担起皇帝全部的怒火。

以慧昭仪性命做赌注的这一局，是她输了。

“来人。”皇帝沙哑着嗓音开口，“将裴九歌打入天牢，听候发落。”

百里华渊并未替九歌求情，他似早已料到了结果，闻言只微微侧身，让出了门口的位置。

他的视线始终未离开她的脸，将她所有隐忍愤怒的情绪尽收眼底，他很享受这一瞬间，毕竟要看到她处于绝对下风的时刻，着实少之又少。

九歌朝皇帝深深行了一礼，随即起身离去，脚步坚决，没有回头。

第八章

生死局

一

御前女官裴九歌杀害皇帝宠妃的事情，很快就传遍朝野，文武群臣无不震惊。

莫说百里子潇，就连居于连云宫不问政事的百里云初都知道了，她闻讯心急如焚，也不顾贴身侍女琳琅如何劝阻，当即一路狂奔前往承德殿。

谁知正在承德殿面见皇帝的不止她一人，还有自家那位比她更冲动的五哥。

钱公公在门口拦住了她，和声细气地劝道："三公主还是先回去吧，潇王殿下在里面呢。"

"五哥在里面？那本宫进去有什么不可以？"

"按理说没什么不可以的，只是……"钱公公压低嗓音，很忧虑的样子，"陛下近日身体欠佳，心情也极差，现在正对潇王殿下发火呢，奴才是害怕三公主您进去了也……"

总而言之，钱公公是一片好心，不想让她进去白白挨骂。

但九歌还陷在天牢里，无论如何她都得进去找皇帝说清，更何况百里子潇已经来了，兄妹齐心，其利断金。

"多谢钱公公提醒。"她叹了口气，客客气气道，"可本宫不能就这么回去了，毕竟有要紧事，横竖今天都是要见父皇一面的。"

"那三公主您……"

她点点头："我会自己当心。"

她试探性地推开了殿门，见皇帝和百里子潇正面对面站在大殿之上，父子俩各执一词，均是情绪激动，争得不可开交。

听得皇帝怒道："孽子！你竟敢这样对朕讲话？"

"父皇心里明明很清楚，裴大人根本没有杀害慧昭仪的理由，所以您为何要如此不辨是非，随便给她定罪？"

"当时就只有她去过凝香殿，且已说明先前同慧昭仪有约，完全没有其他证据来替她洗清罪名，朕也想知道为什么！"

的确，彼时杀慧昭仪的那柄匕首，就是再普通不过的一柄匕首，没留下任何痕迹，证明不了凶手身份，除此以外，就更加没什么线索能为九歌脱罪了。

百里子潇据理力争："也许是凶手提前进入凝香殿杀害了慧昭仪，又故意嫁祸给裴大人的呢？”

“朕如何能将你的无据猜测作为事实来判定？难道你现在就能为朕指认出凶手吗？”

“儿臣听闻事发当晚，父皇在和大哥议事对吧？”百里子潇一字一句掷地有声，“慧昭仪深夜邀约裴大人，大哥亦深夜前往承德殿拖延时间，莫非父皇就没怀疑过，这种种巧合，都是大哥策划的吗？”

“放肆！你居然敢当着朕的面污蔑太子？”

百里子潇也不晓得哪来的勇气，挺直脊背坚决道：“儿臣并无对父皇不敬之意，更不愿污蔑大哥，儿臣只是想求个真相罢了。”

“你……”

“父皇！”百里云初旁观许久，此时终于忍不住上前，与百里子潇并肩而立，她言辞恳切，“请父皇三思，儿臣也认为此事存有蹊跷，儿臣并不相信裴大人会无缘无故对慧昭仪下毒手。”

皇帝神色阴沉地注视着她：“云初，朕记得你素来专心著书，不喜多管闲事。”

“儿臣与裴大人一向交情匪浅，事关她的生死，怎么能称之为闲事呢？”

“朕何时说过要治九歌死罪？”皇帝冷哼，“在事情查清之前，她暂时是安全的。”

百里子潇反问：“若迟迟查不到真正的凶手呢？裴大人岂非依然要为这莫须有的罪名付出代价？”

“你在质疑朕？”

“儿臣只希望父皇不要因为个人情感而刻意忽略真相，恕儿臣斗胆，请求父皇着手调查慧昭仪的身世。”

“调查慧昭仪身世？”

“没错，儿臣认为这位凭空出现的、与昭嘉皇后过分相像的女子，有伪造身份欺君罔上的嫌疑，又或者从她进宫开始，就是一场早已策划好的阴谋！”

百里云初下意识地扯住百里子潇的衣角，暗示他不要再说下去了，毕竟这件事牵涉到九歌、墨祈和沈莘三个人的证词，她与他均没有确切的证据，贸然讲出非但于事无补，还有可能激怒皇帝。

事实证明，她的担心果然有道理，但已经来不及了，下一刻就听到皇帝怒吼：“住口！一派胡言！”

她看着皇帝捂着胸口呛咳不已，心中不忍，忙上前扶住：“父皇，需要传唤太医吗？”

“不需要。”皇帝猛地甩开她的手，看她的眼神极其陌生，“你立刻回到连云宫去，不要再试图参与这些不相干的事情。”

百里云初委屈地后退，默默站在一边。

百里子潇低声道：“父皇。”

“还有你！”皇帝越发猛烈地咳嗽起来，他用力咽下喉咙处汹涌的血腥气，只觉脑海中嗡嗡作响，神志渐乱，却仍强撑着将手一挥，“来人！将潇王……送回潇王府禁足，没有朕的命令，不得再随意外出！”

“父皇！您不能这样！”百里云初大惊失色，“五哥他也并没做错什么啊！”

“他不仅胆敢顶撞于朕，还敢质疑兄长心怀不轨，更信口雌黄污蔑已死之人的清白，你却告诉朕，他并没有做错什么？”

她急得六神无主，还想说些什么替百里子潇求情，结果却被百里子潇拦住了，百里子潇沉默半晌，复又看向皇帝，眼神失望无比。

他轻声问道：“父皇，在您的眼中，儿臣当真就如此不堪吗？”

皇帝喘息着背过身去，没有再回答，冷漠的背影已然证明了一切。

百里子潇点点头，似是认可了这一无声的答案，他自嘲地一笑，转身推开了御前侍卫伸来的手：“本王自己会走！”

百里云初跟随他离开承德殿，在踏出殿门的前一刻，她不禁又回过头去，深深看了皇帝一眼。

冥冥之中，仿佛有某种声音在暗示她，这便是她能看到皇帝的最后一眼了。

怨不得谁，只怨生在帝王家，所有人都身不由己。

说是护送，其实不如说是一队御前侍卫将百里子潇押送回了潇王府，他们奉了皇帝的旨意看守在王府门外，确保百里子潇不会再私自出府。

百里云初因为不放心百里子潇，怕他会情绪不稳闹出什么事来，便没有回返连云宫，而是一起前往潇王府，打算陪伴他一段时间再离开。

岂料一进正房，却看到沈莘正站在翡翠屏风后，犹豫地探出了半截身子。

“莘莘？你怎么来了？”

“我早就来了，刚看到有宫中侍卫押着你俩回来，担心惹出什么不必要的麻烦，这才没直接现身。”沈莘叹气，“小九出了这么大的事，我哪里还能坐得住？这不急着来找你们商量对策。”

百里子潇面色沉郁：“雁霓昨晚来见本王，说小九是接到了慧昭仪的邀约，才决定去往凝香殿一问究竟的，由此可见这是策划好的一场局，目的是陷害小九，所以本王今天才会去找父皇，想请他调查清楚。”

“那结果呢？”

“父皇似乎并不关心真相是什么，他完全不相信本王所言。”百里子潇顿了顿，蓦然重重一拳砸在桌面，恨得咬牙切齿，“是本王没用！”

墨祈如今身处宛宁宫内，形同软禁，九歌又背负了杀害后宫嫔妃的罪名，被关入天牢，五人组的两位核心角色不在了，一向被维护的他，居然什么忙也帮不上。

百里云初忙握住他的手：“五哥你别这样，又不是你的错，我看父皇根本就是病糊涂了！”

“父皇的确是病了，但为兄觉得，他还不至于糊涂。”百里子潇缓慢反握住她的手，语气落寞至极，“他只是选择闭目塞听，一心要保证大哥登上帝位而已，以前小九这样猜测，为兄还存有一丝侥幸心理，现在看来，他是真的只在乎大哥——或者说，只在乎昭嘉皇后的子女，而我们对他而言，都不值一提。”

百里云初的心凉了半截：“五哥，你说……父皇当真会如此决绝吗？”

“他会的，今天在承德殿，他的眼神已经告诉为兄了。”

失去最爱之人的痛苦，皇帝独自背负了许多年，他或许编造过无数不切实际的梦境，只为给自己和昭嘉皇后虚构一场圆满的结局。

然后他就将一片无处安放的痴心，错付给了如今的慧昭仪，并要亲手为百里华渊扫清所有可能存在的障碍，以完成对昭嘉皇后的承诺。

换作旁观者来看这个故事，当真是感天动地，只可惜却让同样血脉相连的儿女和最忠诚的臣子寒了心。

他本是英明君主，却终是囿于情关，错估了险恶人心。

“那我们要怎么办？”百里云初的声音里几乎带了哭腔，“难道我们要任由真相被掩盖，等着父皇处决小九吗？”

沈莘搭在桌边的手指微微一紧：“我们绝不能允许这种事情发生。”

“本王就算是豁出去这条命，也要保住小九。”百里子潇眼底墨色一分一分变得深邃，半分笑意也无，神色冷得骇人，“必要的时刻，本王做什么都不会犹豫。”

百里云初瞬间听懂：“五哥，你的意思是……”

“莘莘，你研制的用于传信的蹿天雷还有没有？”

“有！”沈莘果断回答，“我现在就带了一支。”

“你把这支交给云初，现在本王出不了府门，便由云初去伺机打探消息，一旦发现父皇要对小九不利，就以烟花为号，而后你立即前去宛宁宫找墨祈。”

沈莘显然有所顾虑：“问题是，如果长公主不肯放人……”

百里子潇恶狠狠道：“到时候还由得她放不放人？她若不肯放，就算你不行动，墨祈也会亲手了断她！”

“恕我直言，若是杀了长公主，就意味着我们要做好孤注一掷的准备了。”

“本来也没得选择了，不是吗？眼看着父皇身体渐趋衰弱，时日无多，大哥继位是迟早的事，届时不管小九是被处决还是被大哥带走，后果都不堪设想，你们应该明白的。”

“我明白。”百里云初低声道，“所以不管最后成功或者失败，只要能与你们一同承担，我都不后悔——五哥，现在要考虑的是，就凭我们的力量，如何阻止大哥继位？”

“无论墨祈何时回去，东厂成员都将无条件服从墨祈，而这支力量，足以对抗李默率领的锦衣卫。”百里子潇沉吟着，向来不学无术的王爷，竟然也有如此严肃谨慎的时刻，“另外，御前侍卫和羽林军这两支队伍隶属父皇，就相当于会被大哥所用，我们或许可以借助红叶阁之手，暗中铲除双方首领，令他们自乱阵脚。”

“但我们要怎么才能联系上红叶阁？”百里云初说完，忽而恍然，“雁霓！雁霓是红叶阁的人！”

百里子潇点点头：“不过雁霓那里，稍等再去提及此事，毕竟不到万不得已之际，我们还是要冷静对待，本王不了解那群江湖杀手，担心他们会扰乱计划。”

“好。”

沈莘认真看了他一眼：“我能为你做些什么？”

“驻守平城的赵将军是一名虎将，与本王颇有交情，当年本王在小九指点下，在他最潦倒落魄的时候帮助过他，他始终感恩于心。”百里子潇起身，从床底箱奁中翻出了一枚桦木雕刻而成的狼牙吊坠，郑重其事地交到沈莘手中，“目前只有你出宫最不易引人怀疑，你速去平城把这件信物交给赵将军，本王相信，他会选择站在我们一边。”

沈莘点头：“我一定尽快送达，除此之外，我还可以负责改良参战人员的武器装备。”

“好兄弟，多谢了。”

“以及，我正在研制一种特殊药剂，若抱有最坏的打算，将来也许能用得着。”

兄妹俩异口同声：“什么药？”

沈莘无奈微笑：“以后你们会知道的，然而……可能的话，我倒希望你们永远不必知道。”

话虽如此，可究竟还能不能等到守得云开见月明的那一天呢？谁也不清楚。

百里云初将百里子潇的手攥得更紧了一些，随后沈莘也把手覆上来，三个人各自叹息，似是在用这种方式，无声传达给彼此信念与勇气。

窗外，夜幕已至。

三

深夜，月朗星稀，百里华渊只身一人来到了天牢。

他目不斜视，在天牢守卫恭敬的眼神中，径直走向关押九歌的牢房。

九歌原本是背对门口而坐，大约听到了脚步声，她警惕地回头，在看清来者何人后，冷冷地哂笑。

“有劳太子殿下亲自探望，臣不胜惶恐。”

此刻的她长发披散、身着囚服，虽形容憔悴，眼眸却一如既往的明亮锐利，是他记忆里最骄傲从容的样子，百里华渊细细端详她半晌，满意颔首：“看来裴大人在天牢并没有受什么委屈，这样本宫就放心了。”

他打开随身带来的食盒，里面没有饭菜，只有一壶香气凛冽的好酒。他满斟两杯，将其中一杯递给她。

“这一壶是长乐宫私藏，本宫只想与你共饮此杯。”

“臣此刻已是阶下之囚，哪有与殿下共饮的资格？”

“你若担心本宫在酒中下毒，本宫当可先干为敬。”

九歌没有再多言，果断接过一饮而尽，随后将酒杯交还，漠然看着他：“莫非殿下特意来此，就只为了和臣讲这一句可有可无的客套话吗？”

“本宫只是想告知裴大人，少安毋躁，暂且安心待在此处，你绝不致有性命之忧。”

“臣是否应该感恩戴德，多谢殿下愿意留臣一条命？”

百里华渊并不生气，他俯下身去与她视线平齐，语调和缓：“裴大人为何一定要与本宫如此针锋相对呢？你的敌意太重了。”

“殿下言重了，身为臣子，怎敢与殿下为敌？”

“可你的眼神分明透露出，你非常怨恨本宫。”

九歌笑了笑：“殿下这样认为，那便是了，臣无话可说。”

“九歌。”他忽而低沉地唤了一声她的名字，语气像是在温柔哄劝，“相信本宫，留在这天牢里，对你来讲百利而无一害——本宫承诺你，不需要多久，就放你自由。”

这句话提醒了九歌，她隔着斑驳生锈的牢门看向他，眼底尽是怀疑：“放臣自由？如今慧昭仪被杀，臣的嫌疑难以洗清，殿下放臣自由，事后要如何向陛下交代？除非……”她没有再说下去。

皇帝是不可能放过她的，除非有人替代皇帝的位置，拥有了赦免她的权力，对方此言，是否意味着某种暗示？

百里华渊笑道：“你多心了，本宫仅仅是想抓住真正的凶手，还你清白而已。”

“殿下明明清楚得很，真正的凶手是不可能出现的。”

“何以见得？”

“殿下总不致在陛下面前，亲手揭穿自己的好戏吧？”

事已至此，她终于厌倦了与他虚与委蛇，选择直言，毕竟彼此心知肚明，实在没有必要再自欺欺人了。

两个人长久对视，都似要洞察对方最深刻的想法，谁也不肯先行让步。

百里华渊缓声开口：“你觉得是本宫杀了慧昭仪？”

“这种小事，殿下当然不必亲自去做，请李指挥使派人执行，也很稳妥。”

“你果真冰雪聪明，只可惜还是错了一点。”

“什么？”

他笑意渐深：“李默并没有派人前往，是他亲手杀了慧昭仪，你可知为什么？”

九歌一时心绪难平，她又惊又疑，保持沉默，只等他继续说下去。

“因为慧昭仪是李默青梅竹马的未婚妻，为了助本宫完成大计，他便将慧昭仪送到了皇帝身边。”

九歌恍然大悟，进而想起了深深插在慧昭仪心口的那柄匕首，让未婚妻成为皇帝的妃嫔，利用后果断抛弃，甚至不惜下如此狠手，李默真当得起“绝情绝义”四个字了。

她轻勾唇角：“李指挥使不愧是殿下调教出来的好臣子，此等冷硬心性，必成大事。”

“毕竟本宫从来都不会看错人。”

“所以慧昭仪的贴身侍女瑾儿，原本是殿下派去监视她的人？”她冷声问道，“那一日瑾儿前来秋水斋传达慧昭仪的意思，其实是殿下暗中指使，慧昭仪并不知情？”

百里华渊从容承认：“没错，是本宫策划的，目的就是让你前往凝香殿赴约，否则你怎能轻而易举就入了这场局呢？”

“太子殿下还真是处心积虑，臣佩服不已。”

“这话倒也有理，须知本宫为了得到你，确实费了不少心思。”

“臣福薄命浅，实在担不起殿下的厚爱。”

百里华渊越过牢门空隙，也不管她如何抗拒，用力握住了她的手，他低声笑着，那双蛊惑人心的凤眸深处，清晰倒映出了她的模样：“你福慧双修，是上天注定的皇后之命，无论你信与不信，本宫都要告诉你，距离那一天已经不远了。”

要她做皇后，同时也就意味着，他会做皇帝。

九歌只觉寒意迅速蔓延至四肢百骸，她银牙暗咬：“我真是宁可一死，也不愿听到这么肮脏的赞美之词。”

“你是御前女官，待在承德殿的时间比所有臣子都要长，父皇身体有何异样，自然是瞒不过你的。”百里华渊并未否认，他仍微微笑着，“本宫猜想，你也一定在暗中调查吧？否则怎么可能轻易答应慧昭仪的邀约？当局者迷，本宫这一次，到底还是赌赢了。”

他这样讲，无异于是默认了暗害皇帝的事实，至此，之前所有的疑惑都得到了证实。

“帝位迟早都是殿下你的，你又何必……”

“迟早都是本宫的吗？九歌，你当真是这么认为的？”百里华渊反问，“在你心里，难道不是更希望五弟登上皇位吗？”

“若殿下果真了解潇王，就该明白，他从来都没有与你角逐皇位的野心。”

“本宫并不想去刻意了解任何人，这世上人心都是会变的，就算是本宫曾经最疼爱的弟弟，也不例外。”

有那么一刻，九歌感觉自己在百里华渊的眼底读出了几分恨意，那或许来源于对往事的追忆，带着绝不会心软的阴冷与偏执。

她摇摇头，禁不住问出了连自己也觉得愚蠢的问题：“究竟是潇王变了，还是殿下变了，殿下的心中莫非没有答案吗？”

“你永远都向着五弟讲话，本宫早已习惯了。”百里华渊叹息，他眸底的光亮逐渐变暗，仿佛沉淀了那一年自己和百里子潇出宫避难时，寒冷彻骨的漫天风雪，“你没有亲眼见过，曾经的五弟有多么依赖本宫，那时我们兄弟只有彼此可以信任，相依为命的日子很艰难，却也快乐。”

九歌静默无言。

“但自回到皇城之后一切就都变了，这些年他不再需要本宫，仿佛与本宫拉开距离之后，反而活得更加逍遥自在没有牵挂了。他看上去不学无术，不理政事，却能轻而易举地吸引父皇全部的注意力，他受东厂庇护，甚至受你青睐，也许他自己没有意识到，却是真切地在争抢本宫应该得到的所有东西。”

他记忆中的百里子潇，永远是当初那位天真烂漫的少年，如果可能的话，他宁愿时光不要前行，五弟不要长大，这样两个人之间的感情会始终停留在最浓烈的时刻，不致疏远淡化，而他也不会变成像如今一般不择手段，直至连最后一丝温情也消失。

“殿下，若那些东西本该属于你，无论是谁都抢不走的。”

“那你呢？你属于谁？”

“臣的命属于绥国，这颗心属于自己。”

百里华渊低声笑了：“你的意思是，这颗心已经给了别人，不能再交给本宫了吗？”

她抿唇不语。

“九歌，本宫想要的，绝无拱手相让的道理，皇位与你都是如此，本宫将不惜代价得到——谁想阻止本宫，只有死路一条。”

九歌沉声反问：“那么陛下又有哪里对不住你了？他一心想着完成对昭嘉皇后的承诺，要保你继承皇位，你却在密谋弑君？”

“因为父皇晦暗不明的态度，令本宫失去了耐心。”他如是回答，“父皇能做的事情，本宫都能做得更好，既然谁坐皇位都是坐，何不让本宫立刻接手这如画江山？”

“你简直是疯了。”

他注视着她愤怒的眼睛，优雅颔首：“不错，本宫确实疯了，为了皇位，也为了你。”

她的心里藏着谁，他早已知晓了答案，所以他不能容忍，疯狂的占有欲令他一步一步走向无可挽回的轨迹，直至如今，他要亲口对她讲出这一切。

“九歌，本宫只想让你冷静思考一下自己的前路，不要被虚无缥缈的情感迷惑，待事情尘埃落定之后，凡是你想要的，本宫都会给你。”

她冷笑着转开视线：“殿下，臣要的东西，你给不了。”

“那墨祈给得了吗？”

这是他第一次在她面前，毫不掩饰地提起墨祈的名字，九歌内心狠狠一颤，她没有抬头，嗓音依旧冷漠：“恕臣直言，这问题毫无意义，殿下请回吧。”

百里华渊勾唇一笑，没有再多说什么，他起身，拂袖朝来时路行去。

他想，其实等不等得到她的答案都无妨，要让她乖乖留在自己身边容易得很，毁掉她所珍视的一切，也就罢了。

现实会让她认清，在这残酷的皇城之内，谁才更值得倚仗。

三

夜已深，荣秀宫的小太监匆匆来到承德殿，临近门外却被钱公公拦住。

“早些时候不都说了吗？你回去转告荣妃娘娘，陛下忙着，今晚不去荣秀宫了。”

小太监神色惶恐，闻言连连摇头：“回钱公公的话，奴才是……是有要事禀告……”

“有什么要事？”

小太监环顾四周，贴近他耳畔小声说了几句，钱公公听到最后，神情骤变：“大胆！你敢信口雌黄污蔑娘娘？这可是要掉脑袋的大罪！”

“奴才不敢！钱公公如果不信，可以现在就去荣秀宫亲眼证实！”

钱公公当然不能独自前往荣秀宫，他此刻在迟疑着要不要进殿告知皇帝，岂料还没等他思考出个结果，就听到了身后的脚步声，转身见皇帝正站在不远处。

皇帝沉声问：“荣妃又怎么了？”

小太监悄悄看了钱公公一眼，终是鼓起勇气答道：“回陛下，半个时辰前奴才去娘娘寝殿送参汤，发现……”

“发现什么？你尽管说。”

小太监垂下头去：“奴才发现有名面生的年轻侍卫也在，正殷勤地给娘娘斟茶，而且对方看上去，和娘娘的举止很是亲密……”

皇帝的脸色重重沉了下去：“放肆！你可知胡乱编造这种谎话的严重后果？”

小太监双膝一软，登时跪倒在地：“奴才所言句句属实，请陛下明察！”

“钱德昭。”

“奴才在。”

皇帝将手抚上胸口，费力地喘了口气：“陪朕去荣秀宫走一趟。”

钱公公担心他的身体，却又无从劝起，踌躇半晌，只好顺从地应着：“遵命。”

其实从承德殿到荣秀宫路途并不远，但此时这一段距离要用脚步衡量过去，居然觉得格外漫长。须知九歌也曾路过这里，那时的她还无意中撞见了从宫门走出的李默，若这一刻她也在场，不知会做何感想。

就好像是冥冥中注定的一根线，一路将皇帝引向这里，只为开启最终的结局。

寝殿外守着的小宫女乍一见皇帝驾到，霎时惊得浑身战栗，甚至连叩拜请安都忘记了，良久方回过神来，忙不迭地颤声道：“陛……陛下万福！”

这断不是下人该有的正常反应，况且深更半夜，她不进去伺候着娘娘反而在门外候着，那么里面的荣妃究竟在做什么？

“你别出声。”皇帝冷冷地瞥她一眼，袍袖一拂冲钱公公示意，“把门直接撞开。”

钱公公无法违拗他的意思，只得慢慢靠近门边，房间内夹杂着低笑的窃窃私语没有逃过他的耳朵，听得一男一女柔情蜜意，还能有什么好事？

房门大开的瞬间，皇帝果断向前一步，整个人出现在荣妃的视线范围内。

荣妃拥着牡丹色团花锦被靠在床边，衣衫半解，青丝披散，正饶有兴致地伸手去抚对面那位年轻侍卫的脸。见那侍卫眸若点漆、面如傅粉，着实有几分难得的颜色，然而两个人眼中言笑晏晏的光影，均在看到皇帝的那一刻尽数熄灭，无声无息化作一片死寂。

“好，好，很好。”皇帝怒极反笑，连道三声好，蓦然抄过桌旁茶盏，恶狠狠地朝荣妃面门掷去，“不知廉耻的贱人！枉你身居妃位受尽荣华，却背着朕做出此等苟且之事！”

那茶盏不偏不倚正中荣妃额头，登时鲜血淌下，流满了那张千娇百媚的脸，荣妃捂着伤口惶惶然和年轻侍卫伏地跪拜，哀声恳求：“陛下息怒，臣妾……臣妾知错了……”

错了，自然是大错特错，她轻信了李默的情话，答应让这小侍卫代替他陪自己一夜，岂料竟被皇帝当场撞见，连一句辩解的言语都讲不出口。

一切都在百里华渊的计划之中，这步棋，从当初李默对荣妃示好、引她上钩时就开始布下了，只为今天成为压倒皇帝的最后一根稻草。

施以虚情假意，哄骗并利用一个深宫寂寞的妃子，再简单不过了。

听得皇帝沉声喝道：“来人！将荣妃打入西苑冷宫，择日处置！这个吃里爬外的狗奴才，就地杖毙！”话音未落，急火攻心，他猛喷一口鲜血向后倒去，顿时便面色铁青，不省人事。

钱公公大惊失色地扶住他，声嘶力竭地喊：“快传御医！”

与此同时，仍被禁足于王府之中的百里子潇，忽而没来由地手一抖，余下的半杯梅子茶，尽数洒在了书卷之上。

百里子潇略一蹙眉，下意识地朝窗外看去，见乌云遮月，寒风骤起。

他低声唤了一句："父皇。"

皇帝整整昏迷了一天一夜，其间百里云初前来探视，见到了刚刚从寝殿退出来的沈莘。

"莘莘，"她很严肃地问他，"你跟我说实话，父皇到底怎么样了？"

沈莘苦笑一声，无奈摇头："能不能熬过三天，都很难讲。"

"怎么突然会这样？"

"陛下身体因慧昭仪所为，早已被蚕食得千疮百孔，此次荣秀宫的意外，更令陛下肝火旺盛勾起旧疾，纵然神医再世，恐怕也回天乏术，我……我尽力了。"

百里云初的眼泪瞬间淌落，但她很快就冷静下来，推开了沈莘意欲抚肩安慰的手："我懂了，你记住，尽量隐瞒父皇的真实情况，不要让大哥知晓，否则我担心他会立即采取行动。"

"我明白。"

然而两个人均未料到，在自己离开半个时辰后，百里华渊就已经到了养心殿。

东方既白，皇帝从混沌中清醒过来，他微微睁开眼睛，而后就看见了静默立于榻前的百里华渊。

百里华渊注视着他枯槁灰白的脸色，恭敬地颔首："父皇，您醒了。"

"嗯，一直在这守着，难为你了。"

"无论为臣为子，这都是儿臣的本分。"百里华渊微笑，"儿臣只希望父皇快些康复。"

皇帝哑声道："朕的身体自己最清楚，这一关，怕是撑不过去了。"

"父皇切莫说这种不吉利的话，宫中太医医术精湛，又有良药无数，怎会医治不好父皇呢？"

"可朕若是康复了，只怕你会更加忧心。"

百里华渊神色微沉，思忖半晌缓声开口："儿臣不懂父皇的意思。"

皇帝咳嗽了两声，吃力地抬手拭去了唇边血迹，他的目光仍停留在百里华渊的脸上，浑浊的眼底似有锐光掠过，这一瞬，他仿佛又变回了那位洞察一切的君王："都到这个时候了，朕对你没有另外的要求，只想听你一句心里话。"

"父皇尽管问，儿臣一定知无不言。"

"好。"皇帝喘息着点点头，"朕只想知道，你是否有篡位之心。"

他了解自己的时间不多了，便只能以这样直白的方式寻求真相，寝殿之中没有其他人，只有他们父子俩，说的所有话都将成为秘密，很安全。

但百里华渊始终沉默着，只是似笑非笑地盯着他，并不回答。

皇帝轻声叹息："你很聪明，从小就比所有的公主皇子都聪明，朕一直相信，你能成为比朕更有作为的君主——但朕没有想到，你的野心，已经让你等不到朕退位那一天了。"

"父皇何出此言？"

"那一晚，朕在慧昭仪的尸体旁，捡到了一枚锦衣卫飞鱼服上特制的纽扣。"

"哦？"

"朕明白，九歌不可能会杀慧昭仪，可将她关入天牢，对你对她都有好处，所以朕成全了你。"皇帝道，"先前宿城巡抚被杀，墨祈不止一次和朕提起过，朕将此案压下去了，但不代表朕没怀疑过你——以及，前几天朕派去调查慧昭仪身世的人，如今下落不明，或许你能给出个合理的解释吧？"

百里华渊忽而一笑："父皇英明，那个人的确被儿臣暗中做掉了。"

尽管早已料到了答案，皇帝听到这句话，却还是露出了掩饰不住的失望之色："所以慧昭仪此人，并非……"

"她本是锦衣卫指挥使李默的未婚妻，儿臣设计将她送进宫，既能解父皇的思念之情，又能圆父皇与母后团聚的愿望。"

让他与昭嘉皇后团聚，便意味着推他走向黄泉路。

墨祈、九歌和百里子潇说过的话，交织着在耳畔萦绕，皇帝只觉心脏剧痛，紧接着一口鲜血呕出，溅染了龙纹被面。

他并非毫不知情，甚至可以说是在坚持自我欺骗，但当事实被自己最信任的儿子亲口讲出时，仍旧成了他难以释怀的痛。

"你……早就想杀了朕？"

百里华渊的笑意逐渐敛去，此刻的他，终于决定撕开温良恭谨的假象，将自己冷酷的一面，完全展现在皇帝眼前。

他说："毕竟父皇已经在这个位置上坐了太久，接下来，该轮到儿臣了。"

"你就如此迫不及待？"

"无论是皇位还是心爱的女人，儿臣都只想尽快得到，儿臣已经失去了耐心。"

皇帝仿佛被抽干了最后的力气，他的声音颤抖着："你和你母后……当真不同……"

"儿臣对母后并没有太深的印象，却一直将父皇当作榜样。"百里华渊语气平淡，像是在叙述旁人的故事一般漠然，“记得当年宫廷政变，父皇不是也亲手杀掉了自己的兄长吗？您教导过儿臣，在权力和欲望面前，血缘亲情一文不值，这是皇家人的宿命。”

没错，这是皇家人的宿命，他当初做了什么，如今也将承受什么，因果轮回，从来都不会缺席。

“那么……你也不打算放过潇王吗？”

百里华渊凤眸微眯，笑得从容不迫：“儿臣，不会养虎为患。”

“好，好……”皇帝不再看他，只缓缓闭上了眼睛，盈于眼睫的那滴泪终于落下，渗入衣襟消失不见，“是朕的错，是朕没有教好你……朕对不住秋容，也对不住子潇……”

秋容是昭嘉皇后的名字，至此他完成了对皇后的承诺，却发现，原来一切都是错的。

这世间，素来都是执念伤人。

攥紧被角的手指缓缓松开，他的头无力地歪向一边，再无声息。

百里华渊静默良久，俯下身去探他的鼻息，在确定他是真的没了呼吸之后，这才缓步走出寝殿，没再回头看上一眼。

四

孝历二十四年十二月十七日凌晨，皇帝驾崩，未留遗诏，依据绥国律例，当由太子百里华渊继承皇位。

翌日深夜，墨祈买通天牢守卫，来到关押九歌的牢房。打开牢门的那一刻，九歌转身正与他眼神相对，两个人注视着彼此久久无言，直至眼底都泛起了泪意。

九歌试探性向前走了两步，然后就被他紧紧搂在怀里，她将脸埋在他颈间，惊喜之余又有些难以置信：“你怎么会来？长公主竟然没有发现吗？”

“她今夜去了慈恩殿守灵，顾不得我。”

慈恩殿……九歌瞬间警醒：“守灵？你是说……”

墨祈苦笑着点头：“没错，陛下驾崩了，就在昨夜。”

突如其来的噩耗，令九歌一时竟未反应过来，她呆立半晌，终是长长叹息一声，神色凄然地跪下身去，朝着慈恩殿的方向磕了三个头。

早就预料到的结局，无论何时面对都极为残酷，更何况是在如此猝不及防的情况下被告知。她曾视皇帝如父，感念他的知遇之恩和教导之情，然而如今竟连最后一面也没能相见，只能身着囚服伏地叩首，以此告别。

“小九，”墨祈低声道，“你我只有两炷香的时间。”

“好。”她略一颔首，再抬起头时，便已恢复了一贯沉着冷静的模样，“如果我没记错，新帝应于七日后正式登基。”

“没错，所以我们要抢在之前阻止他。”

“除了锦衣卫，我们要对付的还有二十名御前高手和羽林禁军，以及太子麾下那一批死士——朝中孙将军一向与太子交好，他的军队目前就驻扎在天都城外，若我们协助潇王夺位，他必定会起兵对抗。”

墨祈闻言，眸底冷意更甚：“那就提前了断孙元策，永绝后患。”

九歌用力攥住他的手，语气严肃：“你现在不适合亲自动手，这种事可以交给红叶阁来完成。”

“若是如此，就必须尽快与唐枫取得联系。”

“你去秋水斋找雁霓，放出唐枫交予我的传信烟花，他定会如约而至。”她说，“你告诉唐枫，是该行动的时候了。”

成败在此一举，别无选择。

墨祈沉默许久，抬手将她一绺乱发抿至耳后，微凉指尖抚过她的肌肤，他凝视她的目光格外温柔，温柔得几乎将那一丝悲伤都淡化：“小九，其实这一次成功的可能性有多少，我也不确定。”

“我懂，我已经做好了承担一切后果的准备。”

“可我想让你答应我一件事。”

“你讲。”

墨祈唇畔勾起含笑的弧度，他在她耳边缓声道：“无论我最后能否全身而退，你都要好好活着。”

他拥有破釜沉舟的决心，决意将生死置之度外赌这一回，但他盼着她能平安，毕竟她是他唯一的软肋，他舍不得。

那双清冷明澈的桃花眼底，倒映出她此刻含泪的模样，九歌勉强笑道：“若你死了，你觉得我还能活？”

“太子不会杀你，只要你活着，就能保护好三公主和莘莘，甚至……如果失败了，还能为潇王争取一条生路，你应该明白我的意思。”

是的，她明白，明白这是自己义不容辞的责任，他与她，总要有人怀着牺牲的信念，也总要有人努力活下去，等待柳暗花明的机会。

“我答应你。”

她将脸贴近他的掌心，他单手将她揽入怀中，两个人谁都没有再开口，却仿佛已在此刻看淡生死，讲出了千句万句的誓言。

熟悉的温度蓦然抽离，九歌抬眸，目送墨祈转身离开，直到确信再也看不到他，她这才低下头去抱紧双膝，眼底冷色幽沉，萧瑟得像是雨后寂静的夜。

夜风送来慈恩殿方向缥缈而不真切的哭声，整座皇宫都笼罩在凄凉的氛围之中，墨祈借着夜色的掩护飞檐走壁，一路来到秋水斋庭外。

他翻墙而入，落地时见雁霓就坐在庭院石桌旁，正面无表情地注视着他。

“墨督主，你终于来了。”

尽管雁霓已经认可杨崇之死并不能怪罪到墨祈头上，但先前的事情毕竟发生过，她乍一见着他，还是会觉得有些不自在，连带着讲话也比较生硬。好在墨祈并不打算计较她不友善的语气，他直截了当地问：“唐枫交给小九的传讯烟花，你知道在哪里吧？”

雁霓当然知道，须知这些东西，平时都是她帮九歌保管，为的就是以防万一。

她很快取出了传信烟花交给墨祈，复又正色道：“你们准备行动了吗？”

“嗯。”

“我也可以参战的。”

“你不行。”他斩钉截铁地拒绝。

“为什么？”

墨祈转过头来，认真地端详她一回：“我相信你是真心要帮助小九，但我必须要给她留好后路，若行动失败，只要你身份不暴露，日后还可以继续跟着她而不会被太子怀疑，这很重要。”

雁霓明显迟疑了：“那我……”

“你速去府上通知潇王殿下，告知他五日之后起事，此前务必尽快将三公主送出宫去，然后便只需待在秋水斋安心等着，装作什么都不知情就可以了。”

“好，不过我希望你能保证九歌的安全。”

墨祈淡然垂眸，似笑非笑：“这种事，从不需要旁人来提醒我。”

他身形如电，刹那间便消失在她的视线范围内，雁霓若有所思，仰头望向高空，不久之后，忽见有金银色交织的绚丽烟火，在茫茫夜幕中绽放开来。

她想，自家阁主从不会失约的。

唐枫在天都停留了相当一段时日，前不久他经传信鸟给九歌送信，至今没有收到回信，便已心生不安，结果今晚正在西市街口喝茶，一抬头就瞧见了红叶阁的特制烟花，彻底印证了他先前的猜想。

他随手扔下几枚铜板，任凭衣袂于夜风中猎猎狂舞，施展轻功片刻不停地朝城郊方向赶去。然而到了城外，他并未见到九歌，只有墨祈等在那里。

“九歌呢？”这是他上来问的第一句话，“我可不信她连来见我一面的时间都没有。”

墨祈平静地回答：“小九不是不想见你，是见不了你，她如今身陷天牢，只能托我和你联系。”

这话顿时激怒了唐枫，他的手甚至已经按在了怀中那对判官笔上：“身陷天牢？姓墨的，你到底有什么用，连自己喜欢的姑娘也保护不好？”

“如今宫内波诡云谲，形势极不可控，这种意外也是我始料未及的。”墨祈面对他的指责并未反驳，只从容解释，“但你可以放心的是，小九在天牢很安全，她将不会参与我们接下来的行动，这是好事。”

唐枫沉着脸色反问：“皇帝驾崩的消息已在民间传开了，死因突然，是否另有隐情？”

“没错，小九正因查到了其中隐情，才会被陷害入狱。”

“是太子从中作祟？”唐枫冷笑，“我倒真没想到，太子居然如此心急，连弑君篡位之事都做得出来。”

“所以我们要赶在七日后太子登基之前，替潇王夺位。”

“那潇王的意愿呢？我需要保证他不会临时变卦。”

墨祈答得斩钉截铁：“他不会，我可以性命作保。”

唐枫叹了口气，一双妩媚的狐狸眼光影明明暗暗，辨不清情绪：“好，那么五日之后，我将带人驻扎城外，等你号令。”

墨祈沉吟着开口：“另外还有一事，要请唐阁主相助。”

“我大致能猜到，是要我派人刺杀？”唐枫亦有七巧玲珑心，单看他的眼神就明白了几分，“虽然刺杀太子不现实，可除掉一两名太子党派的爪牙，红叶阁还是有把握的。”

墨祈道：“羽林军禁卫总管廉熹，朝廷远威将军孙元策，此二人必须死。”

唐枫笑了笑：“明白，后者我会亲自动手，确保万无一失。”

毕竟这一仗牵系了太多人的命运，不得不全力以赴。

“多谢。”

“不必言谢，我也只是为了九歌和众多的江湖人，并非为你。”唐枫意味深长地正视着墨祈的眼睛，很显然在斟酌言辞，“恕我直言，此次行动，你认为成功的可能性有几成？”

墨祈迎着他的视线不闪不避，神色未起波澜：“不足三成。”

“那还真是很不乐观了。”

“所以届时，若败局已定，则红叶阁需保存有生力量，我会掩护你带人撤退。”

唐枫眉峰微蹙，下意识地反问：“那你呢？”

“太子无论如何都不会放过我，夺位失败的话，则意味着我将与东厂共存亡。”

他叙述的口吻如此风轻云淡，仿佛抱着必死之心的人并不是自己，一时竟让素来玩世不恭的唐枫也心生敬意。

“你死了，九歌会怨我。”

“你明知她不是那种无理取闹的女子，我相信就算我当真不在了，你也会接替我的位置继续保护她。”墨祈缓声道，“如果将来她在皇宫遭遇什么危难，请务必尽心相助，必要的时候……”

“必要的时候，我会带她离开皇宫，远走高飞。”

唐枫朝墨祈伸出手去，墨祈坦然握住，这是属于两个男人间的约定，以鲜血以生命去守护也在所不惜。

“墨祈。”唐枫临走时忍不住又转身，向着仍立于原地的墨祈遥遥投去一瞥，他朗声道，“或许九歌没有看错人，但我也不会轻易认输，若你此次还能活着，咱们定要公平战一场！”

墨祈轻笑：“奉陪到底。”

风声渐乱，这无边的黑夜，何时才能过去？

五

大约丑时，墨祈回到了宛宁宫，他才脱下仍带着夜风寒意的外衣，忽听房门被敲响，打开之后，面前就出现了百里宁亭亭的身影。

“这么晚了，公主刚从慈恩宫回来吗？”

“是啊，大哥很贴心，让本宫不必彻夜守灵，本宫便回来了。”百里宁向前一步，似笑非笑地又道，“值得一提的是，今夜五哥迟迟没有在慈恩宫出现，他居然都不肯见先帝最后一面，你说……这是何故？”

墨祈风轻云淡地忽略了她的问题，只平静地开口道：“既然公主不必守灵，就应该回寝殿好好休息才是，免得因近日诸事繁忙，有损千金之躯。”

百里宁并未依言离开，反而直接走进房内，很自然地将屋门关上了。

她说：“你究竟是真的在担心本宫的身体，还是心虚不敢和本宫讲话呢？”

“恕臣愚钝，不懂公主此言何意。”

“你若愚钝，这天底下就没有聪慧的人了。”百里宁伸出手指，不轻不重地在他胸口处一点，笑意渐冷，“墨祈，先前本宫在慈恩宫的时候，你趁机溜出去了吧？你瞒不了本宫的。”

墨祈淡声道：“公主多心了，臣只是……”

她毫不犹豫地打断了他的话：“够了！本宫不想听你讲那些冠冕堂皇的借口，本宫只想要句实话——你是去天牢探视裴九歌了，对吧？”

墨祈没有承认，却也没有反驳，他迎着她审视的眼神，神色坦然地保持沉默。

在这样过分安静的气氛中，百里宁感觉自己正逐渐失去耐心：“就算你不说，本宫心里也有答案。你担心她的安危，本宫能够理解，但你如果还对她存有难以割舍的情感，本宫劝你还是尽早放弃吧。大哥即将继承帝位，她是被认定的皇后，你该明白。”

“臣明白一切既定的道理，从无非分之想，公主多虑了。”

“本宫不曾多虑，只是在全心全意为你考虑。”

“公主的好意，臣始终感念于心。”

她将手按在他心口处，眼神复杂：“本宫希望这一句是你的真心话，墨祈，你听本宫一句劝，如今局势已定，不要试图与大哥作对——只要你同意彻底放弃东厂的权力，从此依附于本宫，本宫会亲自去向大哥求情，让他称帝后不再为难你。”

她实在算不得冰雪聪明，但作为百里华渊同父同母的血缘至亲，多少也能了解百里华渊的一些心思。她知道，百里华渊已经断定，无论是为了裴九歌还是百里子潇，墨祈都必定会反，他怀着铲除墨祈的想法，而她却盼着能救墨祈一命。

这也是她苦口婆心想要劝说墨祈放弃的理由，对她而言谁继承皇位都不是很重要，她只在乎墨祈日后能否长久地陪伴自己，她要把他永远留在身边。

墨祈含笑反问："公主为何认为臣会执意与太子作对？须知先帝驾崩，太子继位，这原本就是理所应当的事情。"

百里宁樱唇微抿，似有怒意："你在故意岔开话题吗？"

"臣没有。"

"你是潇王党派的人，此事就连先帝在位时都有所察觉，你觉得大哥有可能给自己留后患吗？"

她因情绪不稳，一直紧紧抓着他胸前的衣服，墨祈静默片刻，缓慢而坚决地拂开她的手："依公主的意思，臣此次是必死无疑了？"

"本宫说过了，会有转圜余地的！"百里宁只当他有所动摇，目光微亮，"本宫会保护你，只要你……"

"多谢公主。"他沉声道，"但臣宁可轰轰烈烈地死去，也不愿留在宛宁宫中，一辈子被束缚自由。"

这样直白的回答，已然足够表明立场，百里宁有一瞬间几乎以为自己听错了，但当她清醒过来时，便意识到了他真正的选择。

她怒极反笑，浑身颤抖地指向他："枉费本宫一番苦心，你竟然视本宫如豺狼虎豹，宁愿死也不肯接受本宫的好意？"

"是臣有负公主期望。"

"好……很好！"话音未落，她蓦然抽出发间金簪，带着毫不迟疑的力道，狠狠刺入了他的肩膀，"这一下就算你欠本宫的，从此你是死是活，和本宫都再无关系！"

簪尾锋利，鲜血刹那间浸透了黑衣，墨祈略一蹙眉，却硬是一声没吭。

他忍着疼痛反手拔出金簪递还给她，嗓音沉静："请公主保重，臣就此告辞。"

两个人擦肩而过，百里宁终于还是禁不住转过身去，注视着他的背影没入夜色，再也看不见。她握紧掌心沾血的金簪，眼底有泪，却又咬紧牙关忍回。

"墨祈，"她轻念着他的名字，眸底冷色一分比一分深沉，"这是你逼本宫的，不要后悔。"

她求得不多，只期许有人陪自己看遍朝起夕落，余生不孤独。

奈何这世间纷纷扰扰，多情总被无情恼。

第九章
离愁路

一

十二月上旬，距登基大典还有最后一日，百里子潇与旧友赵将军合力率领虎豹军，攻破玄武门，长驱直入，锋芒直逼德阳宫。重回墨祈麾下的东厂成员，以及唐枫领导的红叶阁成员分别自两翼护持，双方精英都配备了沈莘改造后的沉刀重甲，声势浩大。

此前红叶阁成员已接连暗杀羽林军禁卫总管和孙元策将军，而李默的执行速度却比他们预料中更快一些，他经百里华渊指示，仅仅用了三个时辰，就将此两支队伍临时收编到了自己的统领范围内。

百里华渊说过，这一战迟早要来，是自己与百里子潇不得不面对的一笔账，非血流成河不能算清。

这同样也是锦衣卫和东厂的殊死较量，当初皇帝驾前的两柄锐剑，终是于长空相击，碰撞出最残酷的火花。

喊杀震天，鲜血沿锋刃飞溅，以刺目的笔触勾勒出未名的画面。不知皇帝泉下有知，是否能够体会百里子潇决定逼宫夺位时的落寞心情，那是为子为臣最隐忍的不甘，是无论如何都要进行的反叛。

这是百里子潇生平第一次大开杀戒，在此之前，他虽习武，却从未伤害过任何人。

什么才算真正的王爷，什么才算皇室的荣耀？纵然他曾经一片赤子心性，最终也没有逃过这样的宿命。

无路可退，只能斩棘前行。

佩剑寒芒如水，在墨祈手中仿佛被赋予了无限能量，嗜血狂傲，狠厉非常。这个男人战斗起来就是王者，玄色狂风般收割着生命，从不后退，从不心软，那双墨黑纯粹的眼睛没有温度，天地间的光亮融入其中也无声无息地销匿，空余冷寂。

两名锦衣卫成员被一击毙命，墨祈沉着转身，眸底映出李默提刀而立的身影，后者的飞鱼服在风中猎猎飞扬，衬着阴冷眉眼，渲染出无边杀意，观之令人心底生寒。

“墨祈，你果然还是走错了路。”

墨祈冷笑：“和你站在一边，我会觉得耻辱。”

“最后的结果会告诉你答案。”李默拔刀出鞘，但见银光如龙凌空一斩，“你终将输掉所有，包括裴九歌！”

滔天的怒意汹涌而至，毫无妥协余地，两道身影纠缠交错迅疾如电，逐渐胶着成幻影分辨不清。不是你死就是我亡，这本是多么自然的解决方式，既自始对立，便不要奢求会有和解的一天，更何况，他们也从没寻到过值得放弃敌意的交点。

一朝为敌，永世为敌。

直到宫楼之上远远传来百里华渊的声音，在漫天风声里格外清晰："五弟！你看本宫将谁带来了？"

百里子潇反手将佩剑从一名士兵颈间抹过，鲜血在半空划过半弧，他猛地抬头，望见九歌已被押送至高台。

"小九！"他高声呼唤，很快就被身后的唐枫用力推开。

唐枫的判官笔深深扎入那名意欲偷袭的锦衣卫心脏，而后回眸一瞥，声音在风中听起来格外冷厉："潇王，不要分心。"

百里子潇咬紧牙关点头："本王知道了。"

九歌身着囚服，双手双脚都戴上了沉重的镣铐，这是百里华渊特意吩咐过的，为的是避免她生出事端。

她行至面前，抬头恰与百里华渊四目相对，随即便沉默地转开了视线，是彻彻底底不屑一顾的姿态。

百里华渊将手负于身后，微微倾身靠近她，含笑问道："九歌，你可知本宫为何带你来此？"

宫楼之下，杀伐声一阵接一阵地震击着耳膜，焦灼的心情片刻也不得止歇，纤纤手指在身后攥紧，九歌垂眸，语气冷淡："臣不知道，也不想知道，但不得不说的是，请殿下莫要打着利用臣来威胁潇王的主意，到那时臣会自觉先行一步，你定不会有任何机会。"

"你放心，本宫断不致用你的性命来冒险，更何况就算不用你威胁潇王，这一仗本宫也必胜无疑。"

她冷声反问："殿下当真如此确信？"

"你若不信，大可拭目以待。"

九歌一怔，百里华渊却未再给予她回答的时间，擦肩而过走向另一侧，他抬手示意，见留下待命的四名御前侍卫齐齐让开，推出一台重铁打造的三弓强弩来，前端固定无数细纱包裹，随着一声令下，机关启动直冲云霄，细纱中的不知名深色药末瞬间爆满天空，纷纷扬扬像是下了一场蓝雨，淹没双方。

强烈的腐朽味道于顷刻间冲入鼻腔，九歌猛然睁大眼睛，不顾身侧锦衣卫成员的阻拦，跌跌撞撞挪至白玉栏杆旁，却被百里华渊手疾眼快地扯住了衣角：“放开！”

“你医书读了不少，应该很了解这种药粉吧？”百里华渊微笑，“学名青罗紫烟，只有服过苍术散的人才会对它产生反应，四肢无力，全身麻痹。”

仿佛是为了印证他的话，原本进退有序的东厂一方蓦然产生了意外混乱，站在血污中的他们在接触到蓝色药雨那一刻就完全失去了挥剑的力气，玄色身影所筑起的城墙轰然而逝，兵器散落一地，任人宰割。

百里子潇的军队失去一道屏障，变得无所依仗，很快便出现了破绽，开始渐落下风。

九歌大惊：“青罗紫烟？为什么？”

令她震惊的并不是百里华渊怎么会得到青罗紫烟这种药物，依百里华渊的手段，想找到任何稀有的药剂都不成问题，她只是不解，东厂成员如何能毫无防备地集体中招，所谓的苍术散，究竟是谁在从中作梗？

百里华渊悠然回答：“很奇怪吗？墨祈如今的身份是宛宁宫主侍，那么长公主若要以墨祈的名义前往探望东厂成员，按理来讲是不会引起任何怀疑的——而她要经东厂监事的帮助，在指挥司的井水中下苍术散，也并非难事。”

百里宁，原来是百里宁所为，不愧是同根而生，她的行事作风果然和自家大哥如出一辙，得不到的就要毁掉，自私阴险到了极致。

纤长手指紧紧攥住腕间粗糙的铁链，因过分用力，肌肤被磨得几乎出血，九歌却丝毫未觉，只是一眨不眨地盯着远方的墨祈看，神情凄然。

“墨祈……”

而此刻的墨祈，正以佩剑支撑住摇摇欲坠的身体，牙关紧咬，却终是力不从心。

那一晚他离开宛宁宫前往东厂指挥司，不可避免地也接触到了井水，才会如此。

“墨厂臣，裴大人难得观战，你的表现可不尽如人意啊！”已经回到高台的李默动用内力，将这句话清晰传入他的耳中，讽刺之意明显至极，“我希望你能有足够的勇气来面对，东厂全军覆没的结局。”

墨祈眸底倏地掠过异芒，他将手划过锋利剑刃，疼痛刺激神经，神志刹那间清醒，剑锋横斩将最近的一位锦衣卫成员身首分离。视线里尽数被血色覆盖，额上冷汗缓缓淌下，他艰难地向高台望去，那抹熟悉的纤瘦身影映入眼帘，只此一眼，遥远得仿佛相隔两岸，连一声呼唤都显奢侈。

五脏六腑灼烧起来，焚心蚀骨，如此撕裂般的痛感绝非来自青罗紫烟的效力，他想，自己是不是在某些地方，疏忽得太过彻底了？

几乎是在此念头浮现的同时，高台上的九歌，突然下意识地抚住了心口。

那微弱的痛感一晃即逝，却令她瞬间惊慌起来。

百里华渊俯身贴近她耳畔，声音温柔得不可思议："九歌，玲珑蛊遇酒即溶的传言，你该不会没有听过吧？"

生母裴玉曾是苗疆巫女，早将毕生所学尽数传授给她，她怎会不知？

玲珑蛊，苗疆四大情蛊之一，无解，服用雌蛊者于己无害，而服用雄蛊者便如同中了永生永世的诅咒，每当想起心爱之人都会剧痛发狂，生不如死。

更重要的是，服用雌蛊者一旦死去，服用雄蛊者同样会死，但若后者死去，前者依旧能够好好活着。

犹记那一夜百里华渊去天牢探视，与她共饮一杯长乐宫私藏的好酒，彼时她心事满怀，并未多想，只道他绝不至于在酒中下毒，岂料未曾下毒是真的，他下的却是玲珑蛊。

他要用这种方式折磨墨祈，也叫她有所忌惮，永远不敢轻视自己的性命，这一步好棋，当真残忍无比。

九歌眼睁睁看着墨祈咯血倒地，那个记忆中始终清冷骄傲的男人，如今被困在刀剑丛林中不得脱身，而自己甚至不能够冲上去抱紧他，替他承受哪怕万分之一。

明知向前是苦海无边，向后是万丈深渊，她爱得荒唐离谱，却终究还是执迷不悟。

这是劫难，无所归依。

她头痛欲裂，清澈眸底霎时便有血色浮现，她多少年刻意收敛情绪，尽量不嗔不怒，为的是不被体内的"孤狼"蛊毒控制，从而做出什么难以挽回的事情。

然而现在，她的忍耐终于到达了极限，裴玉当初在女儿体内种下的这一蛊，终于被真正唤醒了。

事已至此，还在担心什么呢？大不了就是一死，若能和他死在一处，也算是足够圆满的结局了。

一旁的百里华渊见她许久不语，便扳着她的肩膀，强迫她转过头来正视自己，谁知正迎上她戾气满盈的凶狠眼神。与此同时，因墨祈被困而已回返高台的李默察觉到不对劲，忙伸手将百里华渊扯至身边。

"殿下当心！"

下一刻，九歌体内汹涌的内力，已然将手铐和脚镣直接震断，她反手挥舞沉重的铁链直击李默面门，而后在他下意识地躲避的瞬间，飞身跃下了高台。

德阳宫前已成人间地狱，赵将军手下伤亡大半，他护着百里子潇步步退往角落，听得百里子潇沉声道："赵兄，是本王对不住你了。"

"殿下这是哪里的话？如果没有殿下提携，臣如今仍只是个籍籍无名的小兵，能与殿下并肩作战，是臣的荣幸。"

百里子潇张了张嘴，最终却什么都没有说出口，只是用力拍在他的肩头。

然后他就听到了不远处唐枫的吼声："九歌！"

果然，视线内出现了九歌的身影，她顶风前行，手中铁链如游龙般收割着性命，所到之处一步一杀，不留活口。

黏稠的鲜血自她脚下漫延开去，她眼底的愤怒蔓延成无边飞雪，冷得彻骨。

"墨祈！"

墨祈也记不清，自己到底挣扎着站起了多少次，玲珑蛊的药性疯狂蚕食着他的理智，杀人仿佛已成了本能的反应，身上无数伤口晕染出刺目血色，他踉跄着跌入了熟悉温暖的怀抱。

"小……小九……"

九歌反手用铁链勒断了一名锦衣卫成员的颈骨，她搂紧了墨祈一瞬，随即将他推往唐枫的方向。

"退后，这边交给我。"

杀意不可遏制，她以一人之力挡住了锦衣卫和羽林军汹涌而来的进攻，其凶残狠厉的姿态震惊了在场所有人，没有谁敢相信，此刻这位杀人不眨眼的、狼一样的女子，曾经居然是在朝堂上八面玲珑、温柔巧笑的御前女官。

百里华渊搭在白玉栏杆上的手指缓缓收拢，他见旁边的李默似欲行动，冷冷阻拦。

"不必。"

"殿下，若任由她这样杀下去，恐怕对我们非常不利。"

"本宫自有方法，既不会伤了她，也能让她乖乖停手。"百里华渊从容抬手朝身后示意，见待命的御前侍卫快步离开高台后，这才微笑着将目光重新投向李默，"先帝当年没有看错人，裴九歌是天命之女，注定要成为本宫手中最锋利的一柄出鞘之剑，哪怕她的心不在本宫这里，要制住她也并不难，毕竟她的弱点太多了。"

她所在意的人和事越多，就越容易被他利用，来日方长，他有的是时间慢慢收服她。

由于九歌的突然加入，场上局势逐渐有了扭转的趋势，此时的双方都已杀红了眼，百里子潇好容易才在红叶阁成员的掩护下突破重围，焦急万分地靠近墨祈。

“受伤了吗？让本王看看！”

墨祈拄着剑喘息半晌，冷静攥住了他意欲搀扶的手，一抬眸眼神凌厉如昔：“去帮小九。”

“好！”

两柄利剑配合默契，斩向面前的一切阻碍，他们看到前方的九歌也在同一时间回过头来，三位挚友的视线在半空相汇，什么都无须多说，便已明白了彼此的决心。

原本并不畏惧死亡，也不甘心妥协，誓要战斗到最后一刻，然而……

谁也不曾料到，命运还能无常到何种程度，而所谓不堪的结局，还会不会有更绝望的一幕。

当熟悉的身影出现在高台之上时，一切都有了答案。

百里云初被两名御前侍卫押送着，一路跌跌撞撞来到栏杆之前，她长发披散、狼狈不堪，显然先前已经挣扎反抗了一番，却仍以失败告终。

听得百里华渊朗声道:“五弟！你若迟迟执迷不悟,依旧不肯悬崖勒马,三妹的安全,本宫可就难以保证了！”

这句话如同晴空霹雳在百里子潇耳畔炸开，他又惊又怒，抬头望去，正看到李默将刀刃横在了百里云初颈间。

怎么会？他此前明明已暗中派人将百里云初带离了皇城,谁知竟还是被中途拦截,使她陷入了致命的危险境地。

百里华渊居然阴险至此，连对自己毫无威胁的亲妹妹也不肯放过。

冰凉的温度刺痛肌肤，百里云初眼眶通红，却硬是强忍着没掉一滴眼泪，她高声呼唤：“五哥！大胆去做你想做的事，我就算在九泉之下也会保佑你，你永远都是我最好的哥哥！”

她说完用力往前一撞，登时就准备自尽于此，尽管李默反应敏捷及时将刀刃挪开，却仍有一丝血线沿着她颈间缓缓淌下，观之触目惊心。

“云初！你别乱来！”百里子潇见她发了疯似的要去抢李默手里的刀，知道她不愿连累自己，一时心酸难抑，有些失措地看向墨祈。

墨祈一甩剑上血迹，脸色苍白地朝高台投去一瞥，从来杀伐果断的东厂督主，此刻竟也陷入了两难境地。

靳柒不解内情，杀手的本能令他不会为了区区一位公主而放弃行动，他当机立断张弓取箭，但见雪白羽箭呼啸而去，笔直刺透风幕，直取宫楼方向——岂料中途却被九歌掌心铁链缠绕拦截，下一刻，她已闪身来到他面前。

“告知红叶阁众兄弟，不准动手！”

靳柒沉声道：“恕我直言，人质必须死，即使这一局要输，也绝不能够输在这一环。”

九歌的手仍牢牢攥在他的腕间，“孤狼”效力未散，她的眼神看上去异常凶狠：“那位三公主，是我宁愿豁出自己性命，也不能放弃的挚友。”

“可是……”

“若我们连她也保护不了，这一战将变得毫无意义。”

如果这一战，要以百里云初的性命做代价，他们该如何去与沈莘交代？那将成为他们永生永世的噩梦，至死难以摆脱。

血还在淌，在青罗紫烟和玲珑蛊的双重效力下，纵然是墨祈也快要支撑不住了，他捂住伤口，忽而转头瞥向唐枫，嗓音低哑地开口。

“‘孤狼’之蛊虽能大幅度提升小九的力量，却也会无限透支她的身体，她坚持不了太久了。”

至此，胜算已格外渺茫，最后必须要做的决断，就是保存有生力量。

“唐枫，带着红叶阁的人撤退吧，我掩护你们。”

唐枫一眨不眨地注视着他，神色略显不忍：“你确定？”

“我确定，或许日后你们还有机会推翻这一切，只要记得好好活着。”

与此同时，九歌也杀掉了挡路的士兵，站在百里子潇面前。

四目相对，百里子潇对她自嘲地一笑，语气涩然：“小九，有些事只要尽力抗争过，问心无愧就好了，对吧？”

她凝视着他，没有回答。

“本王向来没有太宏远的志向，当初坚持要争这一皇位，只是为了保护你们，可如果失去云初，本王做这些又是图了什么呢？希望……你们不会怨恨本王……”

他一瞬盈于眼眶的泪水，彻底浇灭了九歌心底升腾的烈火，她紧紧攥了一下他的手，低声回答：“我懂了。”

她分明也做出了同样的选择，只是这番话却要由他亲口讲出，未免残忍。

她最后看了墨祈一眼，又见唐枫已带领红叶阁众人鬼魅般朝玄武门方向撤离，沉默半晌，终是毅然转身，施展轻功掠上百里华渊所在的高台。

李默警惕地挡在了百里华渊身前，却见她坦然松手，将作为武器的铁链扔在了他脚下。

在她俯身跪拜的瞬间，百里子潇也迎着百里华渊的视线，抛开了自己的佩剑。

“是我败了，你放了云初，是死是活，我都任你处置。”

那一刻，他听到了身后赵将军深深的叹息。

大局已定，百里华渊示意侍卫放开百里云初，后者倒退数步撞上墙壁，终于捂着脸泣不成声。

“临近登基大典，本宫不愿多添杀戮，况且潇王与本宫手足情深，一时糊涂难免，姑且发配去镇守皇陵，未经召唤再不许回返天都，也就罢了。”百里华渊摇身一变，恍若成为最以德报怨的贤良之人，眸中冷意隐藏极深，显露出的尽是兄长该有的宽容大度，他沉吟半晌，再度望向九歌，笑容和风霁月，“鉴于裴大人今日所为，也是因不忍见本宫与潇王手足相残才出此下策，本宫便不予追究了——明日登基大典，你将同时受封，成为绥国未来的皇后，这也是先帝的恩赐。”

是的，是先帝的恩赐，他自始至终都想让她母仪天下，辅佐太子笑看这锦绣江山，他曾经的言语像杯烈酒泼向火焰，轻而易举地燃尽了她的一辈子。

百里华渊见她一言不发，似有不悦，但即刻便在李默的暗中示意下，明白了她的顾虑，于是继续温声道：“本宫晓得你在想什么，只要你安安心心掌凤印入住露华宫，本宫就暂留墨祈一条命，这个条件你可满意？”

他已经付出了足够的耐心，直言不会立刻处死墨祈，也不会为难百里子潇和百里云初，唯一的交易条件就是让她心甘情愿地嫁给他。

只要她被皇后的身份牢牢束缚住，从此便再无逃离的可能，而东厂此次死伤惨重，墨祈又身中奇毒威胁大减，囚禁和折磨对方都在他一念之间，留其性命，并不意味着不可以令其痛不欲生。

报复的手段多得很，也不急于一时，最重要的是，他要得到的，已然得到了。

指甲狠狠嵌入地面缝隙直至出血，九歌已感觉不到疼痛，也没有眼泪。别无选择的事情要决定很简单，因为唯有那一条路可行，墨祈是生是死，全在于她一句话。

兜兜转转，最终依然免不了归于原点，不忍分离，不愿分离，结果只会让彼此的处境更加凄凉，要如何才能两全？

这是宿命，挣脱不开。

“多谢殿下网开一面，臣……感恩不尽。”

夜幕降临，乌云聚顶，星月无光，天地茫茫，仿佛永不醒来的深沉梦境。

二

百里子潇兵败，府邸封禁，家产被尽数抄没，新帝没有削夺他的封号，允许他以潇王之名前往皇陵镇守，终身不得再回返天都。

这着实无异于终身监禁，曾经热爱音律、向往自由的逍遥王爷，最终却只落得这样一个凄惨的结局，成王败寇，观者从来只有叹息的余地。

与此同时，元气大伤的东厂一朝易主，墨祈被囚于飞虹楼第七层，其督主一职交予千户方淮担任，另由锦衣卫差人司“监卫”职责，相当于将东厂完全纳入了李默的管理范畴。

至此，荣极一时的东厂终随先帝的逝去、潇王的兵败而迅速倾颓，锋刃消磨，寒芒尽敛，曾与之并肩而立的锦衣卫却经新帝提拔如日中天，指挥使李默掌兵权，受君王宠信，春风得意。

一道圣旨，天堂地狱，有人欢喜，亦有人痛彻心扉。

德贞皇帝继位,大修承德殿,改年号为永熹,五名侍妾均得恩典,由嫔位至昭仪不等。原御前女官裴氏九歌封后,掌凤印理六宫,因新帝心意果决,道先帝生前口谕即为如此,朝中无人胆敢提出异议。

值得一提的是，新帝宠爱皇后裴氏，于登基大典七日过后另行设宴，邀文武百官，力求极尽奢华，把女子闺阁出嫁的应行步骤悉数补给后者，一分未少。

古来都言帝王泽被众生、雨露均沾，现如今新帝却反其道而行之，这样的决定在坊间流传为佳话，令无数待嫁少女悠然神往。

只是没有谁晓得，也没有谁在乎，皇后对这一切，到底情不情愿。

露华宫中，金兽熏炉里的秋梨香清气袅袅，那是当初九歌推荐给墨祈的安神香料，他长久以来一直用着，如今她闻到这种味道，就会想起他。

流云绢衫细腻勾勒出她的曼妙身形，金线绣制的凰图嫁衣艳烈如火，九歌抬眸，平静地注视着铜镜里的自己，半晌款款起身，宽盈的两袖掠过鲜红光影。古有诗云：“婉转双眉远山色，裙拖八幅湘江水。”此刻的她，美得令人眩目。

“雁霓，大宴的时辰快到了吧？”

候在一旁的雁霓，闻言只觉心酸难抑，忍着泪轻声应道：“回娘娘，是。”

九歌略一颔首，目光却缓缓移向他处，将露华宫内殿的每一寸角落都细细打量着，语气幽幽，像是同她讲，又像是自语："这皇后的住处毕竟比秋水斋宽敞得多了，一想起今后都要住在这里，倒真有些不习惯。"

不知昭嘉皇后生前是否也会有同样的感觉，一个人独居偌大宫殿，幽深冷寂透骨寒凉，但想来前者比她要幸运多了，至少先帝和昭嘉皇后是彼此深爱的，而她，不过是用自由去为爱人和挚友换取一线生机罢了。

何其讽刺。

"九歌……"雁霓心中酸楚，无奈此时任何安慰都显多余，只低声回着，"这里没有外人，你若是难过，哭出来也无妨。"

"相识这么久了，你何时见我哭过？"九歌微笑，唇间朱樱一点轻弧柔媚，声音邈远如同来自不真实的梦境，"其实怎样都没关系，无论如何也不过是一辈子，只要他能好好地活着，我便什么都不求了。"

她曾经以为自己可以做到任何事，但事实上，她什么都做不了，成全不了挚友，也守护不了爱人。

她爱的男子，义无反顾地选择了这条不归路，就为那句难以兑现的誓言，耗尽所有值得期许的光亮。

嫁给百里华渊，是妥协，也是她能为他执着的最后一件事。

掌心慢慢覆上颈间冰凉的坠子，那是她始终不愿摘下的深刻纪念，珊瑚红玉薄薄一层光晕衬着指上蔻丹的颜色，仿佛又回到了那灯影憧憧的夜晚，就像墨祈浅笑轻言，还在身边。

屋外蓦然传来一阵有规律的轻叩声，时辰已至，她神色微滞，并未多做迟疑便放下了头顶珠帘，一步步朝门口行去。

朱漆大门向两侧推开，然而映入眼帘的身影熟悉无比，竟是沈莘到了。

九歌神色微怔："莘莘？你怎么会来？"

"来看看你，毕竟如今还能来看望你的人，也只有我了。"沈莘原本是想朝她笑一笑的，岂料这一笑极其勉强，好似下一刻就要哭出声来似的，"小九，你这身打扮真美。"

他以前不是没有设想过，九歌出嫁时会是怎样一番场景，总之嫁就要嫁给墨祈，到时候他要亲手操持那些大大小小的琐碎事务，百里子潇负责大婚配乐，百里云初还要现场朗诵一段自己写的祝词。

无奈一夕之间，本该一路同行的五个人，就这么分开了，大家都付出了惨重的代价，今生能否再度聚首，还是未知数。

而他唯一能为九歌做的，就是在此多陪她一会儿。

九歌瞧着他略显憔悴的面容，心知这段时日他也过得异常煎熬，她沉默良久，极轻地叹了口气："我一切都好，不要惦念，你记得照顾好自己，行事低调些，别引起皇帝无谓的怀疑。"

"我明白。"沈莘用力握了一下她的手，一包药粉顺着他的袖口滑落她的掌心，他低声道，"收好了，你和皇帝在一起时，能派上用场。"

那是他费心寻得的"梦庄周"，药性发挥作用时，能使人身心极其舒畅，直至辨不清现实与幻境。

他不能帮助九歌逃离皇帝身边，却能以此保证她清清白白，不必违心地去迎合皇帝。

话音未落，忽听远处传来一阵脚步声，是李默已经带人到达。

他目前是最受皇帝宠信的臣子，做接迎皇后这种尊贵的差事，也在情理之中。

李默行至跟前，负着双手似笑非笑地端详沈莘："沈太医怎会在此？"

沈莘的神情一瞬便恢复如常，他奇迹般从怀里取出一枚精致木盒，交到九歌手里，随即气定神闲地朝李默投去一瞥："鉴于最近太医院事务繁忙，有重要药剂需加快研制速度，今晚的大宴我便不去了，之前已和陛下讲明，我这次是特意给皇后送贺礼来了。"

九歌当着李默的面打开盒子，见里面是一串海蓝宝的手钏，并无异常，李默瞥了一眼，这才转开了目光。

"请娘娘移驾，前往含元殿参宴。"

他作势要来扶她，却被她毫不犹豫地甩开，九歌将装手钏的盒子递给雁霓收着，十分冷淡地回了一句："不敢劳烦李指挥使，本宫自己会走。"

而后她没有再朝沈莘望去一眼，头也不回地拂袖离开，脚步坚决。

沈莘仍站在原地，目送一行人逐渐消失在自己的视线中，风骤起，他似有所感地伸出手去，见有冰凉晶体自天际簌簌而落，在掌心缓慢融化开来。

下雪了。

三

飞虹楼不分昼夜，始终明亮，四面石壁幽寒凄冷，玄铁重链绑缚手脚勒进血肉倒吊半空，将曾经的东厂督主牢牢困在这方寸之地，不见天日。

墨祈低着头，望着脚下石板的一处裂痕静默无言，所谓时间，对他来说已经没有任何意义，除了等待未知的结局，他不了解自己还可以做些什么。

就像一盘棋，落子无悔，他从不后悔所做的选择，也能坦然承担由此带来的一切后果，只要在意的人都能好好活着，就够了。

别无他求。

不远处突兀地传来钥匙插进锁孔的响动，铁门被人费力推开，随即一抹纤柔身影便映入眼帘，他的眸光似是明亮了一瞬，而后复又归于寂灭黯淡，自嘲地转开了视线。

不是九歌，怎么可能是九歌？

是那个他最不愿意看到的女人。

百里宁紧咬下唇踌躇良久，终于还是下定决心，走到跟前来仰头看他，一双妙目泪水盈盈，她柔声唤着："墨祈。"

"长公主客气了，这时候还想着来见罪臣一面。"墨发散乱垂下，遮住如玉脸颊，纵然狼狈也仍旧不失那份傲气，他沉定迎上她的视线，目光深寒让人心悸，"东厂水井下药一事，有劳公主费心，那一味苍术散，实在好用得很。"

她浑身一颤，难以置信地睁大眼睛："你……你都知道了？"

唇畔勾起薄凉弧度，他冷嘲低笑："李默从来没有替你隐瞒的打算，他以此来讽刺我蠢得不可救药——事实上，我也的确没有料到这一招。"

他全然没有想过，被孤单与妒忌情绪所支配的女子会有多么可怕，她得不到自己想要的东西，便疯狂地决意报复，替百里华渊补上了最致命的一刀，将他拖入无底深渊。

"我只是气得狠了，一时糊涂……"百里宁在他眼中读出了不可挽回的绝情意味，她终于意识到，如果从前的他只是刻意疏远自己，那么现在的他，就真的是恨自己入骨了，她害怕地摇头，声音哀戚，"墨祈，你信我，我是为了你好，只要你肯同意废掉全身修为，终身禁足在宛宁宫中，不会再对陛下造成任何威胁，我……我一定能说服他放了你的！"

她总觉得，若令墨祈从东厂督主的高位跌落，让他失去现有的一切，成为普通人无所依仗，就能让他彻底死心，从而才会接受她的好意，到那时彼此之间便有了无数重写的可能。

所以她接受了百里华渊的邀请，踏入了这场计划周详的布局。

她不曾真正理解过他，又着实自作聪明得有些可悲，以至于到了这一刻，依然没有放弃说服对方。

“墨祈，我会尽全力庇佑你的后半生，你将无须受此牢狱之灾，并享有数不尽的荣华富贵，那样不好吗？”

“公主，我只问你一句。”墨祈没有理睬她在说些什么，他只漠然地继续着自己的思路问下去，“那一夜在宛宁宫，你刺进我肩头的那根金簪，是否与玲珑蛊有关？”

百里宁的脸色刹那间变得格外苍白，她惶惑地后退一步，纵然什么都没回答，眼神却已相当于默认。

“这也是……李默告诉你的？”

“李默没有告诉我，我却也猜到了。”墨祈道，“玲珑蛊虫遇酒即溶，常态时体形如丝线，不足半寸，可轻而易举地缠绕在簪尾之上，再随簪尾悄无声息地进入血液——我知道是当今皇帝教给你这些，而你执行得也当真完美。”

百里华渊的一杯酒，百里宁的一根金簪，双方用一对玲珑蛊，彻底证实了他对九歌深刻入骨的感情。这是他唯一的软肋，拿捏住了，便是致命的。

“公主，你以前不是常常问我，心里是否藏着别人吗？”他迎着她失措的目光，唇畔一点冷淡的笑意，没有丝毫温度，“其实在对我使用玲珑蛊的那一刻，你就该有答案了，我会如此痛苦，是因为裴九歌就住在我心里，多少年都不曾离开过。”

强忍许久的眼泪，终于瞬间淌落，百里宁恍然醒悟，无论再过十年还是二十年，一厢情愿永远都是一厢情愿，她是站在局外观望的落寞陪衬，无法靠近，无法拥有，做出的决定统统象征着毁灭，而非崭新的起点。

一切都源于那份愚不可及的执念。

她的情绪近乎崩溃，她努力地想要伸出手去，却触碰不到半空中他的面容：“墨祈，你是不是在恨我？”

墨祈阖上眼睛，声音稳稳的，无半分波动：“恨是当然的，如果现在能站在你面前，我定会亲手拔剑杀了你——不过说这些还有什么意义？你走吧。”

连愤怒也不屑，这算是最无情的答案。

“可你要明白……”百里宁颤声道，“若不肯跟我走，你便还是陛下的眼中钉肉中刺，裴九歌若心里念着你，他又怎么会轻易饶恕你呢？”

她是百里华渊用以试探他的最终一步，也是百里华渊同意给他的最后一个转机，一旦他拒绝，等待他的将是万劫不复。

“我明白。”墨祈叹息，“如果这就是结局，我认了。”

他都明白，也都接受，只因遇到了生命中注定的那个人，全心全意，至死不渝，付出任何代价也在所不惜。

“所以……”

他笑了笑：“我早就讲过自己不怕死，若让我一辈子困在宛宁宫，我宁愿一死。”

“你……”

“就请长公主今后，不要再来见我了。”

百里宁怔怔地站在原地，仅剩的期望一点点销匿在长明灯昏黄的光芒里，良久，她麻木转身，拖着沉重的步子朝来时路走去。

“哦，忘了告诉你，今夜陛下在含元殿大宴群臣，为的是给裴九歌补上一场夫妻之礼。她现在是绥国的皇后了，地位高贵，母仪天下，而你身为将死之人，终其一生也得不到她。”

言毕，她衣袂轻拂，消失在铁门后，再也没回头望上一眼。

是了，那便是最残酷的事实，他早就晓得了。

四周又恢复了沉寂，被重重铁链磨破见骨的腕部传来痛感，墨祈猛然垂首，剧烈地咳嗽起来，方才一直被强行压抑的玲珑蛊效力此时终于肆意蔓延，自四肢百骸归拢，削骨剜心般痛苦不堪。

他想见九歌，比以往的任何一次都要渴望见到她，然而越是抑制不住思念，蛊毒就越是深入折磨着每一根神经，侵蚀血肉，如千刀万剐。

鲜血从唇畔淌下，在地面晕染成刺目的海棠，她的嫣然笑意却恍若近在眼前，恰似柳摇花绽润初妍。

她曾无数次语调温柔地唤他，她曾说郎艳独绝，世无其二，就算看他千百遍也不会厌烦。

而他未曾说出口的是，自己又何尝不想长伴于她身侧，生生世世。

小九，你可知纵使三千劫难再难折返，我此生也沉沦得心甘情愿。

四

自搬进露华宫后，九歌夜夜不得安眠，唯一稍感安慰的是，沈莘给的那包“梦庄周”极其好用，只需将其藏在指甲缝里，抖落些许在晚茶之中，便能使皇帝渐生倦意，在梦中产生旖旎幻影，醒来后分不清现实梦境，只道已和她巫山云雨，得偿所愿。

但纵使如此，百里华渊也仍旧时常因她漫不经心的态度而略有愠色，他知她对墨祈的感情从没有消减过，而自己纵使得到了人，却断换不来她一心一意。

或许，是时候采取一些极端的办法了。

横竖如今身份已定，她想逃离是再也不可能了，诚然，墨祈活着是令她安心侍于君侧的良好牵制，可若是墨祈死了呢？或许痛一阵也就过去了，干脆令她完全绝了念想，能迎来别样的转机也说不定。

百里宁将答案带了回来，墨祈不同意，抑或是说，果断拒绝。很好，这个男人定要将自己往绝路上逼，身为君王又有什么理由不成全呢？

百里华渊决定将此事交给李默去做，他很清楚，谁都可能手软，但李默不会，一如东厂和锦衣卫明争暗斗这许多年，宿敌永远都是宿敌，没有让步的余地。

临近除夕，按照惯例，皇宫里四处张灯结彩，好不热闹，只是落在失意人眼底，却难免徒惹惆怅。

九歌离开露华宫，没叫雁霓跟着，独自沿着小路慢慢踱步去往御花园的方向，晚霞辉映下，新栽的那几树梅花衬着未化的积雪，暗香浮动，美不胜收。

她站在假山之下，垂眸凝视着那一池明镜般的清水，静默许久，终是哀声叹息。水面倒映出的宫装女子素面朝天、形容憔悴，哪里有半分皇后应存的仪态？她从前不是这样的，想来被囚入这扼杀自由的后宫就意味着再难回头，像是行尸走肉，戴着枷锁跳舞，日复一日也就把当初的自己都忘记了。

身后脚步声谨慎细微，似在不远处停驻，她没有回头，只冷冷开口：“谁？”

“臣东厂方淮，参见皇后娘娘。”

九歌心头一颤，随即猛然转过身去，面前的男人长相英俊刚毅，一双眼眸明亮有神，逐渐与记忆中熟悉的影像重合，不是当初的方千户又是谁？

“原来是方千户……噢，应该叫方厂臣了。”她微微颔首，笑得苦涩，“留下这么一个难收拾的摊子，也辛苦你了。”

方淮眉眼间不经意便显出几分愧疚神色，他躬身沉声应着：“若非督主提携，臣断不会走到今天，臣何德何能……”后面的话竟再也讲不下去了。

他是个不折不扣的武将，平时并不善于左右逢源，连口舌也略显笨拙，但九歌隐约听出了一丝弦外之音：“方厂臣，你是否有什么事情要告知本宫？”说着举步往阴影处挪了挪，顾盼四周，警惕着旁人经过。

然而回答她的是尴尬的沉默，方淮垂首而立，仿佛在隐忍着什么，手指在腰间佩剑上一分一分攥紧，青筋暴露，他蓦然抬眸正视着她的眼睛，一字一句恳求道：“娘娘，陛下对督主起了杀心，臣干预不得，只能冒着风险来求您了！”

九歌一怔：“什么？”

“飞虹楼的守卫加强一倍，且尽数换成了锦衣卫成员，臣费尽周折好容易才打听到，陛下是要将督主处以‘刺陵’之刑，由……由李默监刑。”话尾已然哽咽，铁骨铮铮的汉子，居然在她面前抑制不住地红了眼眶。

九歌双膝一软，眼看着就要跪倒下去，她狠狠抓着假山突出的石块，倔强地在方淮搀扶自己的前一秒挺直身体，指甲折断渗出血丝，脸色却苍白如飞雪。

“刺陵”之刑，残忍得令人闻而生畏，乃以特制小型弩箭发射尖利木刺，一根根打入受刑者体内，避开要害，只穿透最疼痛的穴位，每两个时辰十根木刺，共计百根，只为了让犯人体会那种血液慢慢淌尽的绝望感，痛苦难当，直至死亡。

是的，皇帝最后也没有打算要放过墨祈，她的妥协也不过是饮鸩止渴，唯一的用处就是延长双方受折磨的期限，再无其他。

“娘娘……”

“你不必说了，本宫都明白。”她闭目平息良久，终是缓缓背过身去，步入来时的道路，“接下来的事情交给本宫便是，方厂臣，你这就回去吧，切莫引起他人怀疑。”

东厂已不复当初荣耀，在锦衣卫的压制下连自保都岌岌可危，又有监卫时刻监视着，哪还有希望鼎力相助？方淮冒险见她一面算是仁至义尽，她也不愿意再把他往火坑里推——毕竟是墨祈曾经最忠心的手下，能维护的，她会尽力维护。

方淮默默望着她离去的背影，踌躇片刻，悲凉地叹了口气：“娘娘，臣另有一事相求。”

九歌脚步微顿：“你讲。”

“就算臣不说，恐怕娘娘也已经晓得，在东厂水井中下毒，害得东厂成员在逼宫那日战力大损的罪魁祸首是谁——督主会落得如此境地，也要在长公主的账上记一笔，所以如果娘娘将来有机会下手，千万不要心软。”

眸底无声无息地掠过凌厉光影，清澈明亮的瞳仁血色隐现，九歌平静地点点头：“那是自然。”

她没再多说什么，转身踏着积雪缓步离去，夕阳余晖自地平线那端退去，夜幕低垂，皇城再度迎来了幽沉浓重的黑暗。

百里华渊来到露华宫时已至深夜，彼时雁霓正准备将莲子汤端去给九歌，脚步匆匆，一时走神没看路，竟然就这么朝着他撞了过去。

在碗中汤汁即将倾洒的瞬间，雁霓居然还能冷静地思考，她意识到自己在此只是一名侍女，绝没道理反应敏捷地挽回这场意外，为避免暴露身手引对方怀疑，她只好任由莲子汤都溅在了他的身上。

“是奴婢一时粗心，求陛下恕罪！”

岂料她还没跪下去，就被百里华渊单手扶了起来，百里华渊并未理会被洇湿的衣服，他认认真真将她打量一回，眸中恍有奇异的光芒浮动。

“你是皇后身边的侍女？”

“回陛下，正是如此。”

“叫什么名字？”

“雁霓。”

百里华渊笑了笑：“抬起头来，让朕瞧瞧。”

雁霓依言抬头，一双秀气的杏眼映着月光，明亮动人。大约是来自江湖的关系吧，她与宫中其他侍女的气质有着微妙的差别，眼神里少了几分胆怯畏惧，显得从容飒爽。

有那么一刻，百里华渊感觉在她身上看到了熟悉的影子，她竟然像极了多年前与自己初遇时的九歌。

犹记当年的九歌只有十二岁，某日在长乐宫外的大路上，险些被疾驰而来的马车撞倒，彼时他掀开软帘，恰与她目光相对，他打量着她秀丽绝伦的面容，笑问她是谁，而她则落落大方地回答：“裴九歌参见太子殿下。”

她的眼神清澈而锐利，却自带三分妩媚风情，仿佛拥有着直达内心的魔力，他恍然意识到，原来面前这位招人喜欢的小丫头，便是皇帝曾经提起的下任御前女官的人选。

“待你十四岁继任御前女官的时候，大约已经出落成亭亭玉立的美人，令全皇城的子弟争相觊觎了。”

“殿下谬赞，九歌愧不敢当。”

“可本王却觉得，将来你一定当得起。”

事实证明，他的眼光从来不会错，而经世事变迁，当初的小丫头，如今已成了他的皇后。

记忆被拉回现实，百里华渊注视着面前的雁霓，不知自己为何会突然怀念起来，大约是往事难追，尽管他机关算尽得到了九歌，却再也找不回那时天真纯粹、总是对自己笑意盈盈的小姑娘了。

他稳了稳情绪，很快又恢复了一贯倨傲的态度，冷淡开口：“平日里记得尽心伺候，皇后若有什么需要，就吩咐宫内下人们去准备，别出半点儿差错。”

“奴婢遵旨。”

殿外的小太监扯着尖细的嗓音通禀：“陛下驾到——”

九歌自桌前起身，将发饰略作整理迎出去，见百里华渊已从正门迈进，她行至他面前，面无表情地福身行礼。

“参见陛下。”

“皇后免礼。”绣金龙的华贵长袍，衬着百里华渊那张魅惑无端的俊脸，他弯腰将她扶起，将手不着痕迹地在她腰间一搂，唇边一点哂笑别有兴味，“都是一国之母了，不施粉黛，也不花心思打扮自己真的合适吗？你总是这样朴素。”

九歌淡声道：“臣妾一向不喜浓妆，陛下应该很清楚才是。”

“你以前是御前女官，妆容素淡可以理解，但现在你是朕的女人，女为悦己者容的道理，你不会不懂得吧？”

“陛下所言极是，臣妾晓得了。”

“九歌，朕知道你在想什么。”百里华渊眯起眼睛打量她沉默的神色，半晌，悠悠然道，“你心里若还念着他，朕便断不能留他，朕不是没给过你们机会，只可惜你们都不肯珍惜。”

九歌脸色微沉，她抿紧唇角，仍是垂眸不语。

他想想又叹了口气，带着三分虚情七分假意：“也罢，现在就去见墨祈最后一面吧，和朕一起。”

语气平淡，像是在讲述某个理所当然的故事。

那或许是真正意义上的最后一眼，让她心寒，直至心死。

五

百里云初的新书《拆魂香》，内容已经接近尾声，原本这是一个历经艰险、修成正果的故事，而书中的五位主角：京城第一戏法师、江湖闻名的剑客、一曲难求的乐师、出宫游玩的公主和医术精湛的郎中，百里云初也早就给他们安排好了最圆满的结局。

可是如今，在提笔要写最后一章的时候，她却犹豫了。

美梦终究是美梦，人啊，不能一辈子都活在自己编织的幻想里。

所以故事的最后，戏法师和剑客分道扬镳，公主和郎中隔了千山万海，而乐师也终究没有和他心爱的姑娘在一起，所有的山盟海誓都随着无常的命运，成了遗憾。

——纵然明白重逢之日遥遥无期，我余下的几十年仍要被困在这深冷的皇城里，但至少我们曾经历的一切都是真实的，我会记得与你、与你们共度的最美好的时光，那些都是上天的恩赐，此生难遇。

这是《拆魂香》中公主的独白，也是全书的最后一段话，百里云初将那支紫玉狼毫笔置于原处，眼睛一眨，忽有泪水无声落下，水痕在纸面上缓慢氤氲开去。

琳琅侍于身侧，见此情景一时心酸，忍不住低声劝道："请公主不要难过，免得伤身伤神。"

"伤身伤神又怎样？比起他们，本宫的处境实在是好太多了。"她幽幽叹息，像是对琳琅叙述，又像在自言自语，"小九成了皇后，每天要面对着皇帝那张脸，不晓得有多苦闷；五哥被软禁在府邸中，七日后就要动身前往皇陵，本宫甚至都不能去送他一程；墨祈身陷飞虹楼，生死未明；而莘莘……本宫怕是……"

怕是再也不能如愿嫁给他，履行一生一世的诺言了。

她素来被兄长和挚友保护着，非但没能为他们做些什么，反而成了他们的负累，曾经许下的五人永远在一起的愿望，或许今生再难实现了。

还会有重逢的一天吗？她不知道，每每细想，绝望的情绪就更深一分。

最重要的人都不在身边，那么日后这偌大的皇城对她而言，便是一座寂冷的死城了。

是不是所有的孽缘，到头来都难免酿成无端灾祸，最终归于一场笑话？

九歌不清楚，她只记得当初御花园初见，少年步履如风掠过身边，她唤住他，他警惕地回眸一望，于是她便看清了那张俊俏如玉的脸，心跳没来由地急促了几分。

那时的她，认定此人将来必成气候，满心只想着替百里子潇培养一位有潜力的守护者，却不承想多年之后，当初的少年果真成长为值得依靠的男人，而她也在日久年深的相处中，对他情根深种。

墨祈始终对她情深义重，给予了她所期许的最深切的感情，她素来是不信命的，然而如今，她却鬼使神差般企盼着佛佑世人，哪怕最后的结果不能如彼此所愿，至少能把所有痛苦全部转移给她，换他下半生安好无恙。

飞虹楼的石级寒凉，那道走廊曲折回绕，仿佛永远也看不到尽头。随从的宫人都在楼外静候，她恍恍惚惚，始终被百里华渊圈在臂弯没有放松半分，两个人拾级而上，四面寂静，只能听得嗒嗒的脚步声，还有彼此压抑到极点的呼吸。

七层雕狮铁门，有锦衣卫成员驻守，片刻，李默自内室走出，撩开曳撒向二人行礼，抬头间风轻云淡，不见波澜。

“见过陛下，见过娘娘。”

“爱卿平身。”百里华渊轻笑，“皇后时常对重犯墨祈的处境心心念念，朕便带她来瞧瞧，你引路吧。”

李默应了一声，起身瞬间不动声色地朝九歌投去一瞥，目光中的深意复杂难辨，后者却读懂了——那大概是专属于胜利者的怜悯，以及暗藏其中的阴冷和嘲讽。

须知“刺陵”之刑，由他亲自监刑，而大家均心知肚明，任凭谁都可能心软，只有他李默，绝对不会。

铁门重新向两侧敞开的那一刻，感觉像是进入了另一个虚无的世界，九歌低头平息良久，直到心跳的频率完全超过了所能担负的限度，这才缓缓向前望去。

她第一眼就看到了浑身浴血的墨祈，原先倒吊在半空的他现在被镣铐固定四肢，死死地锁在了墙壁上，锋利的木刺根根钉在皮肉上穿透无数血洞，染透雪白内衫触目惊心，他紧闭双眼气咽声丝，甚至没有察觉到旁人到来。

那般清傲又不失温柔的人，此刻却在此受尽屈辱折磨，他为了她，为了对百里子潇的承诺，甘愿放弃阳关大道，堕入无间地狱，哪怕从此再也没有回头路。

痛彻心扉。

脑海中出现了刹那间的空白，她站在原地几欲倒下，又被百里华渊紧扣五指不得挣脱，只能定定凝视着墨祈的方向，半晌，眸底光影骤然熄灭，有两行清泪无声无息地淌过秀致的脸颊。

想这许多年，她留在先帝身边巧笑嫣然、八面玲珑，没有哪件事不处理得游刃有余，御前女官受荣宠万千，随侍君侧俯瞰众臣，她从不需要尝试苦涩的滋味。

但是未曾预料到，有一天会遇到那个命中注定的人，开始和结束这段情都疼痛不已，终是真真切切地成为自己的软肋。

“怎么，皇后不开心吗？”百里华渊意味深长地笑着，朝李默以眼色示意，“把罪臣墨祈弄醒，叫他看看是谁来了。”

半桶冰水从李默手中毫不迟疑地泼向墨祈，寒意侵袭顿时令后者颤抖着睁开了眼睛，发丝滴着水纠缠在脸上，茫然的神色一闪即逝，当他望见九歌的刹那，苍白的面容蓦然泛起些许潮红，那双本已丧失生气的黝黑眸子有点点温柔星光漫溢开去，不言不语，却惑人心弦。

是错觉吧，是梦境吧，他又见到了她。那身月蓝宫装映衬着柔弱含泪的眉眼，无处不在显示着她的境遇有多么难熬，况且她的痛苦，还是他给予的。

百里华渊从李默掌心接过那支小型弩箭，两手交替摆弄着，思忖片刻，最后从顶端拔下那根刚装上去的木刺，微笑着交到了九歌手里："反叛之贼罪不可恕，皇后身为国母，理应替朕分忧，严惩重犯，'刺陵'之刑中百刺已完成半数，这后半部分的第一根，就由皇后来亲自执行吧。"

就由皇后来，亲自执行。

细小的木屑划破柔嫩掌心，九歌狠狠攥着木刺，隐忍地一言不发，有那么一瞬她真恨不得直接倒转方向扎入自己心口，一了百了。可是她不能，她若死了，墨祈便也将失去唯一的生机，她做不到如此自私。

在令人窒息的沉寂中，李默默然绕过皇帝走到她面前，神情平静道："娘娘这边请。"然后又趁她转身之机向前一步，似笑非笑着提醒，"如果不肯刺下去，陛下势必会立即处死墨祈，应该如何做，相信娘娘心中自有定论。"

平心而论，他能体会到九歌绝望的心情，正如他当初不得不亲手杀掉慧昭仪一般，都是面对自己心爱之人，所不得不做出的选择。

所以他很享受这一刻，自己承受过的痛苦，终于要在宿敌身上重现，就好像久久积攒的仇恨终于有了发泄口，内心也能得到些许安慰。

他听到身后百里华渊朗声道："皇后还在犹豫什么呢？"

九歌明白，无论是进是退，都无法对受刑的结局做出任何改变，他之所以要这样安排，无非是要她亲手伤害自己最爱的人，这般残忍的方式，便是报复的最深境界了。

她麻木地回头，深暗眸色怨怼地停驻在他眼底，那是恨入骨髓的一瞥，意味着绝不原谅。

"臣妾遵旨。"

她拖着步子慢慢地走向墨祈，每一步都仿佛用尽了全身的力气，而墨祈自始至终含笑地看着她，心满意足，几乎忘却了五脏六腑灼烧的痛楚。

那清婉秀丽的面容，自己不知在记忆中勾勒了多少遍，分离的时间并没有多久，却漫长得像是相隔了天上人间。

她终于站在他的身前，是一伸手就可以触及的距离，然而她连安慰的相拥也给予不了，毕竟百里华渊还在后面虎视眈眈，她一时的冲动，便可能成为对方迁怒于墨祈的导火索。

所谓咫尺天涯，便是如此了。

她的背影暂时阻隔了百里华渊的视线，墨祈艰难地勾起唇角，被冰水浸湿的眉眼一如往昔般清俊无双，笑意浅淡，他没有说话，仅仅用唇形无声描摹出久违的呼唤，认真深情得刻骨铭心。

小九吾爱。

犹记宿城帐中，烛火摇曳，他提笔为她誊写瘟疫药方，而后在最末书下“裴九歌”三字，神清骨秀墨彩飞扬，一笔一画都饱含情意，而今想起，竟如前尘往事般难以释怀。

九歌再度哽咽，如泪河决堤，仿佛只需肆意这一回，此后尽归干涸枯竭，再无悲伤的能力。

她颤抖着举起木刺，复又颓然放下，满眼的绝望挣扎，如肠中冰炭不得消解，唯剩心凉。墨祈朝她微微点头，示意自己已做好了准备，他懂得她的无奈，事实上他有多苦，她就有多苦，一分一毫也不会少。

“墨祈……”九歌嗫嚅着，彷徨无措，四目相对，她紧紧咬着下唇，眼底映出的却是他微笑的倒影。

“别怕。”他缓缓开口，声音低沉嘶哑，却满含安抚，“这一下，就当作我欠你的。”言毕身体猛然向前一倾，束缚着的铁链被生生抻直，握在九歌掌心的那柄木刺毫无阻碍地刺进他的右肩，血汩汩而下，漏出她的指间。

她不忍下手，他便代替她狠心，这是最坦然的成全，抵过水墨丹青刻画的入骨温柔。

彼此之间更加靠近，他喘息着靠在她的肩头，九歌下意识地抬手扶住他，却听到他一字一句低笑道：“对不起，我只能以这种方式……和你道别。”

或许分离，再会无期。

百里华渊目睹这一幕，不屑地冷笑：“该做的都做了，朕看皇后也有些倦了，这就回宫吧。”

“陛下说的是。”李默迎上前去，放缓语气，很自然地向九歌一引，“娘娘请。”

九歌步步后退，眼神仍执拗地注视着墨祈的方向，玲珑蛊骤然发作，伤上加伤，后者冷汗涔涔，却终究毅然转开视线，不再回应。

既然迟早要别离，不如在此刻斩断得彻底。

百里华渊的手重新搭回她腰间，铁门无情隔绝与内室的联系，九歌被迫转身，失魂落魄地闭上了眼睛，近乎虚脱。

若一切都能重来一次呢？她依然不愿错过那个与他相识的深秋，哪怕最终也免不得沿着无法交集的轨迹渐行渐远。

爱便是爱了，她半分借口也不愿给自己找寻。

飞虹楼外月明星寂，清冷的光芒似为周身披上寒衣，仰头望去，仿佛从来没有如此清醒过。

她明白，自己已经到了做最终决定的时候，尽管那过程，撕心裂肺。

第十章 斩情丝

一

夜色深沉，雁霓端着新煮的安神茶进入内殿，见九歌正坐在桌前，注视着掌心那支黑檀木的剑簪出神。

那是墨祈雕给她的，每一处打磨过的痕迹，都饱含了他从不言说的情意，岂料直到如今，睹物思人，竟成了难以化解的痛。

“快收起来吧，免得待会儿皇帝来了看到，徒增他对你的怀疑。”

九歌将剑簪连同那枚珊瑚红玉的坠子，一并收在箱子的最底层，她从容抬眸：“皇帝今晚不会来。”

“为什么？”

“今晚潇王将要离开天都前往皇陵，算一算时辰也该到了，皇帝一定会去送他。”

雁霓神色迟疑：“皇帝一向视潇王为眼中钉，为何还会去送行？”

“这其中缘故，说了你也未必懂，总之……”九歌顿了顿，复又缓声道，“依他的性格，是必定要去见潇王最后一面的。”

那不仅是他们两兄弟的最后一面，可能也是百里子潇与所有人的最后一面，自此山高路远，要再重逢便不知何年何月了。

然而她不能去送他，所以就连这最后一面，也成了奢望。

雁霓叹息一声：“我能为你做点儿什么？”

“就趁今夜的好时机，帮我去给方淮方督主送封信吧。”九歌从怀中取出已封好的信纸，郑重其事地交到她手里，“记得告知方督主，阅后焚毁，不要留下任何痕迹。”

即使不看信中的内容，雁霓也能猜到八九分，她蹙眉反问：“你打算将墨祈偷渡出宫，对不对？”

“你现在倒是越来越聪明了，什么都瞒不过你。”

“这做法实在很冒险。”

“所以需要天时地利人和，一切条件都具备，才能成功。”九歌忽而自嘲一笑，“我也不愿冒险，但我没得选择，你也该明白，再耽搁数日，墨祈必死无疑。”

她不介意做任何尝试，只要能让他活着。

“雁霓，红叶阁的另一只传信鸟，是不是一直在你房间好好养着？”

雁霓略一颔首：“在呢，莫非你有事要联系阁主？”

“要把墨祈送出皇城，单靠东厂的力量是不行的，城外需有人接应——而我目前能想到的盟友，只有唐枫。”

“我明白。”雁霓低声道，“那将墨祈送出宫之后呢？你有什么打算？”

“信中已提到，让方督主派人去太医院，向沈太医借一位徒弟，名叫白芨。”

雁霓颇感不解：“有什么事是沈太医办不到的，定要让他的徒弟代劳？”

九歌淡然回答：“待东厂成员和沈太医提及此事，沈太医自然就懂了。”

白芨今年只有十六岁，据沈莘所言，此人天资聪颖，绝不亚于自己，假以时日，能代替自己的位置也说不定。最重要的是，白芨通晓失传已久的窒眠之术，能在重伤之人神思薄弱的时候，进行催眠暗示，辅以针灸之法刺激神经，强制性抹除伤者的部分痛苦记忆。

沈莘对她讲过，白芨此人，可以信任。

她要让墨祈永远忘了自己，这样他就能重新开始自己的人生，从此不必再受玲珑蛊的折磨，这才是最好的结局。否则他日日夜夜记得她，何谈自由？

听得雁霓轻声问道：“九歌，你还要不要去飞虹楼见墨祈最后一面？”

丝丝弥漫的秋梨香气中，九歌缓缓闭上眼睛，神情平静：“迟早都是要忘记的，何必在临走前还给彼此增加牵绊？不值。”

她幽幽道来，仿佛是世间最冷静睿智的人，却不知原本看不透红尘情事，唯有用谎言来蒙蔽真心。

有多疼，只有自己才清楚。

而在此时，风声猎猎的城外，百里华渊的马车踏月而来，拦住了百里子潇的去路。

百里子潇沉默半晌，飞身下马，恭敬地敛袖行礼：“参见陛下。”

“免礼。”百里华渊下意识地便想去扶他，可手伸至中途又收回，他平淡开口，“朕来送你一程。”

“臣乃戴罪之身，哪里值得陛下惦念？”百里子潇面上含笑，眼神却冷得没有一丝温度，“陛下还是请回吧，深冬气候寒凉，若是损及陛下龙体，那臣岂非罪上加罪？”

百里华渊一眨不眨地注视着他，目光渐沉：“五弟，你以前从来不会这样与朕讲话。”

“难道陛下还记得以前的事情吗？臣以为陛下早就忘了。”

“朕从来没有忘，忘记的人是你。”

眼底的光芒一瞬幽暗，百里子潇冷声反问：“你当真是这么认为的？这些年你是如何看待我的，你自己心里最清楚，早在你把这支玉箫还给我的时候，就已经怀着有朝一日要除掉我的念头了，不是吗，大哥？”

他从随身的行李中，取出了那支碧色通透的玉箫，末端的朱红流苏随风飘摇，似将记忆带回到遥远的曾经，重现了兄弟彼此扶持的岁月。

时光易逝，一转眼两兄弟渐行渐远，任凭那时的羁绊多么深刻，如今都再也回不去了。

“我始终把你视为最尊敬的大哥，也从没有与你争抢皇位的野心，但是无论我怎么解释，你都不肯相信，你只相信你自己。”他定定地看着百里华渊，那双曾墨色清澈的眼睛，沉淀了太多复杂难言的情绪，最终只归于唇畔一点苦涩的弧度，“你摸着良心问问自己，连杀父篡位的事情都做得出来，又何必在此跟我讲什么前尘旧事？我与你之间的兄弟情谊，从来就一文不值吧？”

百里华渊冷笑：“生在帝王家，又有什么亲情可言？朕只知道自己若不提前谋划好一切，将来便有可能成为他人登上高位的牺牲品，古往今来多少因心慈手软而导致的败局，朕，绝不能成为最后的输家。”

“所以我们没什么好说的，你是这么认为的，那无论先帝有多器重你、我有多尊重你，都改变不了你自私多疑的本性。”

“自私？朕原本也想过要当一个好哥哥，但自回到皇城之后，朕慢慢意识到，就算没有朕，你也一样能活得很快乐，那么朕的存在还有什么意义？”这是百里华渊第一次在百里子潇面前，讲出令自己多年无法释怀的事实，狭长凤眸微眯，他的眼神带着寒意，更带着多年不甘心的恨意，“不知从何时起，朕不再是你唯一可以倚仗的亲人，朕曾经珍视的感情，你已经看淡了。既然如此，朕又为什么要容忍你觊觎皇位？”

百里子潇提高音量厉声道：“我说过了，我根本就不在乎你的皇位！”

“可只要你活着，难保先帝不会哪一天改变主意，你始终是朕的威胁！朕只有坐上了这个位置才能安心，才能无所顾忌地去得到自己所有想要的东西，包括这江山，也包括一直都袒护你的裴九歌！”

“那你现在满意了吗？”百里子潇怒吼，“你亲手杀死了自己的父亲，你用亲妹妹的命来强迫小九当了你的皇后，你要的一切都有了，自然也不在乎失去我这一个弟弟，所以你何必还来见我这一面？你何必虚情假意？”

下一刻，百里华渊就牢牢钳住了他的手腕，力道之大，几乎听到了骨节不堪重负的轻响。

眼底清晰倒映出对方愤怒的神情，百里华渊切齿微笑："远远不够，朕之所以允许你活着，就是要让你亲身体会，余生几十年都孤独无依的感觉。朕会把绥国治理得更加强大，还要处死墨祈，彻彻底底得到九歌的心，至于云初，朕也会认真考虑她的最终归宿。你所在意的人，朕要么占有他们，要么毁掉他们——这样讲，你开心吗？"

泪水迅速充盈眼眶，百里子潇强忍着才没有让它们落下来，他咬紧牙关，猛地甩开了百里华渊的手。

"一定要如此绝情吗？"

"大概在你心里，朕自始至终都是如此绝情的。"

"事已至此，我根本不必骗你，这些年纵然不常与你见面，我却一直视你的荣耀为自己的荣耀，当初我真的相信，你日后会成为比先帝更英明的君主，因为你是我最亲的哥哥，我最信任的人。"百里子潇心灰意冷地摇头，"若非被你逼到那一步，我是不会选择背弃你的，然而现在，我并不后悔自己的选择。"

他在百里华渊的注视中，高高举起那支玉箫朝地面摔去，玉箫在两个人脚下裂成碎片，犹如再难拼凑的往昔。

他一字一句恶狠狠道："你放心，我会好好活着，等天道轮回，见你不得好死的那一天。而你我兄弟，就此恩断义绝。"

马蹄声远去，风卷沙尘，渐渐遮住了百里华渊的视线，直到再也望不见百里子潇的身影，百里华渊才垂眸看向地上支离破碎的玉箫残骸。

听得随行的太监总管在轻声劝："城外风太冷，请陛下回宫吧。"他点点头，俯身将那枚褪了色的朱红流苏捡起，收入怀中，方才转身朝来时路走去。

这样也好，反正在做出选择的那一刻，他便知百里子潇绝不会再原谅自己了，而他本也不需要原谅。

没有谁可以永远活在过去的记忆里，该斩断的东西，就该尽快斩断。

只是不晓得为何，在他迎风低下头的瞬间，眼角却已有泪痕。

百里子潇一行人行至中途，忽听远方遥遥传来急促的马蹄声，他只道是百里华渊设计好，要在到达皇陵之前将自己截杀永除后患，登时警惕地拔出腰间佩剑，严阵以待。

谁知进入他视线范围的那群黑衣人，却隔着一段距离纷纷勒马停住，列队整整齐齐地在等候，看上去并不像是来取他性命的刺客。为首的年轻男人抬起头来，一双妩媚狐狸眼，眉间一点殷红朱砂痣，俊美风流，不是红叶阁阁主唐枫又是谁？

“唐阁主？”由于不久前并肩作战过，也算共同经历生死的交情了，乍一见着唐枫，百里子潇觉得很是亲切，忙策马迎上前去，“你怎么会来？最近天都风声很紧，恐怕皇帝在四处搜查你们的下落，千万不要……”

“没关系，江湖人自有江湖人的生存方法，若是那么容易被朝廷发现，我们也就枉称第一杀手组织了。”唐枫笑道，“红叶阁成员打探到潇王今夜出城，我想着无论如何都应该来道个别，另外，身后那五名成员都是我的心腹爱将，他们会一路护送潇王到达皇陵，以保证你的安全。”

百里子潇惊道：“会不会太劳烦诸位了？本王何德何能，竟让唐阁主如此费心？”

唐枫一改平日里玩世不恭的态度，语气难得诚恳：“你是九歌的挚友，那便也是我的朋友，我曾起誓会尽力保护她想保护的人，所以潇王不必觉得内心不安。”

一提到九歌，百里子潇喉中猛地哽住，他涩然道：“本王也对不起小九。”

“可我认为，你已经做得不错了。”唐枫由衷道，“我第一次从九歌口中听到她对潇王的评价，是赤子心性不喜纷争，我想你最终能做出逼宫夺位的决定，是出于那份不可推卸的责任，所以我很敬佩你。”

百里子潇迟疑良久，终是艰难开口：“唐阁主，本王有个不情之请。”

“你讲。”

“皇帝已然直言，不会放过墨祈，如果有可能的话……”

“如果有可能的话，红叶阁定会出手相救，请潇王放心。”

他苦笑着点点头：“多谢唐阁主，此恩无以为报。”

唐枫道：“你只需依照九歌的愿望好好活下去，等待东山再起的一天，就算是报答我了。”

还会有东山再起的那一天吗？百里子潇不知道答案，但他可以确定的是，只要自己还没死，就绝不能放弃。

“本王明白。”

“除此之外，我这次还带来了一位特殊的朋友。”讲到这里，唐枫眉眼间恍然浮现出几分微妙的笑意，“因在路上偶遇，得知这位朋友也是来给潇王送行的，所以兄弟们便好心护送了她一程。”

百里子潇颇感疑惑：“唐阁主确定？须知称得上是本王朋友的人，此刻应该都被困在宫中，并不能出城送行。”

“不，我想这一位，对你来说会有格外重要的意义。”

话音未落，只见唐枫身后的红叶阁队伍中，有人拍马上前，抬手缓缓摘掉了遮挡半边脸的宽大兜帽，随即一头柔顺秀发便倾泻而下。

她含笑看向百里子潇，蛾眉如黛，双瞳剪水，美得令天际月光也黯然失色，是他记忆里最念念不忘的样子。

百里子潇一时怔忡，半晌才勉强找回自己的声音："锦……锦瑟……"

她温柔应着："嗯，是我。"

大约是太久未见了，蓦然看到彼此，除了满眼酸涩的泪意，竟都不知该从何开口。

百里子潇犹豫再三，终是低声问道："锦瑟，你怎么会……"

"来找你。"锦瑟的回答简洁非常。

"来……来找我？"

"而且我已用这些年的积蓄，和玉娘解除了惊鸿楼的契约，我现在是自由身，今后跟随你去哪儿都可以了。"

百里子潇大惊失色，下意识反驳："这不是胡闹吗？我现在被贬黜到南山皇陵，随时都可能招致杀身之祸，你跟着我做什么？"

"我还没问你，你倒先问我了？"锦瑟神色微嗔，"若我不来找你，你是不是打算这辈子都不与我见面了？"

百里子潇哑口无言，在她面前，他总难免小心翼翼，像是做错了事情的孩子，见她生气就会手足无措。

他嗫嚅着："可是……我现在一无所有，只是个落魄至极的、名义上的王爷，锦瑟，我什么都给不了你了……"

"正因如此，我反倒没了先前的诸多顾虑，你如今从皇家的牢笼里挣脱出来，反而给了我能永远陪在你身边的理由。"锦瑟抿唇一笑，眼神赧然，却也温暖，"你和皇帝之间的故事，民间都已传开了，无论百姓们如何看待，哪怕他们都觉得你是乱臣贼子，我却了解你有多么善良勇敢，又为此做出了多大的牺牲。你是我喜欢的人，也是值得我依靠的人，我不求你能给我什么，只要一生一世不离不弃的承诺，就够了。"

从此，她终于可以安心留在他身旁，拥有他全心全意的陪伴，也不必担心会失去他了。

百里子潇红着眼眶笑起来，他忽而扬鞭缠在她的腰际，使得她离开马背凌空而起，不偏不倚地落在了他怀里。

他在她耳畔低语："我求之不得。"

唐枫提醒道："距离天都越近就越不安全，此地不宜久留，两位还是尽快离开为妙。"

百里子潇用力搂住锦瑟，他于马上深深一躬，但觉满腔谢意无从讲起，唯有藏于心底铭记。

"唐阁主，我们后会有期。"

骏马绝尘而去，红叶阁其余成员紧随其后，四面荒凉的夜色里，最终只剩下唐枫一个人。

唐枫静默许久，仰头望向星辰点缀的夜空，天光倒映在他墨色的眼底，恍若泛起温柔的涟漪。

有这样一段终成眷属的插曲，总算让全部故事显得不那么悲伤，而自己，何时才能与心爱的姑娘重逢呢?

他不晓得，正在此刻的露华宫外，雁霓放飞了红叶阁的传信鸟，而那只鸟的爪上，就系着九歌的亲笔信。

三

三日后。

日薄西山，李默奉皇帝旨意，率锦衣卫精英成员前往麟城执行任务，与此同时，飞虹楼守卫力量减弱，现出了破绽。

风暴来临之前，惯常静寂无声。

九歌坐在窗前，手捧一杯清茶，眼神毫无波澜地望向天边斜阳，雁霓就站在她身边，垂眸沉默。

"雁霓。"

"在。"

"该交代给方督主的事情，都交代好了吗？"

雁霓点头："都交代好了，方督主托我转告你，他定会将一切布置妥当，保证墨祈顺利出城。"

九歌又问："唐枫回信了吗？"

"传信鸟在半个时辰前就到了，我见你独自出神，便没告诉你。"

她接过雁霓递来的纸笺，见上面的字迹清逸潇洒，确实是唐枫所写。

信上只有一句话：准时城外接应。

她低声叹了口气："算一算，我还真欠了你们阁主不少人情呢。"

雁霓笑了笑："大概在阁主心里，关于你的这笔账，从来就没清楚过吧。"

九歌垂眸，将回信缓缓靠近香炉，使其在微弱的火光里逐渐燃烧起来，她沉默半晌，忽而若有所思地朝门外看去。

"有人来了。"

檐下细巧的银铃蓦然发出轻盈响动，随即熟悉的身影未经通禀便出现在视线内，负责引领的小宫女诺诺退下，只留那位女子在内殿，充满敌意地站在原地。

百里宁还是老样子，碧色千水裙勾勒出盈盈身形，眉目清秀温婉，只是眼底汹涌的深暗怨恨却无论如何也掩饰不住，她就那么微扬着下巴瞪视九歌，不开口，亦不肯行礼。

雁霓在旁似有不悦，但碍于身份不能说些什么，只好将试探性的目光转向九歌，谁知九歌竟不温不火，反而从容抬手示意："给长公主看座斟茶。"

对方的来意九歌很清楚，然而九歌究竟知晓多少，对方却不一定了解，百里宁神色间的恨意悄无声息地融入她墨黑的瞳仁，像天降冷雨，衍生了另外的念头。

茶韵清幽，百里宁毫不推辞地坐在对面，掀开青花盖子轻啜一口，勾唇哂笑："娘娘好兴致，墨祈在飞虹楼身受重刑，你却还有心思细品好茶。"

这句话不偏不倚正戳在心底痛处，九歌眸色渐暗，笑容也淡了不少："哪里，比不得长公主用心良苦，设下巧局。"

"此言何意？"

"长公主刻意要本宫亲口解释，未免显得多此一举。"九歌没准备陪她卖关子，明锐目光于她眼底不着痕迹地掠过，寒意凛然，"青罗紫烟和玲珑蛊的效力尚未消解，长公主却主动跑来露华宫兴师问罪，也真是奇事一桩了。"

百里宁的脸色瞬间苍白无比："我听不懂你在讲什么。"

"公主或许觉得本宫眼瞎心盲，不了解这一切缘由，但你总不致蠢到认为，幕后操纵者会永远替你保守秘密吧？"她轻笑垂眸，无声无息地隐去一抹冷然光影，"得不到的东西就毁掉，这大概是皇家人的一贯作风，公主恨墨祈入骨，想要葬送他的一辈子，本宫可以理解，却不能原谅。"

百里宁万没想到对方竟晓得全部真相，满腹质问嘲讽的言辞生生被截回，她银牙暗咬，终是恨恨不已："既然你都知道了，我也没必要否认，但你又有多了不起？使尽手段令墨祈对你死心塌地，等他失去了利用价值就立刻抛弃，转身嫁给另一个男人，如今更是放任他在飞虹楼受尽屈辱，自己心安理得地享受荣华富贵，你不愧吗？”

雁霓忍不住轻喝一声：“放肆！”

“放肆？我就是要在她面前放肆！”百里宁冷笑，投向九歌的眼神近乎偏执，“裴九歌，你摸着良心想一想，自己有什么值得墨祈付出的？他会有今天你同样脱不了干系！你才是最该死的那个人！”

“墨祈为我付出了多少，我值不值得，又是否该死，都和你毫无关系。”九歌叹息，缓缓向后靠在描花圈椅里，秀致的面容平静漠然，将所有深痛情绪都藏于眼底，不露痕迹，“本宫不妨清清楚楚告诉你，就算日后要下十八层地狱，那也是本宫自己选择的，轮不到旁人指责——真遗憾，你自始至终都愚不可及，所以墨祈宁死也不愿顺从于你，我想，他大约和我一样，由衷地看不起你这种蠢货吧。”

“你说什么？”

“你没听清吗？在他眼里，你就只是一个自私自负，又无人怜惜的蠢货而已。”

百里宁气得浑身都在颤抖，泪湿眼眶，她终究不愿显露半点儿脆弱，反而越发挑衅地抬起头：“那又怎样？你以为自己赢了？说得没错，我是得不到他，可至少我有本事毁了他！这辈子你们两个修不成正果，很大一部分是拜我所赐，我知足了！”

她为了那个遥不可及的男人，为了存在于幻想中的温暖陪伴，放弃了身为皇族之女的全部尊严，一次次放低姿态去陈情、询问、恳求，只盼得有朝一日能让他回心转意，岂料他依然满心都装着不可能的别人，连认真看她一眼都不屑。

自己可是最尊贵的公主啊，为何要遭受此等不公正的待遇？

她怨恨，她不甘心，她试图抓住每一次荒唐的机会，就为了能把他留在自己身边，却终于还是一败涂地，凭什么？

她也不明白至今所做的一切，到底是要报复墨祈和九歌，抑或是要报复孤单绝望到极致的自己，但那些都不重要了。

手指在裙面上用力攥紧，九歌隐忍地静默着，低低道了一句：“你真是疯了。”

“对，我是疯了。”百里宁忽然神经质地笑起来，她慢慢起身，一步一步靠近，腕上的银镯随着动作发出阵阵轻响，声声落在人心坎上，“母仪天下的皇后娘娘？墨祈一心一意想要保护的女人？裴九歌……墨祈要死了，你就该随他去！”

“你说得对。”九歌也笑了，笑如琼玉天光，娇妍万千，“既然你这么为墨祈感到冤屈，不如直接杀了本宫，也算遂了心意。”

百里宁闻言一怔。

“怎么？你不敢杀本宫？”九歌笑意更深，她起身步步逼近对方，毫不掩饰眸中嘲讽之色，“你不是想要本宫死吗？既然你已经间接害死了墨祈，那么若是本宫还活着，你的报复计划怎能完整？”

“你……”

“方才说得那么义正词严，本宫还以为你有多大的胆子，原来也不过如此，犹如跳梁小丑，图个自我安慰而已——也罢，恕本宫直言，像你这种可悲可笑的女人，后半生都只配待在那座幽深寂冷的宛宁宫里，无人关照，孤独至死。”

“裴九歌！我现在就让你死！”

最后一句蓦然拔高音调近乎凄厉，话音未落，百里宁已迅速从怀里拔出一柄匕首，毫不迟疑朝九歌心口扎去。

恨意遮迷双眼，做出没有退路的决定只需一瞬间，根本无暇考虑后果。

九歌从百里宁拔刀那一刻就意识到了后者的目的，然而出乎意料，她不闪不避，甚至还一把推开了冲上来意欲阻拦的雁霓，只微微侧过身子，任由那道寒光准确没入了自己心口，她甚至还向前一步，让刀锋扎得更深一些。

鲜血如花绽放，在向后倒去的刹那间，她无声无息地朝雁霓投去一瞥，自唇畔浮现的笑容意味深长。

没有谁能猜到她此刻在想些什么。

两个时辰后，西面飞虹楼燃起熊熊大火，留守的锦衣卫成员被尽数屠戮，干柴堆满了古老石阶，一级一级烧上第七层，是毁灭，也是救赎。

石楼不会倒塌，远远观去，只见木制窗口有烈焰蓬发，像自九天而下的碎裂金芒，浩然荡涤了往昔罪孽，将全部印记付之一炬。

三

当飞虹楼大火被迟来的宫人扑灭后，内部除了无数具焦黑的尸体，什么线索也没留下，上至顶层，属于墨祈的那具焦尸早已面目难辨，但从身形骨骼上判断，尚可给百里华渊打一剂强心针，证明那确是墨祈本人。

至此，无论是谁都猜不透乃何人所设之局，最具有说服力的答案，便是方准担心将来事态峰回路转，墨祈会夺回自己的督主之位，故而暗中痛下杀手，永绝后患。这一猜想，在方准得知墨祈死讯后，尽力掩饰却依旧不免露出得意之色的反应中，也隐约得到了证实。

任凭百里华渊再聪明绝顶，也未曾想到在这场九歌亲手策划的局中，一切都是假的，就连方准精湛的演技，也是她思虑周全的产物。

百里华渊并未召方准直接询问，反而安抚了李默，没有让后者因那几名横死的锦衣卫去找东厂的麻烦。横竖这个结果都是他想看到的，有人急不可耐代他完成，总好过他亲自下令执行——退一万步讲，出了这档子事，他便能理直气壮将墨祈之死归于意外，在九歌面前也好解释，不致令她太过记恨自己了。

况且他现在没有心思再纠结是谁杀了墨祈，该死的已经死了，当务之急是要把九歌救过来才好。

事实上，比起飞虹楼纵火，更让他惊怒莫名的是百里宁伤了九歌。那一刀太狠，停留在心口上方不足一指距离，稍一偏离就会致命，尽管如此，太医院的人也还是表示，皇后失血过多，加之心火旺盛五脏郁结，到现在还昏迷不醒，情况恐怕不妙。

“一群废物。”他脸色阴郁立于内殿之中，一双狭长的眸子寒光毕现，他转头，目光冷冷掠过李默，“长公主带走了吗？”

“回陛下，已按照您的意思，关进暗狱了。”

暗狱是比天牢更可怕的地方，向来只关押穷凶极恶的死刑犯，原先都是东厂派人看守，如今东厂没落，已由锦衣卫接手。

“很好。”他抚了抚眉心，白玉扳指光泽莹润，恰到好处地掩饰了眼底杀意，“叫人把该用的刑具都准备好，一样一样给她试着，但是别毁容，日后还有用。”

李默闻言略显惊讶：“陛下当真要如此对待长公主？毕竟她是……”

“是朕的亲妹妹？”百里华渊冷笑，“若她没有做出这种混账事，朕不介意一辈子给她锦衣玉食，将她好好养在宫里——可是现在她伤了九歌，这是不可饶恕的，朕能留她一条命，已算恩赐。”

“臣明白了。”

“另外，太医院的人都到齐了吗？”

李默略作迟疑：“还差沈太医，原本他是急着要赶来的，但中途被臣拦下了。”

沈莘平日里虽行事低调，却也难免有蛛丝马迹掌握在锦衣卫的手里，三公主百里云初时常出入太医院寻他，可见两个人关系交好，而百里云初又与百里子潇、九歌联系紧密，故而很难说沈莘在当初逼宫夺位的那一战中起到了什么作用。

这些疑点，百里华渊心里都很明白，不得不承认，他早已产生了杀机，只是暂时留着沈莘性命罢了。所以李默了解百里华渊的性格，自然也不可能再让沈莘过多亲近九歌。

“做得不错。”百里华渊面无表情赞了一句，复又问道，“朕记得，沈莘有位年轻的弟子名叫白芪对吧？听闻他没什么背景，但是天赋异禀，医术造诣不在沈莘之下，是当之无愧的后起之秀。”

“陛下的意思是……”

“是时候找人，代替沈莘的位置了。”

恰逢此时雁霓将刚熬好的汤药送来内殿，见了百里华渊正欲行礼，便听他淡淡地吩咐道：“雁霓，你即刻前往太医院，把白太医带到露华宫来。”

他居然清楚地记得了她的名字，也是怪事。

雁霓恭敬地应了一声，将药碗放下后便出门去了，在确信已经彻底离开他视线的一瞬，她神色渐冷，不禁加快了脚步。

她想了很久，九歌被刺伤前露出的那抹笑意，究竟是在暗示什么？这一刻，听百里华渊提起白芪，她恍然便有些明白了。

九歌的这步棋，未免走得太冒险。

沈莘正等在太医院门口，见她出现忙迎上来，开口第一句就问：“皇后娘娘怎么样了？”天晓得他不被允许进入露华宫，内心有多焦灼。

“娘娘仍在昏迷之中，陛下差奴婢前来，召白太医去往露华宫为娘娘医治。”

彼时白芪就站在沈莘旁边，闻言一愣：“陛下传召的是我？”

“没错。”雁霓笃定地点头，复又看向沈莘，“沈太医，恕奴婢直言，陛下怕是已经对你有所怀疑了。”

“这我知道，他疑心那么重，不信任我也属正常。”沈莘叹气，“白芪，娘娘那里就全靠你了，有情况及时告知我。”

白芪利落应道：“请师父放心。”

雁霓又道：“还有一事，奴婢想着，应该让沈太医知晓。”

“你讲。”

“沈太医大约猜不到，长公主此次之所以能顺利伤到娘娘，是娘娘故意给她留了破绽。”

沈莘又惊又疑：“为何？”

“奴婢斗胆揣测娘娘的心思，娘娘大约是想利用白太医的窒眠之术，再配合她演一场戏。”

关心则乱，沈莘一时竟没有完全理会她话中深意：“白芪的窒眠之术……已经在墨祈身上奏效了啊，如今墨祈早就离开了皇城，难道小九是想在自己身上使用第二次？”

白芪沉默半晌，似有所悟：“娘娘或许只是利用我的窒眠之术当个幌子，并非真的要我抹除她的记忆。”

“正是如此。”雁霓欣慰颔首，“至于要怎么令陛下深信不疑，就看白太医你的本事了。”

沈莘略显担忧地朝白芪投去一瞥：“你有多少把握？”

“我一定尽力而为。”白芪认真回答，“当初承蒙师父提携，我才有机会进入皇宫钻研医学，从而不必在乡下的医馆里庸庸碌碌一辈子，现在也该是我报答师父恩情的时候了。”

“你这么年轻，将来要走的路，或许比我要长得多，你终会成为比我更优秀的皇城医者。”沈莘沉吟片刻，斟酌着言辞开口，“白芪，稍后你见了陛下，若他问起你要什么奖赏，你就告诉他，想取我而代之，成为太医院首席。”

白芪大惊，惶惑摇头：“师父！这怎么行？”

“按我说的去做。”沈莘很耐心地解释，“你必须要让陛下看见你的野心，他才更容易相信你。”

“可如果陛下当真同意了……”

“没有如果，他一定会同意。”

对于自己的前路，沈莘考虑得很清楚，他知道百里华渊迟早要对自己下手，所以他冷静地认为，这是令白芪取得百里华渊信任的最好时机，要好好把握才是。

他能为九歌做的不多，只这一件，希望能真正帮上她。

白芪注视着他，眼眶微微发热：“师父……”

“快去吧，别耽误了娘娘的救治。”

雁霓狠下心肠，用力将白芪扯离了太医院，在两个人走出很远之后，她忍不住又回眸望去，见沈莘单薄瘦削的身影仍立于原地，一动未动。

没有谁晓得他此刻在想些什么，唯有罡风猎猎，将过往记忆都冻结。

半个时辰后，百里华渊在露华宫听到了白芪关于窒眠之术的详细讲解，诚然，他对此生出了极为浓厚的兴趣。

毕竟心病难解，会直接导致九歌伤势难以痊愈，若能从根源上解决九歌对墨祈的感情，那当真是再好不过了。

“你可有十足把握？”

“请陛下放心，此乃臣祖传秘术，臣研习多年，断不会出现差错。”

“你准备怎么做？会不会有什么后遗症？”

白芪宽袖交叠，不疾不徐道：“回陛下，窒眠之术前后需要施针七次，期间臣会给予病人强烈的心理暗示，令病人逐步忘却潜意识里会使自己产生痛苦情绪的记忆——除了可能让娘娘性情上稍作改变外，并无太大副作用。”

“也好，只要能救人。”百里华渊似有所感，唇畔隐现笑意，“墨祈已死，让她完全忘了是应该的，更何况……她原先那性子，也该改改了。”

白芪垂首称是，李默在旁阴鸷地望过去，见对方神色平静坦然，似成竹在胸，虽心中异样，却终究无话可说。

窒眠之术他也略有耳闻，但施行之后是福是祸，谁也无法保证。

听得百里华渊唤道：“李指挥使。”

“臣在。”

百里华渊深深向内殿投去一瞥，低声嘱咐着：“你且在这守着，白太医有需要随时满足他，朕先回承德殿，晚些再过来。”

李默颔首应下：“臣定当竭尽全力守护娘娘，协助白太医。”

百里华渊冷淡颔首，忽而又像想起了什么，抬眸一瞬不瞬正视着他，眸色浓重：“还有，飞虹楼一事按照天灾处理，怎样处置风言风语是你的责任，朕只要最后结果。”

“臣了解，必当妥善安排。”

“好。”

明黄身影逐渐消失在长廊深处，李默沉吟半晌，眼神清锐地扫过白芪眸底，带着窥透人心的洞察力：“白太医，我希望方才你与陛下所言句句属实，莫要出半分差池。”

白芪笑得不卑不亢，清秀面容波澜未起，便如闲聊般自如：“指挥使说笑了，事关娘娘安危，下官若没有十成把握，怎敢贸然开口？”

“白太医倒真是医术精湛，未来定当前途无量。”

白芪谦逊地低下头，悄无声息地隐去了眼眸深处那一丝清芒：“下官无非是太医院一个小小御医，每日仅知钻研医书而已，只盼得上天眷顾，令娘娘早日康复，换陛下龙颜大悦赏赐些许，也就心满意足了。”

李默敏锐听出了几分弦外之音：“白太医想要何种赏赐？不妨说与我听，必要的时候，我自会找准时机，替你向陛下进言。”

白芪笑了笑：“不瞒指挥使，如今下官的医术，在皇城中已难逢敌手，但因下官年纪轻资历浅，没有资格同太医院的众多御医争夺一席之位。更何况有师父刻意打压，可能再过十年，下官也很难熬出头来，有真正施展抱负的机会。”

“你觉得沈太医影响了你的晋升之路？”李默冷冷扬眉，“的确，若是没有他在，你或许会有更广阔的施展空间。”

“下官只是希望，能与师父公平竞争。”

面前的少年尽管稍显青涩，但眉眼间的锐气显露无遗，李默注视他良久，见他的目光毫不躲闪，从容非常，这才缓声答道：“运气好的话，也许你根本不必费心去竞争，就能得到一切了。”

“指挥使此言何意？”

李默哂笑一声：“你日后就懂了，陛下若是听到你这番话，一定很高兴。”

“谨遵指挥使教诲。”

“而你当前的任务，是尽心医治好皇后娘娘，她才是你愿望成真的保障。”

“下官遵命。”

白芪朝李默行了一礼，转身撩开那道锦绣交错的帷幔，重新进了内殿。

内殿的宫人们已尽数被百里华渊屏退，雕花牙床上，九歌正安静地沉睡着，在海棠洒金的被褥簇拥下，她的脸色显得越发苍白透明，长长羽睫垂落，有种不食人间烟火般脆弱的美感。

为不打扰窒眠之术的顺利进展，李默并未留在原地，而是举步去了庭院等候。他并不知晓，在自己合上宫门的那一刻，九歌就睁开了眼睛，眸色清冷，异常清醒。

她反手扣住了白芪搭在自己腕间的手指，淡淡地夸奖着：“做得不错。”

白芪低声道：“娘娘早就醒了？”

“并没有醒太久，只是恰巧听到了你们的谈话而已。”她轻叹一声，“和李指挥使讲的那番话，是你师父教的？”

她了解沈莘，也懂得沈莘这样做的用心良苦，正因如此，才更令她坚定了为在意之人争出一条前路的决心。

“是。”白芪略作犹豫，终于还是忍不住开口，“娘娘，您的这步棋，太险了。”

九歌浅笑：“亏得雁霓聪明，才让本宫这一刀没有白挨——接下来，要看你怎么做了。”

“娘娘不惜用性命做赌注，臣若不全力以赴，岂非辜负了娘娘的信任？只是……”白芪再度强调，“娘娘果真决定了？”

“嗯。”她似有些倦态，懒懒地重新闭上双眼，失去血色的唇瓣微微上扬，勾起漫不经心的弧度，“白芪，要替本宫瞒过所有人，你是断不会失误的，对吧？”

“请娘娘放心，窒眠之术的秘密永远都只会是秘密。”

“沈太医果真没有信错人，辛苦你了。”

白芪恭谨垂眸：“能为娘娘、为师父尽一份力，是我的荣幸。”

她几不可见地缓缓点头：“很好。”

很好。

墨祈，从此刻起，我将在一个天衣无缝的谎言里继续活下去，替你，替潇王、三公主和莘莘，也替曾经的自己，把那些所承受的痛苦统统还回，半分不差。

我说过，即使日后要下十八层地狱，那也是我心甘情愿，绝不后悔。

你曾给过我风月琳琅，也曾许过我碧水潇湘，至此，却要将执念流亡，过往埋葬。

天知否，应须怜我，情深入骨，为君成狂。

四

九歌因伤元气大损，缠绵床榻将近两月，直至仲春。在此期间，她始终伪装成昏睡无力的样子，甚至没再见过百里华渊一面，原因是白芪以窒眠之术需前后进行七次，且不能受过多打扰的借口搪塞皇帝，终是给她争取到了安心休养的时间。

百里华渊接受了白芪的说辞，耐心等待九歌痊愈的那一天，对他来讲，凤凰涅槃便意味着重生的绚烂，没有了关于墨祈记忆的她，从此当可一心一意与己厮守，再无异心。

听起来，像是个迷惑人心的诺言。

四月上旬的某日，碧空如洗，日光晴好，刚刚过去的一场雨，将天地间冲刷得干净清亮，仿佛已荡涤万千尘埃。

露华宫终于传来消息，说皇后娘娘今晚将备好美酒佳肴，沐浴更衣，只等陛下驾临。

殊不知，有人难掩欢喜，有人自怀心机。

浴房檀香袅袅，窗前帘帐都放下，只投进些微朦胧的光亮，调了玫瑰汁的清水温度刚好，一丝丝将魅惑气息渗入如雪肌肤。九歌将身体全部沉入水中，纤细的手指自水面划过，带起一道浅浅的涟漪。

雁霓站在旁边，剜了皂角熬的膏子，在她柔顺的发间仔细揉搓着，半晌，禁不住低声问道：“你这样刻意许久不见皇帝，就不担心他会移情旁人吗？”

“分开的时日越久，他就越念着我，错不了。”九歌漫不经心地勾起唇角，笑容意味深长，“我虽算不上太了解他，却也多少懂些他的心思，越得不到的东西他就越想征服，断没有放弃的道理。”

“那你的意思是……”

九歌缓声道：“也该适时给他一点儿甜头尝尝，毕竟我要坐稳皇后的位置，总得稍稍有些作为，譬如……得君欢心。”

得君欢心，将那曾经不屑一顾的荣宠尽数收拢，归于指间。

约莫两烛香光景后，她擦干身体步出浴桶，披了件烟罗轻衫径直前往内殿，雁霓托着块素白巾子迎上来，屏息凝神替她将湿漉漉的长发裹好，引着她来到梳妆台前。

铜镜中映出素面朝天的容颜，玉葱般的指尖轻柔划过眉眼，九歌自嘲地笑着，似是对雁霓讲又似自语：“这副不施粉黛的样子连我自己都看腻了，更不要说是皇帝，也罢，今儿个就好好收拾下，也不枉我大病这一场。”

雁霓闻言，将妆奁里的碧玉盒子取出，托在掌心给她瞧：“这是琉璃坊的上好脂粉，叫‘芙蓉面’，据说粉质细腻也不致俗艳，最适合你。”

九歌抿唇一笑：“你倒是很在行。”

“在宫中待久了，耳濡目染，要记住这些并不难。”雁霓熟练挑了点胭脂，沿着肌理在她两颊慢慢推开，动作轻盈柔和，“但我觉得，你不管如何装扮，都很好看。”说着又取了个扁圆的莲纹粉盒，用棉纱给她细细扑上一层香粉。

石黛沾水，沿着双眉形状精致描画，颜色加深渺如远山，衬着一双星子般摄人心魄的秀媚眼眸，顾盼间溢彩生辉，细腻的肌肤笼上淡然红晕，当真像从画中走出一般美不胜收。

雁霓从后面将她的长发散开，使各类繁复发饰绾作凌云髻，点缀以千叶攒金牡丹花钿和凤头步摇，赤金缠珠的坠子在耳畔垂下，轻轻颤动，恍若不真实的梦。

九歌起身，鸾鸟朝凤的樱红宫装招展开来掩住纤纤身形，袖襕处刺绣华美，腰间碎珠流苏光影迷离，散发出无与伦比的皇家贵气。

有美人兮，华如桃李。

将近酉时，百里华渊在承德殿批完奏章后，连随侍也没带便赶来了露华宫，他舍去龙袍换了件雅致的月白竹纹衫，戴紫金冠，若不知他是皇帝，还以为是谁家养尊处优的少爷。

他一进门便站着不动了，沉默片刻，回身低声问雁霓："你家娘娘呢？是不是还没准备好，朕太心急了？"

他难得有此瞻前顾后的时候，看上去倒像个情窦初开的少年，可见九歌所言是对的，许久未见，他果然没有半分移情，反而越发想念了。雁霓心底冷笑，却只敛了目光福身行礼，婉声道："陛下请入座，娘娘在内殿挑首饰呢，说这是大病初愈后与陛下的第一次相会，要格外上心才行。"

看来白芪做得不错，那窒眠之术确实有效果。

这样想着，百里华渊微微眯起双眸，语气颇为感慨："世人皆言女为悦己者容，依皇后原先的心性，怎么可能会着意为朕梳妆打扮？"

雁霓道："但是如今，娘娘的确是心甘情愿的。"

话音刚落，忽听不远处门声轻响，随即九歌曼丽的身影便出现在他的视线之内，美人娉婷妖娆，如琪花瑶草占尽风流，艳色裙摆翩跹若蝶，烟视媚行，每一步都带着让人沉醉的魅惑流光。

记忆中，他素来不曾见过如此妆容的她，原来褪下那层冷淡疏离的隔膜，面前的人儿竟是这般勾魂摄魄。

"劳陛下久等了。"九歌款款走近，袖襕拂过香风一阵，抬眸间有点点风情无声漫溢，"先前是臣妾疏忽大意，也不知陛下喜好的口味如何，就吩咐御膳房做了些拿手的，还望陛下莫要见怪。"

"你有这份心，朕就知足了。"百里华渊神色复杂地凝视她半晌，而后朝她伸出手去，像是试探，"病了这许久，身子可好些了？有不舒服的地方就立刻找白太医来，过两日朕把西域进贡的好东西都送到露华宫，你慢慢吃。"

九歌坦然地将手指搭上他的掌心，媚声回道："没想到陛下也有这么孩子气的时候，西域那些补品吃多了恐怕更要遭病，还是分给各宫妃嫔吧，也免得生起闲言碎语，道臣妾独占皇宠，不甚贤德。"

百里华渊不禁失笑："你如今的性子，可比以前讨人喜欢多了。"

"大概是大病之后，什么事都能想得开阔些了吧，臣妾如今觉得，还能留在陛下身边伺候着已是莫大的福气，实不该再奢求太多。"

"朕等你这句话，等得实在太久了。"他凤眸微眯，语调说不出的温柔，"你是皇后，是朕所爱的女人，朕会将天底下最好的事物赐予你，必定不会亏待你一分一毫。”

“多谢陛下厚爱。”

“另外，朕尚有一事告知于你，是……关于墨祈。”

九歌一怔，神情似有些疑惑：“好端端的，为何要提起墨祈？他不是因协助潇王发动叛乱，已被革去东厂督主一职了吗？”

她的眼神毫无破绽，没有恨意，反而有几分淡淡的笑意，在对视中逐渐化解了百里华渊的最后一丝顾虑。他终于有了几分信心，知她是真的不记得关于墨祈的事情了，于是轻声笑道：“朕只是无意间想起，他死在了飞虹楼的那场天火里，觉得天道昭彰，报应不爽。”

“陛下说得是，自古乱臣贼子没有一个能得到好下场，墨祈这也算一了百了，省去陛下不少烦心事。”九歌以袖掩面，将杯中酒一饮而尽，再度望向皇帝时依旧是和风霁月，“陛下别光忙着与臣妾说话，尝尝这道八宝烧鸭，鲜美得很。”

百里华渊由着她敛袖举筷给自己碗中夹菜，良久，深深叹息一声：“细想起来，最近一段时日诸事纷杂，朕也没怎么安心吃过一顿饭。”

“朝中大事自有那些老臣帮忙操持，陛下大可交由他们处理，事后再过问也不迟。”九歌曼声道，“臣妾原是御前女官，那时看先帝被政务烦累，也是颇为心疼，须知人生在世短短数十年，名利皆为身后事，须得保重自己才是。”

“朕要让你看着，自己终将成为比先帝更英明的君主。”

她将椅子挪得近了些，纤纤手指抚上他的脸颊，轻言低语：“在臣妾眼中，陛下已是最英明的君主了。”

“还远远不够，但是有你陪着朕，来日方长，朕会把该做的都慢慢做到。”他攥住她的手，闭上眼睛，声音低缓像是梦呓，“九歌你知道吗？曾经的朕，从未想过会有这样一刻。”

九歌微微扬起下巴，在他看不到的角度勾唇冷笑：“臣妾也是。”

酒过三巡，小宴接近尾声，纵然精明如百里华渊，也不禁因心情愉悦而多饮了几杯，醺醺然略有醉意。目光蒙眬中，他看她显得越发秀美绝伦，仿佛巫女洛神，不可方物。

面前是他多少年来最求而不得的女子啊，他终于等到了她完全属于自己的这一天。

他是君临天下的帝王，只有他，才是她后半生最好的归宿。

在那两泓秋水的注视下，百里华渊忽而起身，直接将她打横抱了起来，他低下头去，温热呼吸拂在她耳畔：“九歌，良辰美景，莫要辜负了才是。”

“陛下好生心急。”她半推半就倚在他胸前，回手取过自己的酒杯，指甲于宽大袖口的掩饰下在杯沿轻轻一磕，瞬间便有“梦庄周”的粉末融入液体，“须得先饮完这最后一杯。”

百里华渊接杯一饮而尽，杯盏自指间滑落，他俯身小心翼翼地将她放在床上，眸底星光熠熠，清晰倒映出的是她的模样。

他说：“九歌，唤朕的名字。”

她眸色微哂，语调却婉转至极：“华渊。”

床前帷幔缓缓落下，百里华渊含笑回身将灯烛弹灭，在屋内陷入黑暗的一瞬间，倦意却如潮水般袭来，很快便淹没了仅存的意识。

他再一次陷入了近乎真实的绮丽梦境里。

第十一章 不如初

一

自那晚以后，百里华渊对九歌的赏赐越发频繁，金银首饰绫罗绸缎自不在少数，奇珍异宝同样是流水般往露华宫送，皇后冠绝后宫的本领，可见一斑。

宫中流传着皇后伤情初愈后性情大变的说法，大部分都是九歌派人散布出去的，为的是做戏做全套，力求让所有人都相信这一事实。

恰逢这一天风和日丽，她喝完御膳房送来的参汤，回眸看向在旁刺绣的雁霓。

“别绣了，随我去趟暗狱。”

“去天牢做什么？”

九歌目光渐沉，低声冷笑：“自然是去探望长公主，许久未见，我很关心她是否一切安好。”

雁霓立即会意：“希望她还活着。”

既然百里华渊肯将百里宁关进暗狱，那么暗狱中所有的刑具，百里宁恐怕都已经体会过了。

约莫一个时辰后，九歌来到了暗狱大门之外，正巧李默也在，两个人打了个照面，他看着她，似有疑惑。

“暗狱阴气太重，娘娘何故到此？”

“来看看险些置本宫于死地的人，敢问指挥使，长公主在此过得如何？”

李默平静道：“在此留守的锦衣卫成员奉陛下旨意，令她吃了不少苦，她半昏迷的时候，总是无意识地在叫墨祈的名字。”

九歌漫不经心地笑了笑：“没想到长公主竟对一个叛臣贼子念念不忘，也算痴到极致了，难怪先前会迁怒于本宫，像疯了一样。”

“娘娘对墨祈，难道就没有半分印象了吗？”

“印象自然是有的，当本宫还是御前女官的时候，在朝堂之上也没少与他打交道，否则长公主也不会怀疑本宫和墨祈存着什么莫须有的关系了。”九歌从容回答，“本宫记得那时，指挥使和墨祈一度剑拔弩张，如今墨祈已死，东厂元气大伤，指挥使自此便可高枕无忧了。”

她说的这些客套话，李默并不在意，他只在意她提到“墨祈已死”四个字时的神情，竟然毫无波澜，半分悲伤的痕迹都没有，仿佛只是死了个与她毫无关联的人，连惋惜都不屑。

他也曾失去过最重要的人，若非全然忘却，不会是这样的反应。

“臣，多谢娘娘吉言。”他薄唇微抿，随即便侧身让开了位置，“娘娘请。”

九歌略一颔首，示意雁霓在门口等候，而后衣袂轻拂，款款走向暗狱深处。

当不远处的牢门被缓缓推开时，百里宁惶恐不安的情绪再次蔓延到了四肢百骸，因为她不知道等待自己的又将是何种酷刑，是针刺火烤，抑或是尝试那些令人痛苦万分却不会置于死地的毒药。

但很快她就意识到了更令人绝望的事情，因为门外出现了九歌的身影。

那身妃色宫装如乱花迷人眼，发间的凤翼珠钗金光熠熠，无处不昭示着其主人骄矜的气场，她死死盯着对方含笑妩媚的眼睛，本能地想要躲开，无奈四肢都被铁链缚住，挣扎也只是有心无力。

九歌笑着开口：“这里感觉还不错吧，长公主？”

久违的怨恨再度袭上心头，百里宁恶狠狠道：“好得很，只是时时懊恼，为什么那一刀没能直接把你杀了！”

九歌笑意未减，一双美眸却寒意渐深：“杀我，你有那个本事？”

“就算你活着，也无非是皇帝的掌中玩物，和我一样，是他局中的一步棋而已，又有什么可骄傲的？”

“棋局如何从来只是聪明人的游戏，有些人注定要愚蠢到死，请不要将自己与本宫相提并论，你还不配。”

百里宁愤怒地把双臂用力向下一拖，铁链不堪重负发出一阵清冽响动：“所以你到底在炫耀什么？这就是你为自己放弃墨祈所找的借口吗？”

“本宫不明白你为何要提起墨祈，他已经死了，听说是在飞虹楼那场大火里被烧成了一具焦尸，没有人告诉你吗？”

“那都是你害的！裴九歌！”这句话像根利刺戳中痛处，百里宁终于失控，撕心裂肺地哭喊出声，“你为什么还在皇后的位子上安稳坐着？你这个贱人！你早就该死！”

九歌拈起酸枝木台案上的细长银针，托在掌心凝神端详，许久，她敛去眸底万千凌厉光影，抬眸莞尔：“本宫能够坐上这个位子自有其道理，你纵然心有不忿，也难以改变既定的事实——长公主，执迷不悟的结局是什么，你不懂吗？”

百里宁呆愣片刻，蓦然间神经质般哈哈大笑起来：“什么结局？皇兄难道还会为了你杀我吗？他不会的！他只是一时糊涂才把我关在这里，等他气消了就会放我出去，到那时我依然是皇城内最尊贵的长公主！”

“你确实是长公主，身份犹存，本宫也从没有否认过这一事实啊。”九歌平静地扫过她蓬乱的长发和褴褛的衣衫，笑得云淡风轻，“你可知陛下因何授意，让你受尽折磨却不带一丝伤痕血迹，并留下你这张国色天香的脸吗？”

百里宁银牙暗咬，只怨怼地盯着她看：“我不知道，也不想知道。”

“但本宫觉得，应该让你有些心理准备。”九歌柔声道，“最近一段时日，边境不甚太平，尤其以野蛮善战著称的白狄族更是蠢蠢欲动，它与靖国间的距离远比绥国相近，一旦二者勾结起来，将对绥国造成极严重的威胁。”

“你跟我讲这些有什么意义？”

“当然有意义啊，你是绥国的长公主，又是陛下的胞妹，理应替陛下分忧。本宫听闻白狄族族长好女色，若将尊贵的公主送去和亲，必定能体现绥国诚意，也免得双方动干戈起战火，令生灵涂炭，这难道不是一桩美事吗？”

嫁往蛮夷之地就意味着远离家乡，终生不得再回返故土，且白狄族是出了名的野蛮民族，到了那里会受多少委屈折磨还是未知数，无异于把女子往火海里推。

果然，百里宁闻言大惊，眼中恨意更甚：“一派胡言！皇兄绝不会答应这种荒唐事的！”

“陛下是明君，自会权衡利弊，做出损失最小的决定——莫非你还能比一国的和平稳定更重要吗？”

“听听你说的这些话，倒好像是真心为皇兄考虑似的，别装了！”百里宁反唇相讥，“难道你不应该恨极了皇兄吗？你见到他时就不会想起某些人吗？你不会一闭上眼睛就像做了场无边的噩梦吗？裴九歌，你的心肝被狗吃了！”

尖酸的讽刺看上去并未在九歌心底掀起任何波澜，后者只是微抿了下唇角，不紧不慢地应着：“虽然不太了解你的意思，但念在你神志不清醒，本宫也就不计较了，有那时间，我们倒不如做点儿正事。”

掌心银针顺着铁链空隙，轻而易举地刺入指缝，缓慢却不曾停滞半分，十指连心，那种剧痛可以想象，百里宁逃避不得，疼得抓狂叫嚷，尖厉的音色震荡耳膜，听起来毛骨悚然。

“这就受不了了？本宫觉得还不够呢。”针在嫩白指尖旋转着，长长羽睫下所有的光芒都被遮掩，九歌将另一只手抚上她的脸颊，再到脖颈，最后到心口，笑容三分冶艳七分邪气，和从前的自己判若两人，“长公主，你该清楚，本宫确实不是彻头彻尾的恶人，然而也绝对不是什么好人，所以，有仇必报。”

百里宁终于意识到九歌和原先不一样了，但又得不到具体明确的认知，这种摸不着边际的茫然令她瞬间陷入比疼痛更剧烈的恐惧感，几乎连一句完整的答话都讲不出。

“裴……裴九歌……”

“听你叫本宫的名字，还真是有种别样的感觉，不过，你这是在害怕吗？”九歌笑得颇为愉悦，“估计锦衣卫把该试的办法都试过了，反正你暂时也出不去，接下来要换点儿什么新鲜玩意儿呢？或许可以……尝一尝哑药？”

百里宁身体刹那间瘫软，几欲崩溃。

大约是懒得再继续纠缠下去了，九歌直起身打量对方半晌，终于松手把针拔了出来，她扶着斑驳陈旧的墙壁低下头去，凑近百里宁耳畔，以几不可闻的音量轻声笑道：“时至今日没有谁会再相信你，你终将为自己所做之事付出代价。”

她转身翩然离去，未再回头看上一眼，锦衣卫成员恭敬地为她敞开大门，他们奉自家指挥使之命，于暗地里听了许久的内室交谈，彼此眼神都有点儿难以掩饰的不可思议和庆幸。

九歌晓得，李默之所以毫不阻拦地允许她进入暗狱，为的就是利用百里宁，对窒眠之术的效力做最后一次确认——这场戏她乐得去演，因为只需完成这一步，今后无论是百里华渊还是李默，都绝不会再有怀疑。

她要赢，就得坚持到底，瞒过所有人，甚至是催眠自己。

从前的裴九歌已经死了，和墨祈一起，在飞虹楼那场连天焚烧的烈火中让灵魂成魔，至此再也不知心软为何物。

三

漫长时光不过弹指瞬间，盛夏的脚步悄然临近，自长乐宫移栽到露华宫的那两棵合欢树也到了盛放时节，远观满树绒花吐艳，似晚霞降临，美不胜收。

九歌习惯性地坐在窗前，半眯着眼睛看向落在庭院里的阳光，姿态慵懒，也分不清是嗔是喜，只一味沉默。

雁霓走过来，将刚绣好的花样给她看，她淡声应了一句：“手艺又精进了。”

“你压根就没认真看，当我瞎呢？”雁霓气道，“特意给你绣的，就算不喜欢也得装装样子吧？”

九歌无奈："喜欢喜欢，你绣的花样，我哪一样不是穿在身上了？我刚才只是在想些旁的事情。"

不必细讲，雁霓也能猜到她在想些什么，于是没有多问，只故意岔开了话题："你对我绣的花样没兴趣，那你对阁主的来信总该有兴趣吧？"

"唐枫来信了？"九歌警惕地抬眸，"你没有把我受伤的事告诉他吧？"

"事实上我告诉了，不过是在你痊愈之后才告诉的。"

"他没生气吧？"

雁霓小嘴一撇："他知最近风头较紧，特意让两只传信鸟分别带来两封信，拼在一起才能看完整，可见还能保持冷静，没有情绪失控。"

九歌险些被她逗笑："那他在信中说了什么？"

"他说尊重你的一切计划，但也保留自己随时刺杀皇帝，或者直接进宫把你抢走的权利。"

"他明知道那是不可能的事情，还说这种孩子气的话。"

雁霓严肃道："你别小瞧我们阁主，为了你，他是什么都做得出来的。"

九歌幽幽叹了口气："我不怀疑唐枫的实力，我只是相信，他不会鲁莽到那种地步。"

"但其实想一想，若你随他去闯荡江湖，应该会比在皇宫更快活吧。"雁霓扳着手指，认认真真地算，"阁主在江湖上有很多朋友，也有很多仇人，你跟他在一起，绝对会格外潇洒刺激。"

"你这丫头，莫非是在牵红线点鸳鸯吗？"九歌不轻不重地捏了下她的脸，"你现在可是在跟一位皇后讲话，被旁人听去了，就是杀头的大罪。"

谁知下一刻，雁霓却忽然揽住了她的肩膀，在她耳边低声叹息："可我明白，皇后之位与自由，你更想要后者。"

不是所有人都渴望居于高位的荣光，相比起自由和所爱之人，那些都不值一提。

九歌沉默许久，直到眼底泛起久违的泪意，然而尚未等她开口，就听庭外传来熟悉的脚步声——是当今皇帝的脚步声。

雁霓忙起身站好，装作恭恭敬敬的样子，余光瞥见百里华渊着一袭水色常服，正朝这边缓步走来。

九歌神情一瞬恢复如常，优雅地行礼："参见陛下。"

"没有外人在的时候，你不必同朕如此客套。"百里华渊抬手扶起她，又顺便将她被风吹乱的长发理好，眼神带笑，“在赏花吗？”

“是，臣妾瞧这合欢花开得正好，很是喜欢。”

“朕记得那时你住在长乐宫，就对这两树合欢情有独钟，所以朕才命人将它们改种到了露华宫内。”

她轻轻巧巧地勾起唇角，眉眼含俏地看向他：“难为陛下还记得，臣妾惶恐。”

百里华渊低声道：“只要是你喜欢的，朕都记得，更何况一生一世，与子合欢，此花寓意甚好。”

“臣妾何德何能，竟让陛下金口玉言，许下一生一世？”九歌婉声道，“不过陛下此次前来，怕不只是为了说这些情话，来哄臣妾开心吧？”

百里华渊轻笑道：“朕这次来，是要告诉你一个好消息，送往白狄族和亲的人选，已经定了。”

“哦？陛下最终选定了谁？”

“你明明都猜到了，还要跟朕装傻？”

她秀眉微扬：“臣妾只知长公主是最佳人选，却不敢妄断陛下的最后决定。”

“考虑到绥国安定，要与白狄族建立长期友好的关系，和亲势在必行，而既然和亲对象是白狄族族长，朕只能送去一位尊贵的公主，才算诚意足够。”

九歌从容颔首：“陛下英明，是百姓之福。”

“另外，既已谈到这里，朕认为当初被先帝一再耽搁的、与靖国皇室联姻的事情，也该一并提上日程了。”

不祥的预感霎时袭上心头，九歌神色微沉，听得他已悠然开口：“三公主云初已经到了出阁的年纪，一直居于宫中也不合规矩，朕深思熟虑，觉得应该给她寻个好归宿——像白狄族那种野蛮的边境部族自然不行，可靖国实力与绥国旗鼓相当，还是配得上她的。”

“陛下，若两位公主同时远嫁，今后您的身边，就连一位能说体己话的兄弟姐妹也没有了。”

百里华渊深深看她一眼：“你该明白，即使是兄弟姐妹都在身边的时候，朕和他们也没什么体己话好讲。”

他说得没错，一时竟让九歌无力反驳。

“九歌，朕有你就够了，从来没有与其他人交心的必要。”

九歌笑得颇为勉强，她试图通过进一步劝说，将此事暂缓：“陛下，您当真认为依三公主的个性，能担当起稳固两国关系的重任吗？”

“云初的个性的确有些莽撞，但朕身为兄长，理应给她成长历练的机会，毕竟她不仅是朕的妹妹，也是绥国的公主，有些责任是与生俱来的，她责无旁贷。”

责无旁贷，多么冠冕堂皇的一句话，就此便可葬送百里云初后半生的幸福。

九歌将所有深刻的恨意都藏于眼底，再一抬眸依旧笑意嫣然，不疾不徐地应着：“陛下说的是。”

“朕知道，你从前与云初交情甚好，不忍心看她远嫁也属正常。”百里华渊话锋一转，带着安慰的口吻温柔道，“不如晚膳之后，就辛苦你去趟连云宫，代为传达朕的旨意，这样她也许能更容易接受些。”

佛口蛇心，当真便是对面前这个男人最好的形容了。

九歌晓得，这是他对她的忠心的试探，自己非答应不可，否则只会将事态推往更难以预料的方向。

“能为陛下分忧，是臣妾的荣幸。”

她在他含笑的注视下转过身去，不着痕迹地与身后的雁霓对视了一瞬，两个人刹那间都在彼此眼中读懂了对方的意思：若无转圜余地，便只能依靠红叶阁出手。

真到了那么一天，就必须在送亲队伍进入靖国境内时，截杀护卫，抢走百里云初——这样就能将责任推到靖国皇帝身上，而不致引起百里华渊的怀疑。

但无论她决定怎么做，都不能提前告知百里云初，这种事知情者越少就越安全，否则很难保证百里云初会不会在情绪激动的情况下，扰乱计划。

演戏须得天衣无缝，只好暂时委屈她的公主殿下了。

三

是夜。

月凉如水，连云宫的琉璃飞甍在天光映照下流溢着别样光彩，清澈朦胧，像是刻意编织出的梦境。

百里云初手持书卷枯坐桌前，半眯着眼睛看那摇曳不定的烛火，不晓得在想些什么。

直到听见小太监在外通禀：“皇后娘娘驾到——”她猛然起身，又惊又喜地朝殿外望去。

映入眼帘的是一袭雍容华贵的锦绣宫装，九歌掀开软帘款款步入，见到她后温声唤道："公主。"

她扑过去紧抱住对方，情难自控，声音里几乎带了哭腔："小九，你终于来了！前段时日听说你被大姐刺伤，我又不被允许出门探望你，简直快要急疯了！"

九歌任由她抱着，神色从容地安慰："公主不要担心，本宫这不是好好的吗？许久未见，公主在此一切可还顺心？"

百里云初敏锐地听出了她刻意疏远的语气，拥抱的双手缓缓松开，有些迟疑地看向她："你该明白的，我怎么可能会顺心呢？"

"公主日常若有需要，差人来露华宫知会一声就好，本宫自会为你妥善安排。"

"我什么都不缺。"百里云初蹙眉，良久才斟酌着言辞问道，"小九，最近和陛下相处得怎么样？"

虽然她如今相当于被软禁的状态，要离开连云宫很难，但仍然享受公主应得的待遇，所以琳琅偶尔也会去御膳房、尚衣局和尚设局等地，为她置办日常吃穿用品。某一日琳琅回来，很犹豫地告诉她，自己在御花园看到了皇帝和皇后在一起赏梅，且两个人神态举止都极为亲密，可见恩爱非常。

她起初是不相信的，哪怕宫中到处尽是关于皇后独占圣宠的传言，也依旧认为九歌只是在逢场作戏，内心绝不可能对百里华渊屈服，可此时她当真见到了久违的九歌，却突然迟疑了。

九歌的眼神、笑容，甚至是讲话方式，都陌生得很，不再是她记忆中如晨光般明亮温暖的挚友，这样的认知，令她瞬间恐慌起来。

而后下一刻，她就听到九歌坦然回答："陛下待本宫情深义重，在与陛下相处的这些时日里，本宫自然没有一天是不快乐的。"

"小九，"百里云初难以置信地摇头，"你不似从前了。"

"人都是会变的，若公主定要如此认为，那大概是因为病这一场之后，本宫对很多事都看淡了吧。"

"你看淡了什么事？对于曾经熟识的所有人，你也都漠不关心了吗？"

九歌轻笑："公主指的是谁？要知道，本宫对公主一向很上心，何来漠不关心一说？"

百里云初定定地瞧着她，一字一句掷地有声："我指的是，墨祈。"

墨祈，这个令她日日夜夜都难以忘却的名字，多少次梦中辗转思念，醒来后枕边却躺着别的男人，心中有多绝望苦涩，只有她自己清楚。

然而她一句也不能解释，连云宫除了琳琅，所有的宫人都可能是百里华渊安插的眼线，她但凡露出些许破绽，传到百里华渊那里，就会引起他的怀疑，届时前功尽弃。

所以，即使她已经读懂了百里云初眼中的失望之色，依然只能狠着心肠，讲出最薄情的话。

“为什么所有人都跟本宫提起墨祈？一个死于飞虹楼的罪臣罢了，难道本宫还要顾及之前同朝为官的情谊，时时刻刻记起他不成？”

百里云初忽而哽咽：“是啊，你也晓得墨祈已经死了，他疼你护你将近十年，最后在你心里，就只留下了‘罪臣’二字。”

“公主究竟在讲些什么？本宫越发糊涂了。”

“小九，你当真完全不在意过去了？对于如今的你来讲，皇后的位置和皇帝的宠爱，才是最重要的东西，对吗？”

九歌淡声道：“过去的本宫无愧于绥国，也无愧于先帝，如今的本宫只想为自己寻得安身立命的归处，陪伴陛下静好地过完此生，莫非有错吗？”

“没……你没有错，你的选择很对，长久陷在过去的故事里是不会有好结果的，毕竟失去的就是失去了，再也回不来了……”百里云初刹那间泪流满面，望向她的目光深藏着委屈和不甘，“那么你今天来这里到底是为了什么呢？就只为了跟我讲这些无情无义的大道理吗？”

九歌的手指在广袖中狠狠攥紧，她沉默许久，尽力使自己的语调听上去平静一些：“本宫此次前来，是要代为传达陛下的旨意。”

“什么旨意？”

“绥靖两国近年来关系日益紧张，鉴于我国素来以仁德治天下，为避免百姓陷入战火纷乱，特赐……”她正视着百里云初的眼睛，不得已继续说完，“特赐落云公主前往和亲，以示我国友好和平的诚意。”

最不想面对的这一天，终究还是来了。

百里云初双膝一软，登时就要跪倒在地，可她仍旧咬牙坚持着挺直脊背，并用力甩开了九歌意欲搀扶的手：“和亲？你回去告诉皇帝，我不嫁！死也不嫁！”

九歌不由分说地扶住她，嗓音渐沉：“公主你先冷静，请理解陛下的苦心，陛下既是为了绥国的黎民百姓，也是为了公主日后的幸福着想。”

“小九，你以前从不会与我说这些违心的话，如今却要为他来哄骗我了吗？”百里云初挣扎着后退数步，隔着一段距离，满含怒意地瞪视着她，“你明知他打的是什么主意！曾经与他作对的人，他一个一个都要除之而后快，其中也包括我！”

九歌注视着她脸上未干的泪痕，只觉眼眶发热，心底发疼，却难以开口劝慰，只是静默。

百里云初颤声又道：“我何必让他来左右我下半生的幸福？我是宁可一死，也不要嫁到靖国去的，我绝不会成为他稳固皇权的牺牲品。”

“公主，你要明白，一死固然简单，但就此终止了人生的一切可能，并不值得。”

“我的人生，还会有多少种可能呢？”百里云初自嘲地笑了笑，“五哥走了，墨祈死了，现在连你也心甘情愿选择妥协，要做一位真正的皇后了，我……我还有什么可期望的呢？”

不，或许是有的，譬如沈莘。

但是她已经很久没有见到沈莘了，琳琅也无法替她打探到更多关于沈莘的消息，只知百里华渊最近正在大力提拔沈莘的爱徒白芪，似乎有意将白芪培养成下一位首席太医，接替沈莘的位置。

她若远嫁靖国，便意味着要长久地与沈莘分开，依目前百里华渊对沈莘的怀疑，后者绝对没有随她一起离开的希望，如此，便成了无解的死局。

“皇后娘娘。”她终于改了口，客客气气地称呼着九歌，“是不是我答应去靖国和亲，从此你在皇帝身边，就能待得更安心一些，不致时刻被往昔困扰了？”

九歌垂眸，缓声答道：“公主此言何意？对本宫而言，并没有什么值得回想的往昔，只有今朝才是要好好把握的。”

“好，很好。”百里云初点点头，眼底光芒逐渐暗淡下去，是最心灰意冷的模样，“那……我可不可以最后求你一件事？”

“你讲。”

“我想再见莘莘一面。”

九歌当即反问：“你确定吗？在这样的情况下，若你真心为了沈太医着想，就该尽量避嫌，不要再见他了。”

百里云初心知她所言在理，只是那一刻情感战胜了理智，让自己险些做了最错误的决定。

但两个人均未料到的是，下一刻便听得宫门轻响，有人未经通禀便进入内殿，此人颇为脸熟，竟是李默的心腹赵同知。

“参见娘娘，参见公主。”

“免礼。”九歌秀眉微蹙，面露不悦，“赵同知突然前来连云宫，莫非是有要事？”

赵同知不着痕迹地朝旁边的百里云初投去一瞥，复又将视线转向九歌：“娘娘，请借一步说话。”

还没等九歌开口，百里云初已然冷声道：“有什么事不能当着本宫的面说？”

九歌叹了口气：“就在这儿说吧，你既然都找到了连云宫来，也就没有必要避讳三公主了。”

赵同知这才沉声回答：“陛下令臣转告娘娘，前首席太医沈莘，近日被查出曾与叛臣墨祈勾结，暗中协助潇王造反的铁证，已于一个时辰前被赐鸩酒，自裁于府邸之中。”

——本季完——

轻文库当家花旦元宝儿又一颠覆力作！
《凤九卿》《千凰令》续集姊妹篇震撼亮相——
《二两皇妃千千岁》大系列开幕
凤凰涅槃，“紫”气东来！
看“家族弃女”慕紫苏携“弃子军团”搅动风云！
二两皇妃
二两皇妃千千岁（一）
元宝儿 作品
吉林摄影出版社
唯美分享价：29.80元／本
《二两皇妃千千岁（一）》
二两皇妃
二两皇妃千千岁（二）
吉林摄影出版社
《二两皇妃千千岁（二）》
她是自幼被放逐乡野的名门千金，身怀各种匪夷所思的神技；他是暴戾阴狠的残疾王爷，有雷霆之威却偏偏斗不过她的狡黠。为替外祖父洗冤，她甘愿落入下等书院，其间鬼影森森，竟暗藏三个天赋异禀却命运凄惨的少年……
随书附赠：6张【凤九卿·千凰令·二两皇妃】精美人物组合卡
千凰令
凤九卿

畅销作家书海沧生力荐！

灼灼繁花，煌煌天下

别角晚水
BIEJIAOWANSHUI
著

与你走一遭满载热血青春的梦幻仙侠之旅！

天涯海角追寻**“小玉钩”**谁是谁的**此生心之劫**
谜团重重惊现**“不思珉”**幻境内外**山月旧曾谙**

武功奇绝名门少主，莫名将自己的**“小玉钩”**弄**丢**了？
养大自己的**“姑姑”**和**亲爹**究竟是什么关系？
天生孤傲岳泠澜，**召集人马**，
势必要**找到媳妇！找到宝物！找到身世之谜！**